KB097719

노량

노량

최후의 바다

박은우 장편소설

고즈넉
이엔티!

———◆◇◆———

若殲斯讐
死亦無憾

"만일 원수들을 없앨 수 있다면
죽어도 한이 없겠나이다."

노량해전도

7년 전쟁 마지막 전투로 1598년 11월 19일 새벽부터 정오 무렵까지 벌어졌다. 아군은 불과 4척이 분멸된 반면, 일본군 적선은 무려 200여 척이 격침됐다. 최대의 전과를 거둔 해전이나 이 해전에서 이순신이 전사하는 등 조선의 장졸들 다수가 순국했다. 격전 중 고니시는 도주하였다.

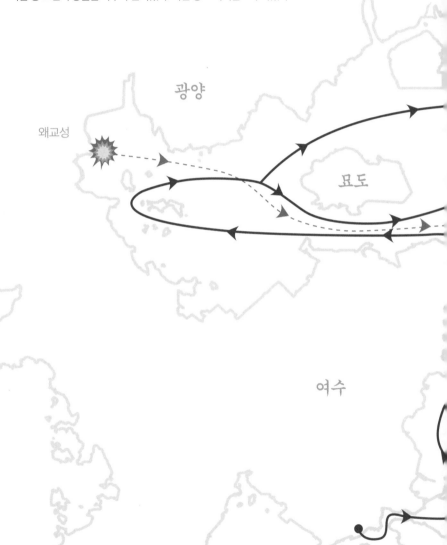

광양

왜교성

묘도

여수

| 차례 |

| 일러두기 |

*이 글은 역사 기록을 기반으로 한 소설입니다.

*등장인물과 지명 또한 사서에 기록된 것을 바탕으로 하였습니다.

*작중에 등장하는 날짜는 시대상에 맞춰 모두 음력입니다.

서장
무술년(1598년)

이순신은 바다에 있었다.

석년(1597년) 명량에서의 대승 이후 이순신은 계속해서 바다에 머물렀다. 달리 갈 곳도 없었다. 왜군의 침입 이후 수없이 치른 해전으로 곁을 나누던 사람들이 많이 떠났고 또 다른 이들이 옆에 남았다.

하늘이 도와 기적 같은 승리를 이루었지만 여전히 전황은 열악했다. 원균의 패전에 거덜난 수군의 남은 배들을 긁어모아 다시 꾸린 열두 척 선단으로 그 열 배가 넘는 왜적 함대를 격파한 것이 바로 일 년 전이었다. 칠천량에서 배설이 두려움에 휘하의 군선을 이끌고 도망쳐온 것이 명량의 대첩을 이룬 씨앗이 되었으니, 이 얼마나 역설적인가.

기적 같은 승전이었기에 제2, 제3의 승리를 바랄 수는 없는 노릇이었다. 그런 까닭에 남은 함선과 병력을 모두 이끌고 먼 바다를 돌아 해안을 오르내렸다. 당사도(신안군 암태도)와 어외도(신안군 지도), 법성포를 지나 위도와 고군산도까지 올라갔다가 가을을 보내고, 10월에 다시 올라갔던 길을 따라 우수영으로 내려왔다.

시간을 벌고 왜군의 진로를 막을 만한 곳을 찾기 위한 것이었지만, 서해안은 왜적이 충청도 깊숙이 들어와 있어 배후를 안심할 수 없었다. 유랑하듯 해안을 오르내린 끝에 보화도(목포 고하도)에 이르렀다. 거기서 넉 달을 지낸 후에 다시 동진해 고금도에 통제영을 설치했다.

보화도에 있는 동안은 무너져 있던 수군을 재건하는 데 힘썼고, 인근의 백성들이 생업에 종사할 수 있도록 체계를 하나하나 다시 만들어나갔다.

당면한 가장 큰 문제는 부족한 군사와 물자였다. 사람이 있어야 무기와 식량을 생산할 수 있고, 식량과 무기가 있어야 사람을 모으고 훈련시킬 수 있다. 어느 것을 먼저 해야 하느냐는 우문(愚問)이었다. 벽돌을 쌓듯 하나하나 같이 해나가야 했다.

수군이 재건되고 이를 운영할 통제영이 만들어졌다는 소문이 퍼지자 제 땅에서도 안심하고 살 수 없던 백성들이 안정을 찾아갔다. 고향을 잃고 떠돌던 사람들이 하나둘 고향으로 돌아오고 있었다.

이즈음 해로통행첩(海路通行帖)을 발행하기 시작했는데, 백성이 바닷길을 가는 데 허가를 내주는 통행증이었다. 통행을 허가하는 증서를 발행해주는 대신 배에 따라 한 섬에서 세 섬의 곡식을 받았다. 작은 배는 한 섬을 받았고 큰 배는 세 섬을 받았다. 공사선을 막론하고 모든 배에 같은 기준이 적용되었다.

이를 어기는 배는 왜군의 간첩선으로 간주하여 나포하고, 달아나면 공격하도록 했다. 조정으로부터 인적, 물적 지원을 전혀 받지 못하는 상황에서 해로통행첩은 군비를 조달할 수 있는 가장 적절한 방편이었다.

백성들은 이제 수군의 보호 아래 안심하고 바다를 통행할 수 있게 되었는데, 오히려 생산 활동은 더 활발해졌다. 이로 인해 통제영 휘하의 조선 수군은 빠르게 한산도 시기의 성세를 회복해나갔다.

군량이 충족되니 부족한 군사를 모을 수 있었고, 함선을 건조해 가용할 수 있는 전선의 수를 늘려나가는 것도 가능했다. 한 척씩 쌓여 전선은 크고 작은 것을 합쳐 60여 척에 이르렀고, 군사들은 만 명 가까운 숫자가 확보되었다.

아울러 순찰사와 협상해 전라도 연안의 19개 고을을 수군에 전속하도록 만들었다. 바다에 면해 있는 지역은 모두 수군의 지배와 보호 아래 둠으로써 독자적인 통치의 기반을 마련한 것이었다.

이러한 자활 정책들은 모두 나라와 백성을 위한 것이었지만, 왕과 조정의 일부 위정자들에게는 의구심을 갖게 했다. 지방의 일부 군벌이 자립하여 독자적으로 활동할 수 있게 되면 언제든 중앙의 통제를 벗어날 수 있기 때문이었다. 이순신과 조정 그리고 왕이 갈림길에 섰을 때, 그의 군사들이 이순신이 아니라 왕에게 충성할 것이라는 보장이 없었다.

왕과 조정은 어떻게 할 것인가…….

이순신이 탁월한 장수인 것만은 분명하니 전란이 끝날 때까지 지위를 보장하기는 할 것이다. 왜적이 물러나기 전까지는 본분에 따라 힘써 싸울 것임은 의심의 여지가 없었다. 하지만 전쟁이 끝난 뒤까지 그 힘을 인정해주기는 어려웠다.

더 이상 싸울 적이 없는데 강한 군사력을 갖고 있겠다니 그것은 곧 반역이라 할 수 있었다. 그때는 지체없이 한양으로 잡아들여 치죄를 하면 되었다. 두 해 전 병신년에 그러했던 것처럼.

군권을 회수하려 함에 순순히 따른다면, 그 역시 한직(閑職)으로 보직을 바꾸어 편히 쉬게 해도 될 터이다. 그런데 버티고 거절하는 모양새를 취한다면?

역시 문제다. 중앙에서 파직을 하고, 차일피일 미루며 버티고, 포정사를 보내 잡으러 가고, 버티다가 충돌이 일어나 다수가 죽고, 결국 반역이 수순처럼 시작될 것이다.

이러한 사태를 미연에 방지하려고 전쟁에서 공을 세운 장수를 전후에 숙청한 사례는 중국과 방국에 너무나 많아서 당연히 따르는 절차로 보아도 될 정도였다.

토사구팽(兔死狗烹)이라 했다. 위기에 빠진 나라를 구했다 해도 이후에는 쓸모없기 마련이다. 그보다는 전공의 과실을 더 가지려는 권력투쟁의 측면이 더 강했기에 숙청은 필수적으로 이루어졌다. 멀리는 한고조 유방의 첫 번째 공신인 한신부터 조선의 태조와

태종에 이르러 정도전을 비롯한 개국공신들을 잡아 죽인 것들이 다 그런 결과라 할 수 있었다.

그런데 이번에는 걸림돌이 딱 던져졌다.

명량에서의 승첩 이후 명의 황제 신종이 이순신에게 면사첩(免死貼)을 내린 것이다. 면사첩이라 하면 죽을죄를 지었어도 목숨만은 살려준다는 황제의 보증서였다. 그걸 대국의 황제가 내렸다.

황제가 죽이지 않는다고 보증한 사람을 내 나라 사람이라 해서 왕이 죽일 수는 없는 노릇이었다. 명목상 상하관계가 분명한 두 나라의 위계로 볼 때 신하인 조선왕이 중국 황제의 명령을 거역하는 일을 할 수는 없기 때문이었다.

그런 가운데 또 황제가 이순신을 대명수군도독(大明水軍都督)으로 임명했다.

이는 중국에서 원군으로 파병한 군사 가운데 수군총사령관인 도독 진린(陳璘)과 같은 계급이었다. 물론 명목상의 벼슬이었고, 의미 없는 직책에 지나지 않기는 했다. 왜냐하면 대명 황제는 천하의 어느 나라 사람에게든 직함을 내릴 수 있어서 조선뿐 아니라 전란의 원흉인 풍신수길에게도 벼슬을 내린 적이 있었다.

그런데 이순신에게는 이것이 적잖은 방패막이 되었다. 조선의 나라와 백성을 위해 싸웠는데, 그 공을 중국의 천자가 알아주고 든든한 배경이 되어준 것이다.

사실 이순신의 전공은 한양의 왕과 대신들보다 명나라에서 더 많이 치하했다. 그가 조정에 죄를 얻어 백의종군할 때도 사람을 보내 처지를 위로하고 깊은 신뢰를 보여주었다. 뿐만 아니라 명나라 경리(명에서 파견된 최고 수장) 양호(楊鎬)는 명량에서의 승전을 축하하고 붉은 비단 한 포를 보내면서 배에다 붉은 비단을 걸어주고 싶으나 멀어 갈 수 없었다고 전하기도 했다.

올 7월에 명나라의 수군 도독 진린이 5천 명의 군사를 거느리고 통제영으로 내려왔다. 진린은 본거지인 절강성에서 출발해 4월 27일 요동에 도착했고, 이어 6월에는 한양에 이르렀다.

6월 26일 동작강(銅雀江)에서 선조의 환송연회를 받은 후 남으로 내려가 7월 16일에 이순신과 합류했다. 앞서 조정에서는 명의 수군이 내려갈 것이니 그들이 머무를 곳을 마련해놓으라고 지시했다.

진린은 성격이 포악한 자였다. 한양에 있을 때 찰방 이상규가 자신에 대한 접대가 소홀하다며 목에 새끼줄을 걸어 끌고 다녔다는 것이다. 그리고 상국의 장수로서 조선 수군에 대한 지휘권을 확실히 행사하겠다는 엄포를 놓기도 했다.

이 이야기를 전한 유성룡은 이순신이 왜적을 맞아 싸우기도 힘든데 거칠고 사나운 명나라 장수의 심술을 감당하지 못할까 염려했다. 오히려 그를 상대하느라 제대로 싸우지 못해 파국을 맞을 가능성을 심히 우려한 것이다.

이순신에게도 처음 만난 진린의 인상은 듣던 바와 다르지 않았다. 나이는 두 살 많았는데, 젊어서부터 도적 떼를 토벌했다며 제

자랑을 끝도 없이 늘어놓았다. 이순신이 보기에 그는 성격이 탐욕스러운 면이 있었으며 성품은 거칠고 조악했다.

군대의 장수가 난폭한 것은 그다지 흠이 아니라 할 수 있지만 연합을 하게 된 우군에게는 짐이 되기에 충분했다. 그렇다고 구원병으로 온 상국의 군사를 돌려보낼 수도 없고 맞서 싸우기는 더더욱 불가능했다. 물론 진린의 엄포대로 그의 휘하에 들어가 시키는 대로 전쟁을 치를 수도 없었다. 방법은 하나뿐이었다.

진린이 이끄는 명의 수군이 도착하자 이순신은 성대한 환영과 함께 잔치를 베풀었다. 상석에 앉힌 후 술과 고기, 음식을 마련해 모두 배불리 먹이고 위로했다. 진린과는 나란히 앉아 필담으로 인사말을 나누어야 했다.

이순신은 본디 종종 술을 마셨으나 떠들썩하게 잔치를 벌이고 호화로운 자리를 만들어 마시는 걸 즐기지 않았다. 그저 혼자서, 혹은 가까운 이들과 이런저런 이야기를 나누는 자리가 되곤 했다. 술자리가 커지면 백성과 아랫사람들이 고생해야 한다는 걸 알기 때문이었다. 그런데 이번에는 어쩔 수 없었다. 멀리서 온 손님, 그것도 원군이라 최선을 다해 정성껏 모시도록 지시했다.

맛있는 음식으로 배불리 먹이는 것만큼 사람의 마음을 풀어주는 것도 없는 법이어서 진린과 그의 군사들은 매우 흡족해했다. 고작 술자리를 크게 마련했다고 이순신과 그의 수군에 대해서도 좋은 인상을 품게 되었다.

하지만 본래의 거친 품행이 가시지는 않는 법이라 얼마 지나지 않아 명나라 군대는 주둔지 근처에서 백성을 괴롭히며 행패를 부리기 시작했다. 민가에 난입해 식량과 가축을 약탈하는 것은 물론이고, 부녀자를 겁탈하거나 이를 말리는 조선 수군을 두드려 패는 것도 예사였다. 더는 못 참고 백성들이 통제사에게 달려와 하소연하는 일이 많아졌다.

이순신은 결국 휘하의 군사들을 동원해 지시를 내렸다. 명군 주둔지 가까이 있는 백성들 모두 짐을 싸들고 멀리 가 있으라 했다. 하룻밤 사이에 주둔지 주변의 모든 마을이 텅텅 비게 되자 군사들이 깜짝 놀란 진린에게 보고했다. 보고를 받은 진린이 곧장 이순신에게 달려와 물었다. 장군, 이게 어찌 된 일이오?

이순신이 대답했다. 오랫동안 왜적의 침입에 시달렸던 백성들이 대국에서 천병(天兵)을 보내왔으니 부모인 듯 여겨 안심하고 지낼 수 있겠다 했더이다. 그런데 대국의 군대 또한 침입자들과 마찬가지로 핍박하며 약탈을 일삼으니 어찌 마음 놓고 생업에 종사할 수 있겠습니까?

그런 말을 듣고도 백성을 다스리는 몸으로서 달리 해줄 수 있는 것도 없고 그저 피해를 입지 않도록 천병의 눈에 띄지 않게 멀리 있으라 했소이다. 나 또한 백성들이 달아나는 걸 두고 볼 수 없어 배로 숙소를 옮기려 하오.

진린은 내내 극진히 대접받았던 터라 부끄러움을 느껴 말했다. 정말 미안하외다. 부하들에게 단단히 일러놓겠소. 앞으로는 귀국의 병사와 백성들에게 행패를 부리는 병사가 있으면 엄히 처벌하겠소이다.

이순신이 다시 말했다. 그것만 갖고는 안심할 수 없소. 그러면 어찌하면 되겠습니까? 귀국 군사들이 우리를 속국의 신하로만 알고 잘못된 행동에 꺼림이 없소. 그러니 군사의 잘못된 행위를 금하고 그에 대한 처벌을 제가 할 수 있도록 해주신다면 서로 좋은 관계를 유지할 수 있을 것입니다.

이순신이 단호하게 나오자 진린도 마지못해 승낙하여 그렇게 하라고 대답했다. 그 이후로 진도독의 군사라도 군율을 범하는 자가 있으면 이순신이 법의 규정대로 징치했다. 그 후론 명나라 군사들도 그를 도독보다 더 무서워하게 되어 양쪽의 군중이 다 편안해졌다.

이후에도 이순신은 진린과 자주 술자리를 가졌다. 지난 7년 동안 이어진 전쟁에 대해 많은 이야기를 나누었다.

이순신의 수군이 점차 세력을 확장해 가는 추세여서 그동안 잃어버렸던 바다를 차근차근 수복해 나갔는데, 진린의 명 수군이 합류하면서 양국이 함께 작전을 펼쳐 나가게 되었다.

그런데 명의 수군은 남해안의 복잡한 바다에 익숙하지 못했다. 오랫동안 해전을 못 한 연유로 왜적의 잔당을 만나도 제대로 싸우지 못하는 경우가 많았다. 그럴 때마다 총사령관인 진린의 마음에 불만이 생기자 이순신이 제장들을 시켜 전리품과 왜군의 수급을 나눠주게 했다.

이런 일들이 거듭될수록 이순신과 진린의 관계는 더욱 돈독해졌다. 진린은 이순신에 대해 둘도 없는 명장이라고 직접 칭송의 글을 지었을 뿐만 아니라 중국으로 들어가 벼슬하기를 여러 차례 권하기도 했다.

같이 지낸 지 얼마 안 되어 진린은 중국의 황제 신종에게 이순신을 천거하며 적기를, 이순신이 천지를 주무르는 재주를 지녔고(經天緯地之才), 나라를 바로잡을 공을 세웠다(補天浴日之功)고 했다.

이렇게 하여 황제는 이순신에게 수군도독이라는 고위 직함을 내린 것이다.

9월

九月

이
순
신

바다는 어느덧 가을빛으로 물들어갔다.

해안을 따라 늘어선 섬들이 점차 울긋불긋 타오르는 것과 함께 이순신의 마음도 바작바작 마르며 타들어갔다. 올해도 이렇게 가을을 보내고 겨울을 맞이하게 되나 싶었다. 불구대천의 원수를 눈앞에 두고 또 한 해를 보내고 새로운 해를 맞이하는 것이 마뜩지 않았다.

전황은 답답할 만큼 느리게 흘렀다. 정유년의 재침으로 시작된 두 번째 난은 여러모로 양상이 달랐다. 강화조약에서 주장했던 것처럼 일본은 조선의 남쪽, 하삼도(下三道)를 떼어 갖겠다고 했다. 그러므로 점령지를 넓히기 위해 마을이면 마을, 골짜기면 골짜기 곳곳을 파헤치고 다니며 약탈을 하고 백성은 포로로 잡거나 죽였다.

이전에는 그저 지나가던 길이었다면 이젠 오랫동안 머물러 눌러 앉을 기세였다. 그러므로 사람을 동원해 자신들의 성을 쌓았다. 과거 백 년 이상을 전쟁으로 살아온 자들답게 그들은 성을 쌓는 데도 튼튼하고 난공불락으로 만들었다. 그리고 주요 장수들은 각자가 쌓은 왜성(倭城)에 들어앉아 꼼짝하지 않았다.

가토 기요마사(加藤淸正)의 울산왜성, 시마즈 요시히로(島津義弘)의 사천왜성 그리고 고니시 유키나가(小西行長)의 순천왜성이 대표적이었다. 순천왜성은 달리 왜교성(倭橋城) 또는 예교성(曳橋城)이라고 불렀다.

전쟁의 앞날을 예측하기는 날씨보다도 어려웠다. 바다의 날씨는 유독 헤아리기 힘들어 배를 띄우는 것조차 미리 정할 수 없었다. 날이 밝아 자리에서 일어나면 가장 먼저 하늘을 보고 바람의 흐름을 그리고 물살의 마음을 읽었다. 모든 것이 하늘의 뜻이었다.

임진년 이후 6년 동안 전라좌수영을 중심으로 남해안 곳곳을 다녀 수많은 섬과 포(浦), 물목(梁), 내해를 머릿속에 그릴 수 있었으나 날씨에 따라 매번 모양이 달랐다. 그러므로 싸움에 임해서는 언제나 하늘과 지형 그리고 물의 모양을 함께 보고 배치해야 했다.

바다란 위대하고도 경이로운 것이, 그동안 수없이 치러진 싸움으로 헤아릴 수 없는 목숨과 배를 거두어 갔음에도 매번 아무런 흔적도 남기지 않았다. 뭍에서의 싸움이 숱한 피비린내와 시체 썩은 냄새, 탄내를 오랫동안 풍기는 것에 비해 바다는 너무도 무심하고 허무했다.

8월 18일에 전란의 원흉인 도요토미 히데요시(豊臣秀吉)가 사망하자 전황은 왜군이 철수하는 쪽으로 기울어졌다.

히데요시의 사망 소식은 9월부터 전해지기 시작했다. 그 이전에도 수길의 병이 깊다느니 이미 죽었다느니 하는 소문이 간간이 돌았으나 진위를 확인할 수 없어 전세에 큰 영향을 미치지 못했다.

"사또, 왜진으로부터 도망쳐 온 사람에 의하면 수길이 지난 7월에 죽었다고 합니다."

이순신이 고금도 통제영의 동헌에서 지휘관들과 얘기를 나누던 중, 순천부사 우치적이 말했다.

"그러하냐? 벌써 몇 번째인가?"

"다른 곳에서 들은 것들을 포함하면 열 번은 넘은 듯합니다."

이순신도 수차례 수길의 사망 소식을 들었으므로 고개를 끄덕였다.

"제군은 이걸 어떻게 생각하는가?"

"올해 들어 부쩍 소문이 많아지는 걸 보니 아예 근거가 없는 얘기는 아닌 것 같습니다."

"근거가 없지는 않다?"

"왜 병이 깊어 죽었다 깨났다 하는 일들이 종종 있지 않습니까?"

"있을 법한 얘기다."

"혹시 놈들이 일부러 흘린 소문은 아닐까요?"

"일부러 소문을 내서 그들이 어떤 이득을 보겠는가?"

"글쎄요."

모두들 떠오르는 생각이 없어 고개만 갸우뚱했다.

"반대의 경우라면 이득을 노려볼 수 있겠습니다."

경상좌수사 이운룡이 대답했다.

이순신이 그의 말을 명쾌하게 풀어주었다.

"서로 다른 곳에서 같은 말이 새어 나온다는 것은 이로써 사람들의 마음을 알 수 있는 것이 아니겠는가. 침략자의 군사들인데도 같은 편 수괴의 죽음을 바란다는 뜻인데, 그건 곧 그들도 오랜 전쟁에 염증을 느끼고 있다는 것이다."

"과연 그러합니다."

"그 나라의 병사와 백성들이 통치자가 죽기를 바란다니 그놈이 본국에서조차 어떤 평가를 받는지 알 만하군요."

"예, 방귀가 잦으면 똥 싸기 쉽다는 속담이 있듯이 곧 실현될 듯합니다."

녹도만호 송여종의 비유가 딱 들어맞았는지 모두 웃음을 터뜨렸다.

그 말처럼 9월 이후에 수길이 죽었다는 소문이 현실로 된 것을 확인할 수 있었는데, 이순신이 예측한 대로 왜군이 모든 전선에서 철수를 시작했다는 보고가 들어왔다.

이에 따라 조명연합군은 전면적인 공세를 취해 왜군을 조선에서 몰아내기 위해 작전을 시작했다. 이를 사로병진(四路竝進)이라 불렀다.

사로병진 작전은, 정유년 연말에 울산성 공략작전이 실패로 끝난 뒤에 명군의 경리 양호가 제시한 것이었다. 조선의 지세가 각 지역이 서로 나뉘어 있고 서로 고립된 곳이 많아 한꺼번에 병력을 모으기 어려우므로, 독립된 지휘관들이 각기 지역을 분담해 전투를 하도록 한 것이다.

각 군대의 대장은 중로에 이여매(李如梅), 동로는 마귀(麻貴), 서로는 유정(劉綎)이 각각 맡기로 했다. 모두 조선에 파견된 명나라의 장수들이었다.

이 중 중로는 나중에 동일원(董一元)으로 교체되었다. 여기 적군이 대부분 해안에 위치해 있어 수군의 조력이 절대적으로 필요했기에 수로(水路)를 책임질 장수로 진린을 포함하면서 사로병진이 확정되었다.

이순신은 이 작전에서 상당히 소외되어 있었다. 양호가 수립한 사로병진책은 네 개의 군을 명나라 군대 위주로 편성했고, 조선군은 보조 역할로 한정해버렸다.

수로군 역시 마찬가지여서 실제로는 주력군이라 할 수 있는 이순신의 조선 수군을 진린의 명령을 받는 위치로 격하시켰다.

이순신은 권율로부터 이 작전의 개요를 듣자마자 성공이 어렵다는 것을 간파했다. 이 작전은 일본군이 임진년에 조선을 침략했을 때 쓴 전법과 매우 유사했다. 곧 가토 기요마사, 고니시 유키나가, 구로다 나가마사 세 장수가 각기 좌, 중, 우로로, 수군은 바다로 진격한 것이다.

조선은 산과 골이 협소하여 다른 지역으로 신속한 이동이 용이

하지 않고, 대규모의 군대를 운용하기 어렵다. 이러한 지리적인 특성을 감안해 세 개의 진격로를 나누어 부대를 편성한 것은 옳다. 하지만 조선군을 보조 역할로 만든 것은 매우 잘못된 것이었다.

명군은 말 그대로 원병(援兵)이다. 그들은 속국을 구원하러 왔다는 생각에 교만하고 절박함이 없었다. 그리고 달아나는 적을 목숨 바쳐 섬멸할 마음도 부족했다.

거기다 익숙하지 않은 지리에 대한 사전 조사나 준비도 되어 있지 않았다. 왜군이 수년에 걸쳐 조선을 염탐하여 복잡한 지리를 숙지했고 길잡이 또한 충분히 확보한 것에 비하면 천지 차이였다.

각 부대 지휘관이 모두 명나라의 장수라니, 통탄스러운 일이었다. 이리되면 조선군은 명군에 예속되어 독자적인 행동을 하지 못할 것이다.

이순신은 결과가 빤히 보이는 전략을 필승의 작전이랍시고 착착 진행하는 명나라의 수뇌부도 한심했고, 그것을 아무 생각 없이 따르는 조선의 중신들과 장수들도 어이가 없었다. 군대의 작전이란 아무리 여러 방면으로 생각해도 부족하기 마련이었다. 한 번 실패로도 수많은 목숨이 왔다 갔다 하고, 나라가 바로 무너질 수도 있었다.

이런 사실을 지적하면 주력군을 시켜주지 않아 실패할 것이라고 저주를 한다, 작전을 시작도 안 했는데 벌써 초를 친다, 하며 모함까지 하려 들 것이다.

나아가 적을 이롭게 한다며 또다시 탄핵을 일삼을지도 몰랐다.

이미 두 해 전에 겪은 일이었다.

　나 하나 압송되어 고초를 겪는 건 감수할 수 있더라도 그로 인해 애써 재건한 수군이 다시 모래알처럼 와해되어버릴 것이 염려되었다.

　그는 버릇처럼 수시로 깊은 한숨을 내쉬었다. 억장이 무너질 것만 같았다.

고니시 유키나가

고니시 유키나가는 순천 왜교성에 틀어박혀 있었다.

그는 동료이자 강력한 경쟁자인 가토 기요마사, 구로다 나가마사와 함께 세 갈래 길의 하나로 한양으로 치고 올라간 후 평양까지 갔다가 명나라 원군의 반격에 밀려 다시 내려왔는데, 그 이후로 충청도와 전라도 지역을 맡아 수년을 보냈다.

전쟁이 말기에 이르러 점차 밀려 내려오자 남해안의 순천 바닷가에 성을 쌓고 농성을 시작했다. 전라도 전역에 진출해 있던 왜병들을 모두 불러들여놓고 보니 1만 5천여 명이나 되었다.

성 안에 웅크린 상태에서 공격해 오는 적을 맞아 싸우는 건 그다지 어렵지 않다. 아직 무기도 충분했고 병사들 또한 적잖으니까. 하지만 언제까지나 머물러 있을 수는 없었다.

성문을 걸어 잠그고 농성하는 쪽의 가장 큰 약점은 식량의 고갈이었다. 시간이 지남에 따라 식량은 줄어들고 대부분의 병사들이 굶주리게 되면 싸우고 싶어도 싸울 수 없는 상황이 된다. 결국 그들에게 가장 큰 적은 조선과 명나라의 연합군이 아니라 시간이라 할 수 있었다.

주군인 풍신수길이 살아있었다면 이 땅에 눌러앉아 살 마음도 있었다. 그러나 그가 죽고 최고 권력을 잡은 5대로는 조선에 진출해 있는 군사들의 철수를 결정했다. 하지만 돌아가는 길이 다 막혀 있었다. 육지로 돌아가면 거리가 훨씬 멀고 많은 인원이 한꺼번에 이동하기도 어려웠다. 크고 작은 배가 5백 척이나 있었으므로 바닷길로 가면 되었지만 거긴 바다의 신이라 할 수 있는 이순신이 벽처럼 가로막고 있었다.

속이 탄 고니시는 상대적으로 회유가 쉬워 보이는 명나라 제독 유정에게 밀사를 보내 만나기를 요청했다.

고니시의 요청을 접한 유정은 한참이나 머리를 굴렸다. 마침내 교착 중인 전선을 반전시킬 묘안을 떠올렸다.

고니시의 밀서를 가져온 사자를 밖에서 기다리게 한 뒤 그는 부관과 참모를 가까이 불러 제 생각을 설명했다.

"회담을 위해 고니시가 성을 나설 것이다. 그때 산속에 숨어 있다 사로잡도록 하자. 적의 우두머리를 잡으면 나머지는 쉽게 무너뜨릴 수 있을 것이다."

"좋은 계책입니다."

부관이 찬성했다.

"세부적인 계획을 세우도록 하라."

하지만 서로군에 종군하고 있던 우의정 이덕형은 그들의 작전을 듣고 위험성을 지적했다. 그러자 유정이 반박했다.

"걱정하지 마시오. 공은 글만 알지 전투에 대해서는 제대로 모르는 모양이오. 회담을 핑계로 만났다가 서로 뒤통수를 치는 일은 흔한 법입니다."

유정보다 고니시를 훨씬 더 잘 아는 이덕형이 다시 한번 우려를 드러냈다.

"행장이 워낙 꾀가 많은 자라서 오히려 당할까 염려하는 것입니다."

이덕형이 생각한 것은 고니시가 2년 전 이순신을 하옥하게 만든 반간계(反間計)의 주모자라는 점이었다. 그는 요시라를 이용해 이순신을 진퇴양난의 함정에 몰아넣었고, 그로 인해 이순신이 감옥에 갇힌 사이 원균이 이끄는 조선 수군은 칠천량의 바다에 수장되고 말았다.

"그 정도는 나도 생각하고 있으니 염려할 필요가 없다는 것이오."

유정이 못 참고 역정을 냈다. 할 수 없이 이덕형은 이 사실을 조정에 알리는 것으로 만족해야 했다.

고니시의 근거지인 순천왜성과 서로군의 본대가 있는 남원은 꽤 멀리 떨어져 있었다. 두어 번의 밀사가 왕래한 끝에 중간에서 만나기로 하고, 양쪽 일행은 은밀히 성을 나섰다.

명나라 군사들이 먼저 회담 장소에 도착해 고니시 일행이 오기를 기다렸다.

얼마 지나지 않아 왜병들이 모습을 보이자 숨어 있던 명군이 더 기다리지 못하고 포를 쏘았다. 깜짝 놀란 선두의 왜군들은 급히 방어진을 치고 맞서 조총을 쏘며 응전했다.

양쪽의 사상자가 생기고 있었는데 군관이 적진을 유심히 보니 십여 명 되는 왜군 중엔 고니시로 여겨지는 장수가 보이지 않았다. 얼마 뒤 일군의 왜인들이 급히 남으로 도망치는 게 포착되었다는 보고가 올라왔다.

고니시 역시 행여나 하는 의심이 있었던지라 자신으로 위장한 선발대를 먼저 보내고 멀찍이서 뒤따라왔다는 게 밝혀졌다.

급하게 달려 성 안으로 들어가면서 고니시는 분통을 터트렸다.

"이젠 하다못해 대국의 장수라는 놈조차 치졸하게 뒤를 치려고 하는구나."

그는 성을 꼭꼭 걸어 잠그고 들어앉아 잠시라도 빠짐없이 적이 오는지 감시를 강화하라고 명령했다.

그의 지시에 의해 1년 전에 만들어진 왜교성은 제법 튼튼한 요새라 할 수 있었다. 서쪽을 제외한 삼면이 높은 절벽으로 막고 있어 적이 함부로 넘어오기가 어려웠다. 게다가 절벽 아래는 뻘밭이어서 함대나 많은 군대가 접근하기도 불가능했다.

그나마 밀물이 되면 절벽 아래까지 배가 닿을 수 있으나 수심이 얕아 큰 배는 가까이 닿을 수 없었다. 성을 공격하기 위해서는 서쪽으로만 접근이 가능했는데, 거기도 폭이 너무 좁아 조총을 앞세운 왜군 앞으로 돌격했다가 이미 수많은 병사가 목숨을 잃었다. 가히 난공불락의 요새라 할 수 있었다.

고니시는 명나라 장수 유정으로부터 뒤통수를 맞을 뻔했지만 그렇다고 그를 아주 외면할 수도 없는 노릇이었다. 그도 그럴 것이 본국으로 철수를 도모함에 있어 그들 역시 앞을 가로막는 단단한 벽 가운데 하나이기 때문이었다.

연초만 해도 가토 기요마사의 울산성이 공격을 당했을 때 먼 거리를 이동해 구원해주기도 했는데 이젠 성 밖에도 나가지 못할 지경이 되었다. 7월부터 명나라의 원군이 속속 조선으로 넘어와 전선에 투입되었던 것이다.

이젠 일본군에 비해 전선을 마주하고 있는 조명연합군이 두어 배 이상 되었다. 바다는 이순신이 돌아온 후 함부로 나다니지 못할 곳으로 변했다. 저렇게 넓고 무수한 길이 있건만……. 목숨을 부지해 갈 수나 있다면 그나마 다행일 것 같았다.

꼼짝없이 갇혔으니 이제 여기서 무엇을 해야 할까. 7년의 경략(經略)이 다 물거품이 되고 말았다. 타국에 와서 죽을 위기를 넘기며 수년을 고생했는데 이룬 것 하나 없이 쫓겨 나가야 하는 신세가 되다 보니 허무함만 밀려왔다.

생각해보니 이제 막 마흔이 되었다. 가장 왕성하게 활동해야 할 30대의 대부분을 이국의 전쟁터에서 보냈다. 왕성하게 활동한 것은 맞지만 그걸로 이루어야 할 것은 하나도 이루지 못했다.

그는 본래 무사가 아니었다. 어릴 때부터 기리시탄(기독교도)이었고 상인 출신이었다. 그럼에도 조선 침략의 선봉장이 될 수 있었던 것은 당시 전국을 통일한 히데요시의 눈에 들어 그의 측근으로 자리 잡은 덕분이었다. 그때만 해도 아니, 조선에 출병해서 승승장구할 때만 해도 출세가도를 달릴 줄 알았다. 전쟁이 이렇게 오래 지지부진해질 줄은 몰랐던 것이다.

부산포에 착륙해 한성을 향해 그리고 평양성까지 파죽지세로 밀고 올라갈 때만 해도 자신이 무장으로서 자질이 누구보다 뛰어나다고 자부했다. 아니 그렇겠는가. 싸우기만 하면 이기는 것을. 그런데 명나라의 원군이 내려와 평양성에서 패퇴하면서부터 전망이 어두워지기 시작했다.

전투에서 이기는 건 내가 잘나고 우리 편이 강해서만은 아니었다. 상대가 겁이 많고 준비가 안 되어 있으며 의지가 약하면 당연히 우리가 이기는 것이다. 군사의 수와 그 강건함, 무기, 전략과 전술 또한 중요한 요소다. 지난 7년의 시간은 그 모든 것들을 꺼내놓고 서로 뒤집기를 한 과정이었다. 물론 싸움과는 또 다른 행동, 곧 협상도 종종 이루어졌다.

협상이라……

이제는 싸움이 아니라 협상을 해야 할 때였다.

협상이란 서로에게 필요한 것을 주고받는 일이다. 상대가 원하는 것을 내주고 내가 필요한 것을 받아낸다. 언뜻 쉬운 듯하지만 결코 쉽지 않은 일이었다. 상대가 전공을 원하면 수급을 내주면 되고 재물을 원하면 금은보화를 내주면 된다. 그 대신 이쪽에서는 안전하게 몸만 빠져나갈 수 있으면 되고. 그 대신 아무도 죽거나 다치지 않는다. 이게 바로 협상, 곧 장사의 묘미였다.

그런데 상대가 무조건 내 목을 원한다면? 협상은 애초에 성립이 되지 않는다. 그런 인물이 조선의 바다에 딱 버티고 있었다. 물론 협상 당사자가 그 하나뿐이라면 죽느냐 사느냐의 막다른 상황에 몰리겠으나 다행스럽게도 협상의 상대는 많았다.

조선의 조정 신료도 가능성이 있으나 원군으로 온 명나라의 지휘관들은 더 협상을 받아들일 가능성이 높았다. 그런 점에서 보면 명나라가 개입한 것이 다행스러운 측면도 있었다. 죽기 살기로 싸우지 않아도 되니까. 그는 명나라의 육군, 수군사령관인 유정과 진린이 보다 현실적이고 탐욕스러운 인물이기를 바랐다.

밤새 깊은 생각에 잠겨 있다 보니 눈앞의 시야가 좁아져 있었다. 그 틈을 타고 어떤 그림자가 날아드는 듯했다.

"누구냐?"

그는 옆에 놓인 칼을 집어 들고 소리쳤다.

그러자 밖에서 문이 열리며 호위무사 둘이 어둠 속에서 나와 모습을 드러냈다.

"무슨 일입니까?"

"자객이……."

하지만 주변엔 아무도 없었다. 가만히 살펴보니 상당히 큰 나방이 팔락거리고 있었다. 하찮은 벌레 따위에 놀라 칼을 집어 들다니······.

"아니다, 그만 나가라."

"예······."

호위무사들도 고니시가 뚫어지게 바라본 곳을 봤고 무엇 때문에 주군이 소리쳤는지 짐작했기에 말없이 나가 문을 닫았다.

그런데 크기가 손바닥의 절반은 되는 짙은 회색을 띤 나방은 가만히 있지 않고 호롱불을 향해 날아왔다. 휙 날아와 불길을 일렁이게 만들더니 반대편에 있는 호롱불을 향해서도 파드득 날아갔다.

이 미물이······.

그렇게 생각하는 순간 갑자기 그의 얼굴을 향해서도 날아왔다.

으윽!

손으로 휙 쳐냈으나 제대로 맞지 않았고, 계속 날아와 그의 머리를 치고 지나갔다. 그는 이제 화가 제대로 났다. 벌떡 일어서서는 칼집에서 칼을 뽑아들었다. 그리고 눈앞에 날아다니는 나방을 향해 칼을 휘둘렀다.

슉! 쉬익!

칼을 휘두를 때마다 나방은 간발의 차이로 칼날을 벗어났다. 그럴 때마다 오기가 생겨 두 손으로 칼의 손잡이를 꽉 쥐고 나방을 쫓아다녔다.

나방은 두 개의 호롱불을 중심으로 벽에 붙었다가 천장에 붙었다가 하며 계속 어지러이 움직여 다녔다. 고니시는 이 벌레가 눈에 띄는 한 기어코 잡아 죽일 생각이었다.

천장에 붙어 있을 때는 물건을 던져 날아오르게 만들고 그래서 그의 몸 가까이 날아오면 또 칼을 휘둘렀다. 한 번은 날개의 일부를 맞췄는지 하얀 분말이 날리기도 했다. 하지만 수십 번을 휘둘렀는데도 여전히 잡지 못했다. 그동안 그는 숨을 헐떡거렸고 몸에서는 땀이 흐르기도 했다.

그의 행동이 다다미방의 바닥을 울릴 정도가 되자 밖에서 동정을 살피던 무사가 불안했는지 문을 살짝 열고 괜찮은지 물었다.

"잠이 오지 않아 검을 연습 중이니 방해하지 마라."

부하들에게 이런 모습을 보이는 게 부끄럽지 않은 것이 아니었으나 한 번 발동한 오기는 가라앉지 않았다. 한낱 미물을 상대로 이게 무슨 꼴인가 싶었지만 오히려 미물이기 때문에 더 분이 머리 끝까지 치올랐다.

그렇게 반 시진 넘도록 더 난리를 피우다 결국 자리에 주저앉고 말았다. 헉헉거리며 흐릿해지는 눈으로 방 안을 두리번거리니 나방은 보이지 않았다. 문과 창은 다 닫아놓아 어디 나갈 곳도 없는데 한참을 기다려도 더 이상 아무런 동정이 없었다. 그는 허탈한 마음에 멍하니 앉아 있다 자리를 깔고 누워 잠이 들었다.

아침이 되어 평소보다 좀 늦게 자리에서 눈을 뜬 그는 찌뿌둥한 몸을 일으켰다. 냉랭한 가을 기운에 안으로부터 으스스한 느낌이 들었고 문득 내려다본 방바닥에 어젯밤의 큰 나방이 떨어져 있는 것이 보였다.

나방은 죽은 듯 미동조차 하지 않았다. 손으로 툭 건드려보니 사물인 양 슥 밀려났다가 더 이상 움직임이 없었다.

　그토록 살기 위해 발버둥을 치더니 고작 하룻밤을 넘기지 못하고 죽었구나. 역시 미물이로다.

　그는 하인을 시켜 치우도록 하고 방문을 나섰다.

이연

한 나라에서 가장 높은 자리에 있는 자를 왕이라 이른다. 이렇게 가장 단순한 정의에 따르면 이연(李昖, 선조)은 당당한 왕이었다. 그런데 어쩐 일인지 작금의 상황은 온갖 수모의 연속이었다.

한낱 오랑캐로 보았던 왜적의 침입에 태조 때부터 지켜온 도성을 버리고 멀리 의주까지 달아난 것부터 참담하기 이를 데 없었다. 때를 잘못 만난 탓일까? 아니면 못난 신하들 때문인가? 위험에 처해봐야 사람 됨됨이를 안다더니 왜적을 막으라고 보낸 자들이 죄다 쫓겨 오거나 목숨을 잃었다.

무인이란 자들이 그동안 뭘 했는가. 나라에 이렇게 사람이 없단 말인가. 일신의 영달만 누리기 위해 아등바등거렸고 정작 나라를 위해서는 손톱만큼도 애를 쓰지 않았다는 것이 증명되었다.

그나마 지방에 있던 이름 없는 선비와 백성들이 자발적으로 괭이와 낫을 들고 무리를 이루어 왜적과 맞서 싸웠다니 가상하긴 하다. 조정 중신들이라는 작자들이 제 목숨 부지하기 위해 애면글면하는 것보다는 훨씬 나으니 아무래도 전란이 끝난 뒤에는 크게 물갈이를 해야지 싶다.

그런데 여기저기서 역모가 발생했다. 송유진, 안중복, 이성남, 강효남, 이몽학 그리고 김덕령까지 모두가 왜적과의 전쟁 중에 일으킨 사건이었다. 지방관들이 보고하고 처리한 사건들인데, 모의 단계에서 걸린 것도 있고 직접 무력을 동원했다가 토벌된 건도 있었다. 곽재우나 고경명처럼 왜군을 향해 칼끝을 내민 자들이 있는가 하면 어버이인 자신을 겨누고 일어선 자들도 있었던 것이다.

통제하지 못할 무력을 지닌 자들을 어떻게 구별하고, 어떻게 처리할 것인가?

가장 찜찜한 것이 이몽학의 역모 사건에 연루되어 옥사한 김덕령의 경우였다. 이몽학의 세력이 커지자 그의 입에 오르내린 인물로 곽재우와 홍계남, 김덕령, 이덕형 등이 있었다.

뜻을 같이하기로 했다면서 떠들고 다녔기에 이들을 잡아다 국문을 했는데, 곽재우와 홍계남은 곧 풀려났으나 김덕령은 그렇지 못했다. 김덕령의 이름은 앞서 송유진의 역모 때도 거론되었기에 대신들도 함부로 의심을 풀기 어려웠다.

국문을 받던 중에 죽었으니 확실히 모반에 가담했는지 아닌지를 알 수가 없었다. 김덕령으로 인해 매듭짓지 못한 것이 이순신에게 이어졌다.

　이연은 어전에서 이순신에 대해 자주 생각했다.

　신립이나 이일이야 오래전부터 가까이 있었으니 그 사람됨을 알
수 있겠으나 이순신은 북쪽의 변방에서 말직으로 있었기에 잘 알
지 못했다. 그럼에도 이산해와 유성룡 등이 천거해서 그 능력을 믿
었고 그만큼 관직을 높여주었다.

　종6품에서 정3품으로 여섯 계단이나 품계를 올린 전례가 없다
며 간관들이 반대를 했지만 믿음이 있었다. 왜란이 발발하기 전까
지 전라좌수사라는 중책을 맡긴 것도 이연 자신이었다. 역시 그 믿
음을 증명하듯 이순신은 왜적의 수군이 남해를 지나 서해로 올라
오지 못하도록 막아주었다. 믿을 수 있는 장수의 존재는 그렇게 언
제까지 계속 그 자리에 있을 줄 알았다.

　하지만 이제 먼 바다의 소식이 들릴 때마다 이연은 가슴이 덜컥
내려앉았다. 그건 일종의 병이었다. 중병. 의원과 이야기를 나눠보
면 약과 독은 본디 다르지 않다고 했다. 독이어도 양을 잘 조절해
적당한 곳에 사용하면 약이 되고, 약이라도 몸에 좋다고 마구 복용
하게 되면 독이 된다는 것이다. 이연과 조정에 있어 이순신은 그와
같았다.

　아니, 그 정도만 되었어도 그럭저럭 지낼 만했을 터였다. 약이든
독이든 내 마음대로 쓸 수만 있다면 괜찮지 않은가. 그런데 점점

더 손잡이를 잃은 낫이나 칼처럼 되어가는 것 같았다.

설마하니 일국의 군주로서 능력 있는 장수를 전쟁이 끝나지도 않았는데 죽이겠는가. 그런데 어찌하여 천자께서는 그에게 죽음을 면한다는 첩지를 내렸나? 행여 내가 그를 어찌할 거라고 의심이라도 한단 말인가? 참으로 알 수 없는 노릇이었다. 이어서 나의 신하가 상국(上國)의 신하가 되어버렸다면 더 생각할 나위가 없었다.

언제부터 이렇게 되었을까?

병신년에 왜인 첩자 요시라의 말을 듣고 이순신에게 나가 싸우라고 한 것이 적의 반간계에 놀아난 착오였다는 건 인정한다. 그럼 왕이 명령을 내리는데 함대를 움직여 나가는 척이라도 했어야지 미련하게 들어앉아 고집을 피우고 있으니 누군들 의심하지 않겠나. 그래서 잡아들인 게 무슨 큰 잘못이라고.

백의종군을 해서 서로의 잘못을 바로잡은 것이면 되지 않았나. 한 나라의 신하로서 나라가 위기에 처했을 때 죽음을 무릅쓰고 나가 싸우는 것은 당연한 노릇이고.

그래서 서로가 잘되었는데 저 밑에 가라앉아 있는 것은 무엇이란 말인가.

통제사 이순신이 소임을 다해 적을 물리쳐버렸으면 하는 마음이 있는 반면에 그 뒤에 올 불안도 더 커졌다. 나라 땅의 대부분을 점령했던 왜적이 이제 땅끝으로 쫓겨 내려갔으니 언젠가는 다 물러갈 것이다. 그럼 그 뒤에는 어떻게 될 것인가. 승전을 축하하고 공을 세운 문무 제신들에게 포상을 내리면 될 것이다. 그렇게 예상이 쉽게 된다면 무슨 고민거리가 있을까.

공훈을 높이 쳐 상을 내리면 그의 세력이 너무 커지고 교만해질 터이며 다른 자들의 불만이 쌓일 것이다. 반대로 낮게 주면 그 자신이 불만을 품고 다른 생각을 할 수도 있다. 당연히 적당히 내려주는 게 가장 좋겠으나 그 적당히가 어느 선인지를 정할 수 없다는 점이다.

애초에 불만을 가진 자들은 어떤 식으로 처우를 해도 말끔히 해결되지 않는다. 물론 이순신에게 충의가 없다고 할 수는 없고, 아직은 믿을 만하다고 봐야 할 것이다. 나무는 편안히 있고 싶어 하나 바람이 가만두지 않는 것처럼 적당히 부추기기만 해도 들고 일어설 그를 둘러싼 세력을 감당할 만한 힘이 우리에겐 없다.

그런 일들은 역사적으로 수없이 많았다. 태조 이성계가 새롭게 왕조를 연 것이나 조카에게서 세조대왕이 왕위를 빼앗은 일들은 측근의 권신들이 계속 바람을 불어넣었기 때문이 아닌가. 그렇듯 힘을 얻은 자들은 언제든 주위에 많은 종자들이 벌레처럼 꼬이기 마련이고 그러면 애초의 깨끗한 마음은 변하기 마련이니 언제 어디까지 도려내야 할지 결정해야 하는 법이다.

"게 있느냐?"

이연은 밖을 향해 불렀다. 밖에 입시하고 있던 내관이 대답했다.

"예이."

"이덕형이 어디 있느냐?"

"우의정 대감 말씀이오니까?"

"그러하다."

"궐내는 없으나 도성 안에 있는 걸로 아옵니다."

"빨리 수소문해서 오늘 중으로 보자고 하여라."

"알겠사옵니다."

이덕형은 우의정으로 이제 겨우 서른여덟 살인 젊은 재상이었다. 전쟁이 오래 지속되자 모두 한몫을 하겠다고 여겼는지 도원수나 도체찰사 그리고 영의정인 유성룡까지 최고위직의 인물들이 직접 전선으로 나가 전황을 살피고 군사를 독려하곤 했다. 그 중에서도 이덕형은 나이가 가장 젊은 까닭에 더 자주 군영을 방문했고 적정을 살폈으며, 때로는 왜군의 우두머리들과 회담을 갖기도 했다.

그런 만큼 왕과 편전에서 독대를 하는 경우도 많았다. 멀리 있을 때야 장계(狀啓)를 올리지만 그렇지 않으면 직접 알현해 보고를 하곤 했다.

날이 저물어 어둑어둑해질 무렵 명령을 접한 이덕형이 아직도 퇴청하지 않고 있는 편전에 도착했다.

"전하, 불러 계시오니까?"

"그래, 불렀으니까 왔지."

생각보다 오래 기다린 탓에 왕의 목소리에 짜증과 피곤함이 묻어났다.

"송구하옵니다."

"됐다. 이리 가까이 오너라."

평소 같으면 무슨 일로 늦었는지 꼬치꼬치 캐물었을 터인데 다 제쳐두고 가까이 부른다는 건 보다 긴한 일이 있다는 뜻이었다.

"무슨 일로 부르셨습니까?"

"전에 왜적에게 포로로 잡혔다가 돌아온 자에 대해 짐이 물어본 적이 있지 않느냐?"

"누구를 말씀하시는 건지?"

"이문욱이라고 하던가?"

"아, 그런 인물의 순왜(順倭)가 있었던 걸로 알고 있습니다."

"그자가 지금 어디서 무얼 하고 있다더냐?"

"최근까지 소서행장의 부장으로 있었다는 얘기를 들었습니다."

"행장이라면 전라도에 있다는 말인가?"

"그렇습니다."

"거기서 나왔다는 말은 없고?"

"예, 그런데 실은 그자의 성이 이가가 아니라 손가라는 말을 들 었습니다만."

"손가라면 이문욱이 아니라 손문욱이라고?"

"그러하옵니다."

"성을 바꾸다니 해괴한 일이로다. 어느 것이 본래 성이던가?"

"그것도 잘 모르옵니다."

이덕형은 왕이 왜 이문욱(李文彧)에 대해 관심을 갖는지 생각해 보았다. 무엇보다 그 자를 어떻게 알고 있는지. 전란이 지속되면서 병사뿐 아니라 일반 백성으로서 왜군에게 포로로 잡혀간 사람은 부지기수로 많았다. 그렇게 잡혀갔다가 탈출해 돌아온 사람도 적잖았다.

장정을 포로로 잡아가는 것은 일꾼으로 쓰거나 혹은 전투가 벌어졌을 때 총알받이로 쓰기 위해서다. 이상이 사람을 소모품으로 쓰기 위해서라면 도자기나 종이를 만드는 기술을 익힌 공인(工人)을 끌고 가거나, 글과 학문이 깊어 스승으로 데려가는 경우도 많았다. 그리고 그 용도에 따라 포로들의 자유로운 행동에 차이가 났다. 왜국으로 잡혀갔어도 남다른 재주를 보였다면 조선에서보다 더 나은 신세가 되기도 했다.

작년 4월 말, 경상도 관찰사 이용순(李用淳)이 서장(書狀)을 보내왔다. 전란 중에 왜적에 잡혀갔던 이문욱이란 인물이 공생(貢生) 박계생(朴啓生)이라는 자를 시켜 비밀 편지를 보내왔기에 보고를 올린다는 내용이었다.

편지와 함께 이문욱에 대해 물으니 그는 난이 발생한 처음에 왜적에게 잡혀 부산포 왜진(倭陳)에서 같이 일본으로 건너갔다고 했다. 그런데 이문욱이 글을 잘하고 용맹하여 바로 관백(關白, 풍신수길)의 눈에 들었고, 그의 시험에 통과한 후에는 양아들이란 말을 들을 정도 신임을 얻었을 뿐만 아니라 아울러 쌀 1천 석과 나라의 성을 받았다.

그때 관두왜란 자가 5백여 명의 병사를 이끌고 반란을 일으켰는데, 이문욱이 바로 몸을 날려 두 장수와 백여 명의 반란군들을 죽이자 적도가 무너져 관백을 구할 수 있게 되었다는 것이다.

수길이 그의 공로를 인정해 재물과 무기 그리고 병사들을 상으로 내렸다. 그의 총애가 더욱 깊어지자 신하들이 시기하여 이문욱이 관백의 첩과 간통했다고 무고했다.

수길이 그동안의 공이 있어 차마 죽이지는 못하고 소서행장의 부장으로 삼아 공을 세우라 명했다. 마침 소서행장은 명과 조선의 사신들과 강화협상을 위해 본토에 와 있었다가 그들이 돌아갈 때 같이 조선으로 넘어왔다.

그와 함께 편지에는 왜군의 출병 소식들이 나열되어 있었다.

관찰사 이용순은 이문욱의 행적이 너무나 특이해서 서장을 써 조정에 보고를 했겠지만 이를 접수한 비변사에서는 왜국에서의 행적이 그다지 믿을 만하지 못하다고 판단했다. 다만 왜군의 이동이나 군세에 대해서는 귀순을 하기 위한 정보일 수 있으니 적당히 봐가면서 대응하라고 지시를 내렸다.

이연도 이문욱이란 자가 기억에 남아 한 달이 더 지난 뒤 어전회의에서 그의 아비에 대해 물었는데, 유성룡이 아는 바가 없다 하여 넘어간 적이 있었다. 회의에서 적의 정세에 대한 궁금증이 일어 이를 어떻게 풀 것인가 얘기하는 중 이문욱에 대한 말이 나왔고 이연은 아직 귀순하지 않은 채 적진에 있다면 연락을 취해 고정간첩으로 이용할 만하지 않겠느냐는 의견을 냈다.

"이문욱에 대해서 알아보리까?"

"그리하여라. 혹시 기회가 되면 짐이 볼 수 있도록 해보아라."

"알겠사옵니다."

이덕형이 읍하고 물러갔다.

멀리 있는 바다가 출렁이며 도성을 넘어 침전까지 밀려왔다.

이
문
욱

이문욱의 계책은 부분적으로 성공했다. 오랫동안 같이 다니던 자를 시켜 조선 조정과 조선군 수뇌부에 자신의 존재를 알렸다.

눈에 확 띄게 하려면 상당히 과장되고 터무니없는 일화가 들어가야 한다. 그러니까 문무에 뛰어나고 용맹하며 왜군의 우두머리를 구해낸 무용담이 터무니없을수록 사람들의 머릿속에 깊이 남게 된다. 그들이 그 이야기를 믿는지 믿지 않는지는 그다지 중요하지 않았다.

하지만 이야기를 전해야 하는 사람은 확실히 믿게 할 필요가 있었다. 자신도 믿지 못할 내용을 진지하게 전할 수 있는 사람은 없을 테니까.

그는 왜란 초기 왜군에게 나포되었을 때 포로에도 등급이 있다는 것을 깨달았다. 일단 본국에서 신분이 높으면 포로가 되어서도 좋은 대접을 받는다. 그다음에는 쓸모에 따라 구분된다. 뭐든 능력이 있으면 역시 응당한 대우를 받게 되는 법이다. 마지막으로는 그들과 잘 통하면 살아날 가능성이 높았다. 말이 잘 통하든가 아니면 감정적으로 친밀감을 조장할 수 있든가 하면 적어도 한 자리는 차지할 수 있었다.

이문욱은 세 번째 유형에 속했다. 그는 전란 전부터 왜인들이 많이 거주해 사는 삼포(三浦) 중 하나인 내이포 근처에 살며 왜인들과 교류했다. 그러다 보니 인사말과 간단한 내용은 충분히 의사소통을 할 수 있었다. 왜인들이 쳐들어왔을 때 부산포 근처에 있었는데 갑자기 수많은 군사가 쳐들어오자 도망갈 길이 없어 숨어 있다가 포로로 붙잡혔다. 그리고 일본으로 압송되어 갔는데 당연히 포로로서의 대접을 받았다.

어느 것 하나 뛰어난 재주가 없어 처음엔 가장 밑바닥 노예 생활을 할 수밖에 없었다. 무사 가문의 종이 되어 짐을 나르고 장작을 패며 물을 긷는 일들을 닥치는 대로 했다.

전쟁 초기는 승승장구하던 때라서, 조선에 출병한 왜군 장수들은 닥치는 대로 사람을 잡아 본국이나 본가로 보내곤 했다. 그러다 보니 관백이 있는 교토 후시미성에 이르는 길목의 여러 지역에는 눈에 띄게 조선인 노예가 많아졌다.

적이든 친구 관계든 일이 원활하게 돌아가려면 서로 말이 통해야 한다. 왜인 중에도 조선말을 할 줄 아는 사람이 있고 그 반대의 경우도 있는데 조선말을 하는 왜인은 거의 다 조선에 나가 있었다. 그쪽에 훨씬 더 할 일이 많았기 때문이다. 따라서 일본에 잡혀온 조선인들을 관리하기 위해서는 조선인 포로 중에서 일본말을 할 줄 아는 사람이 필요했다. 이문욱은 그래서 한 단계 높은 신분을 얻을 수 있었다.

그는 구마모토의 우토에 있는 고니시의 영지에서 수십 명에 이르는 조선인 포로를 관리하는 일을 맡았다. 의사소통이 안 되는 양쪽에 끼어 양쪽의 신뢰를 모두 얻는 것은 비교적 쉽다. 조선인들에게는 너희를 위해 내가 온갖 굴욕을 감수한다고 어르고, 일본의 상전들에게는 하인들이 말을 잘 듣고 일을 잘하도록 열심히 하는 중이라고 고하면 되기 때문이었다.

시간이 지날수록 그의 입지는 높아졌고 그만큼 왜국의 사정에 대해서도 더 자세히 알게 되었다. 틈틈이 칼 쓰는 법도 익혔다. 그리고 조선인 노예들을 모아놓고는 자신이 일찍이 일본에 와서 겪은 일들과 무용담을 늘어놓곤 했다.

글을 잘하고 무예에도 능해 높은 자들의 눈에 들었고, 마침내 관백인 풍신수길의 측근이 되었다가, 반란군 백여 명의 목을 베는 공을 세워 많은 상을 받았다. 이런 얘기는 허황되기는 했으나 재미있다며 즐거워하는 이들도 있었다.

수길의 양자가 되었다가 그의 첩과 정을 통했다는 모함을 받고 쫓겨난 얘기는 더 황당했으나 조금씩 첨가하다 보니 이 역시 진심으로 믿고 감탄하는 이들이 생겼다. 그 중에 김계생은 특히 그를 따르고 우러렀다.

병신년(1596년)이 되어 전쟁이 교착상태에 이르자 일본과 조선 그리고 참전국이 된 명나라는 본격적인 강화 교섭을 시작했다. 명나라 사신 심유경이 조선의 황신과 함께 일본으로 건너오자 교섭 상대로 임명된 고니시도 도일했다.

고니시는 풍신수길을 섬기기 전에도 외교 사절로 활동한 만큼 교섭에 능했다. 강화 교섭의 내용은 일본군이 조선에서 철수를 할 테니 그만한 대가를 지불하라는 것이었는데 양국의 의견 차이가 커 난항을 거듭했다. 애초에 일본은 조선과 명나라가 들어주기 불가능한 조건을 내걸고 지지부진 시간만 끌고 있었다.

명나라의 황녀를 일본 천황의 첩으로 보내라는 것과 조선의 4도를 넘기는 것, 조선의 왕자와 신하를 일본에 볼모로 보내는 것들은 패전국에나 요구할 수 있는 것이었다.

협상이 오랫동안 지지부진하자 사신들은 서로 문서를 위조하고 허위 요구 조건을 전하기까지 했다. 일본 협상단은 풍신수길의 항복문서를 위조해 명나라 황제에게 전했고, 명나라 사신들은 풍신수길이 일본의 왕으로 책봉되고 정상적인 조공무역이 열리기를 원한다고 거짓 보고했다.

다시 책봉 사절이 일본으로 가 수길을 왕으로 책봉했으나 그 이상 받은 것이 없자 그는 자신이 속았다고 여기고 불같이 화를 냈다. 이렇게 상황이 꼬이자 명나라의 정사 이종성은 결과에 두려움을 느껴 도망치기도 했다.

여러 차례의 왕래와 협상이 최종 결렬되자 풍신수길은 다시 군사를 동원해 조선을 공격하라고 명령했다. 고니시도 재침을 준비하기 위해 다시 바다를 건넜다.

이문욱은 전쟁과 협상이 어떻게 진행되는지 그 상황에 계속 관심을 기울여왔다. 많은 사람들이 전쟁이 언제 끝나는지 궁금해했지만 그 이상은 파고들지 않았다. 모두 위에서 결정할 문제이지 자신들이 관여한다고 반영되지 않기 때문이었다. 그는 조금 달랐다. 흐름에 몸을 맡기는 것과 흐름을 타는 것은 비슷하면서도 매우 달랐다.

이문욱은 자신이 고니시의 영지에서 꽤 인정을 받는 위치에 올라 있는 것을 이용해 직접 그를 수행해 조선으로 갈 수 있도록 해달라고 부탁했다.

"고향이 그리운 것이냐?"

이문욱을 꿇어앉혀놓고 고니시가 물었다.

"아닙니다."

"조선에 두고 온 가족과 재산이 생각났는가?"

"그것도 아닙니다."

"그럼 왜 나를 따라가려는 것이냐?"

"소인이 장군의 전쟁에 도움을 줄 수 있기 때문입니다."

"네가 총칼을 잘 쓰는가, 아니면 군대를 잘 통솔할 수 있는가?"

"그건 보통입니다."

"그럼?"

"여기 오기 전에 조선의 사정을 잘 알고 있습니다. 그리고 그쪽의 어느 누구와도 접촉할 수 있고요."

"그러하냐?"

고니시는 조금 더 깊이 생각했다. 전쟁이 오래 지속될수록 양쪽 사이를 오가는 간자(間者)들의 존재가 두드러진다. 전투 상황에서는 적진을 정탐하기 위해 필요하고, 협상 국면에서는 양쪽의 요구 조건을 조율하는 데 유용하기 때문이다. 그런데 양쪽 진영을 오가다 보면 적에게 잡히는 경우도 있고 그래서 회유되면 어느 쪽을 위해 일하는지 알 수 없는 상황에 처하기도 한다.

결국은 자기 자신이 살아남기 위해 양쪽을 이용하는 자들도 생기기 마련이었다. 물론 처음부터 끝까지 조국을 위해 헌신하는 간자들도 많이 있으나 문제는 전쟁이 끝날 때까지 알기 어렵다는 점이다. 고니시는 이전에 그런 일을 해본 적이 있기에 그에 대해 흥미가 생겼다.

"그럼 준비하고 따르도록 하여라."

"감사합니다."

수행을 허락받은 이문욱은 자신의 재량으로 평소에 따르던 자들 두 명을 데리고 배에 올랐다.

고니시의 부장(部將)이 되어 하나의 단위부대를 배정받았지만 사실 제대로 된 전투부대는 아니었다. 아무리 실력을 갖추어도 왜군 병사들이 조선인의 지휘를 받을 수는 없는 노릇이었다. 그가 맡은 부대는 조선인 포로들로 이루어진 집단이었다.

조선인으로 이루어진 부대는 무기도 갖추지 못했다. 조선인 부대의 목적은 일꾼이거나 총알받이였다. 나중에 왜군 수뇌부가 명나라 장수와 협상을 할 때 바친 수급(首級)도 여기에서 충당했다.

고니시의 진영에서도 이문욱은 사람들과 관계를 넓혀 나갔다. 물론 왜군 부장이나 무사들과 조선인 부역자들을 대하는 건 달랐다. 이번에도 양쪽 사이에서 중재하며 언제나 그들을 위해 일한다는 것을 강조했다. 조선말을 알아듣거나 할 줄 아는 왜인과 일본말을 하는 조선인들이 단순히 기계적으로 정보만을 전달하는 반면 그는 인간관계를 만들고 유지하는 방편으로 행동했다. 그러기 위해 가장 많이 한 언행의 유형이 약속이었다.

당신에게 적의 움직임에 대한 좋은 정보를 알려주겠다, 나중에 풀려나면 벌을 받지 않고 오히려 상을 받을 수 있도록 해주겠다, 양반 가문이 숨겨둔 귀한 보물을 찾게 되면 장군에게 먼저 바치겠습니다, 등등. 이런 노력으로 그는 진영 내에서 상당히 자유로운 활보가 가능했다.

어느 날 그는 김계생을 은밀한 곳으로 데리고 갔다.

"자네와 내가 곧 온천을 간다는 핑계로 진영을 빠져나갈 거야."

"그래?"

"그러면 자네는 따로 할 일이 있네."

"뭔데?"

"경상도 관찰사에게 나에 대해 자세히 말하고 내 편지를 전하게."

"관찰사가 어디 있는데?"

"감영이 대구에 있으니 그 사람도 대구에 있겠지."

"그 먼 거리를 금방 갈 수 있겠나?"

"가까이 있는 조선군 진영에 가서 내가 보냈다고 하면 말이나 마차로 빨리 데려다 줄 거야."

"자네가 밖에 자주 나간 것이 그 길을 닦아놓기 위한 거였나?"

"그렇지. 자네도 제법 똑똑하군."

"허허, 자네만 하겠는가?"

"어쨌든 중요한 일이니 차질 없이 해야 해. 우리가 언제까지 왜 놈들 밑이나 닦아주면서 있어야 하나! 전황을 보니 왜군이 다시 진출하고는 있으나 명나라에서 많은 군대가 들어오는 중이라 놈들 이 이긴다는 보장이 없네. 양쪽 사이에 끼어 이름도 없이 죽을 순 없지. 양쪽 모두에 우리가 살길을 마련해두려는 거야."

"알겠네. 자네가 왜국에서 벌였던 활약에 대해 자세히 이야기하 면 될까?"

"그렇지. 좀 믿기 어려울지 몰라도 자세히 말하면 높은 곳까지 전달될 게야."

"그렇게 하지."

"그리고 가서는 자네 신상에 대해서도 조금 바꿀 필요가 있네. 우선 성을 다른 것으로 하면 좋겠군. 박씨가 어떨까 싶네."

"날 박계생으로 소개하란 말이지? 그건 왜?"

"아무리 귀순하려 한다고 해도 자네의 행적에 대해 자세히 조사해보려 할 거야. 그럼 왜놈들에게 부역한 것이 다 드러날 텐데 그 걸 그냥 넘기겠나?"

"아, 그렇겠군."

김계생은 이문욱이 시키는 대로 영을 나가 조선군 진영으로 달 려갔고 거기서 경상도 관찰사 이용순 앞으로 안내되었다. 그는 관 찰사가 직접 묻는 말에 미리 준비한 대로 적절히 대답했다.

때는 일본과의 강화 협상이 최종 결렬되어 긴장이 고조되고 있 던 시기였다. 전쟁이 단기간에 끝날 기미가 보이지 않자 적당한 선 에서 타협을 하자는 협상은 2, 3년 전부터 시작되었고, 그동안에 지역별로 소규모 전투가 있었으나 대체로 소강상태를 유지해왔다.

하지만 작년 12월에 협상을 맡았던 고니시 유키나가가 다시 부 산으로 돌아왔고, 조선통신사 황신이 이어 돌아와 왜군이 재침할 것이라 보고했다. 바로 이때 고니시는 첩자 요시라를 통해 가토 기 요마사의 군대가 조선으로 들어올 것이니 기다렸다 요격하라는 정 보를 흘렸다.

조정에서는 이순신에게 같은 명령을 내렸으나 이순신은 적의 계 략임을 알고 움직이지 않았다. 그러자 조정은 이를 빌미로 이순신 이 왜군과 내통하고 있었다는 모함을 받아들여 그를 파직한 후 한 양으로 압송했다.

이순신을 대신해 원균을 그 자리에 임명한 왕과 조정은 그다지 걱정을 하지 않았겠으나 현장에 있는 사람들은 완전히 달랐다. 다 시 전쟁의 소용돌이에 휩쓸리면 얼마나 많은 사람이 죽어 나갈지 알 수 없었다. 그러니 양쪽 진영을 오가는 사소한 것 하나가 큰 불씨가 될 수 있기에 매우 조심스러웠고 신경을 많이 썼다.

이용순은 박계생이라고 자신을 소개한 자를 불러 자세히 물어보았다. 조선과 왜국에서의 행적 그리고 특히 이문욱이란 자의 인물 됨됨이에 대해서.

김계생은 출발하기 전 복습한 대로 진지하게 대답했다. 그렇게 임무를 마치고 돌아왔을 때 이번에는 이문욱이 관찰사와 무슨 얘기를 했는지, 정확하게는 어떤 내용의 심문을 받았는지 꼬치꼬치 캐물었다. 얘기를 다 듣고 나서 그가 물었다.

"관찰사가 자네 말을 다 믿는 것 같던가?"

"아마 그런 것 같았네."

"자세히 캐물었다면 적어도 관심은 있었다는 말이겠지. 그래서 앞으로 연락할 방법은?"

"글쎄, 그런 이야기는 없었는데……."

"그래?"

"그런데 자네 이름이 정말 이문욱이 맞느냐고 하면서 어디 출신이고 부모 이름은 무엇인지 묻더군."

"내가 얘기하지 않았으니 자네는 모른다고 했겠지?"

"그렇지. 왜적의 보복이 있을지 몰라 말을 안 한 것 같다고 했네."

이문욱은 생각했다. 직접 찾아가지 않는 이상 역시 많은 성과를 얻기는 어렵다. 처음 정보를 가지고 상대편 진영을 찾아가면 그들은 정보와 정보를 전달한 자 중에서 정보를 전달한 자에 대해 더 깊은 관심을 보인다. 정보를 가지고 온 자가 어떤 인물인지 알아야 정보의 내용도 신뢰가 가기 때문이다. 그런데 이번에는 둘 다 신뢰를 얻지 못했다. 물론 예상했던 일이다. 일단 깊은 관심을 갖도록 했으니 그것만으로 충분했다.

그런데 정보의 내용인 왜군의 군세와 동향은 다른 경로로 교차 검증할 수 있기에 오래지 않아 사실로 밝혀질 것이다. 대신 그만큼 독점성이 떨어져 가치가 적어진다. 더구나 풍신수길의 와병설이나 사망설은 중요한 내용인데도 워낙 허위정보가 난무하기 때문에 아무런 가치도 없었다. 그렇다면 어떤 것을 가지고 가야 후한 대접을 받을까? 그 기회를 잡는 데 일 년 넘는 시간이 후딱 지나가 버렸다.

예
교
성

9월 중순부터 전황은 급류처럼 흐르기 시작했다.

이전까지는 행군을 하다가 왜적과 마주치면 전투를 벌이는 소규모 소탕전이었는데, 풍신수길이 죽고 왜적이 모두 철수하려 한다는 게 확실해지자 이대로 보낼 수 없다는 분위기가 고조되었다.

울산과 사천 그리고 순천, 세 곳의 주요 전선에서 거의 동시에 연합군의 공격이 시작되고 있었다. 이순신은 사로병진책의 작전이 시작되었다는 연락을 받고 9월 15일에 고금도 통제영을 떠났다. 이게 마지막 싸움이 될지 그로서도 알 길이 없었다. 그는 무거운 자신의 몸이 부상과 질병으로 쇠약해진 때문인지 의도와는 상관없이 동원된 출병 때문인지도 알 수 없었다.

그는 왜란 이후 지금까지 20여 차례의 싸움을 모두 승리로 이끌었지만 모두 해전에서의 싸움이었다. 어떤 이는 운이 좋아서 이겼다고 하고 또 어떤 이들은 전략을 잘 써서 이겼다고도 하며 누구는 유리한 때와 장소만 골라서 싸웠기 때문에 이겼다고 했는데 모두 맞는 말이었다. 그 모든 게 더해져서 승리한 것이기에 전승의 기록을 세웠다.

형세가 조금만 불리하다 싶으면 피한 것도 여러 차례. 어떤 전투도 이기지 않으면 적을 막을 수 없기 때문이었다. 바다에서 적도를 막아야 한다는 오직 하나의 목표. 그 때문에 사람들이, 특히 조정에서 무슨 말을 하든 태연할 수 있었다.

그런데 이번 싸움은 그렇게 되기 어려웠다. 같은 편끼리 힘을 모아 협공을 하는 것은 어찌 보면 수월하고 매우 유리한 상황일 듯하지만 실상에서는 전혀 그렇지 않았다. 말 그대로 손발이 맞지 않으면 혼자 싸우느니만 못한 것이 협공이었다. 한데 이번 공격의 목표인 순천의 예교성은 뭍에 있어 수군 단독으로는 공격할 수 없고, 육군과의 협공이 불가피했다.

더구나 함께 출병하는 진린의 명 수군 역시 본국에서는 맹장일지 모르나 해안선이 복잡한 이곳에서는 좀처럼 실력을 발휘하지 못했다. 제대로 싸우지도 못하면서 수군 전체를 지휘하려고 하면 오히려 적군보다 못한 걸림돌이 될 수 있었다. 이순신은 이래저래 걱정이 많아졌다.

9월 15일에 고금도를 출발한 함대는 나로도에서 이틀을 머물렀다. 명나라 제독 유정이 이끄는 육군과 공격 일정을 맞추어야 하기 때문이었다. 나로도는 고금도와 왜교성의 중간 지점이었다. 거기서 좀 더 완벽한 작전을 구상하며 전투 훈련을 하기로 했다.

이순신이 기함(旗艦)에서 왜교성과 그 일대의 지도를 펼쳐놓고 제장들과 논의를 하고 있을 때였다. 진린이 찾아왔다는 보고를 받았다.

"사또, 진도독이 또 왔습니다."

"이리로 모셔라."

이순신은 복잡한 표정으로 대답했다.

두어 달에 불과한 짧은 기간에 둘 사이에 필요 이상으로 많은 일들이 있었다. 거만하고 포악한 성격을 다 받아줘야 했고, 왜적을 잡아 그 수급을 나눠줘야 했으며, 살살 달래거나 엄포를 놓기도 해야 했다. 사람 하나 다루기가 왜적 섬멸하기보다 더 어려웠다.

잠시 후 진린이 투구에 볼살이 늘어진 얼굴을 출렁이며 부하들과 함께 회의실로 들어섰다.

"이도독은 또 작전을 구상하고 있소?"

진린이 보자마자 껄껄 웃으며 물었다.

"싸움에 임해서는 아무리 철저히 준비를 한다고 해도 모자람이 없지요."

"걱정할 거 없소. 유제독과의 통솔권 문제도 해결했고, 육군과 합치면 우리 쪽 병력이 압도적이니 어렵지 않게 승리할 수 있을 거외다."

"허허, 그렇습니까?"

"나만 믿으시오."

그러면서 그는 주위를 둘러보았다. 눈치를 보니 또 술과 고기가 필요한 모양이었다.

이순신은 바로 알아채고 고갯짓을 했다. 조카인 군관 이완이 바로 일어나 밖으로 나갔다.

곧 조촐한 주안상이 차려졌고 갑작스럽게 마련된 자리인 까닭에 이순신과 진린 그리고 가까운 장수 몇만 착석했다.

"그래 준비는 많이 하셨소?"

"준비야 아무리 철저히 한다고 해도 부족한 법입니다."

"그렇지요. 한데 이도독은 좀 소심한 데다가 완벽주의인 것 같소. 그러면 아랫사람들이 고생을 하지요."

"군사는 평소 엄격하게 행동해야 전쟁터에서 이길 수 있습니다."

"백 번 지당한 말씀이오. 하지만 큰 싸움에 나가기 전에는 군사들을 흥겹게 하고 배불리 먹여야 사기가 오르고 힘을 낼 수 있는 것 아니오?"

"그건 옳습니다."

대답을 할 뿐 이순신은 조용히 술잔만 기울였다.

그의 머릿속엔 온통 함께 전투에 임할 병사들과 어떻게 싸울 것인가 하는 것뿐이었다. 나라와 백성? 그건 잘 모르겠다. 우선 내가 보호할 수 있는 사람 정도면 되었다. 내게로 모여들어 내게 의지하니 그들을 정성껏 보살피는 정도다.

왕과 조정 중신들? 그들은 이제 눈 밖에 있었다. 뭐랄까, 염증이 생겼다고 할까. 언제부터인가 충(忠)을 버렸다. 아니, 내가 버렸다기보다는 그것이 저절로 빠져나가버렸다. 옷감의 물이 빠지듯 탈색되어버리니 허무가 찾아왔다. 진린이 돌아가고 하루 종일 흐르는 물만 보았다.

다음 날 오후에 이순신은 다시 함대를 몰아 방답(防踏)에 이르렀고 거기서 하룻밤을 보낸 후 좌수영 앞바다에 정박했다.

좌수영(左水營, 여수)은 왜란 전 전라좌수사로 임명되었을 때부터 시작해 한산도로 본영을 옮길 때까지 2년 반을 지냈던 곳이다. 바다가 바로 내려다보이는 곳에 여러 채의 본영 건물이 위치해 있었는데, 이제 와서 보니 많은 것이 무너지고 곳곳에 풀과 나무가 자라 황량했다. 자신과 휘하 병사들의 보금자리였던 곳이 얼마 지나지 않았는데도 폐허가 된 것을 보니 마음이 참담하기 그지없었다.

그동안 자신의 곁에서 싸웠던 많은 동료 병사들의 모습이 눈앞에 보이는 폐허와 겹쳐졌다. 녹도만호 정운, 이억기, 최호 등의 장수와 많은 병사들, 역군(役軍). 이토록 많은 사람들이 희생되었는데 아직도 싸움은 끝나지 않았다.

"내려가 보시겠습니까?"

"……됐다. 자세히 본들 나아지겠느냐."

무엇보다 내일 있을 전투가 가장 걱정이었다. 이전까지 단일한 지휘체계 아래서는 공격해야 할 곳이 육지라고는 해도 예교성 인근의 지형과 물때를 알기 때문에 적절히 대처할 수 있겠으나, 함께 싸우는 명의 군대가 문제였다.

좀 더 오랫동안 숙의를 하고 철저히 약속을 맞추어야 하지 않았을까? 공격하는 것도 양쪽이 보조를 잘 맞추어야 하지만 물러나는 것 역시 마찬가지다. 지금까지와는 달리 싸움에 의욕을 보이는 진도독의 모습이 자꾸만 불안해 보였다.

임진년 이후 벌어진 전투란 전투는 모두 이기다 보니 자신이 공격 위주로만 전투를 한다고 생각하는 이들이 많았다. 그건 천만의 말씀이다. 지금까지 앞뒤 생각하지 않고 임한 전투는 하나도 없었다. 명령 하나만 잘못 내려도 수많은 목숨이 사라지는데 어찌 함부로 공격과 후퇴를 명할 수 있단 말인가.

철저히 계산해서 공격할 때 공격하고 물러날 때 물러나도록 했으며 그 모든 것이 톱니바퀴처럼 잘 맞물려 돌아가도록 했기에 승전의 기쁨을 함께 나눌 수 있었다.

이번 전투도 그러기를 바라지만 기대는 난망했다. 그 자신과 진린 그리고 육군의 유정 사이에 신호 체계만 정확하게 지켜질 수 있으면 더 이상 바랄 게 없으련만.

수륙 양면으로 협공을 한다는 약속이 있었기에 육군은 9월 19일에 예교성을 향해 공격을 시작했다.

예교성(曳橋城), 그러니까 순천왜성은 고니시가 1년 전 직접 병사와 인부를 동원해 쌓은 성으로 삼면이 바다에 둘러싸여 있었다. 서쪽으로만 육지가 연결되어 있는 반도로 예로부터의 전쟁 개념으로 보면 배수진(背水陣)이라 할 수 있었다.

죽을 각오로 싸워야 하는 곳. 하지만 성의 주인 고니시는 사위인 대마도주에게서 얻은 것을 포함해 500여 척의 배를 확보하고 있었기에 여차하면 바다로 달아나는 것도 가능했다.

성은 평산성으로, 가장 바깥쪽 외곽에는 제1외성으로부터 해자, 제2외성, 제3외성, 내성까지 겹겹이 성벽을 쌓아놓았다. 그리고 외성 밖 신성포에는 5백 척의 배를 대놓고 바깥에 말뚝을 박아놓았다.

육지로 진입하는 곳이 한 방향이고 진입로 역시 좁아서 조명연합육군은 왜군보다 몇 배나 많은 병력의 이점을 살리기 어려웠다. 유정이 지휘하는 명군은 2만6천 명, 그리고 조선의 도원수 권율 휘하의 1만 명이 육군의 병력이었다. 고니시 휘하의 왜군 1만5천 명에 비하면 두 배 이상 많았다.

장도해전

예교성에 이르는 길에는 섬들이 상당했다.

그중에서 가장 큰 것이 유도(현재의 묘도)이고 가장 가까운 것이 장도였다. 모두 광양만에 있는 섬들로 아직 이순신 수군에 수복되지 않은 곳이 많았다.

섬의 수만큼 많은 왜적들이 섬 곳곳에 숨어 있었다. 단순히 숨어 있기만 하면 다행인데 배를 타고 다니며 약탈을 하고 염탐을 하기 일쑤였다.

유도는 참 어중간한 크기였는데, 전략적으로 적들이든 조명 연합수군이든 자주 다니는 길목 한가운데 위치해 있어 양측에 모두 중요했다. 그러므로 점령해서 깨끗이 만들어놓아야 했다.

이순신은 섬의 남쪽에서 주위를 둘러보고 부장들에게 말했다.

"이곳을 먹살처럼 틀어쥐고 있으면 행장의 배들이 하나도 지나가지 못할 것이다. 여기에 전진기지를 만들어놓도록 하자."

"예, 알겠습니다."

나대용이 대답했다.

"진도독의 함선은?"

"먼저 출발했는데, 알아보겠습니다."

작은 배로 섬을 돌아보니 명의 수군은 섬의 북쪽에 주둔해 있었다.

연락을 주고받으며 양군이 이 섬에서 함께 머무르기로 합의했다. 그리하여 섬에 숨어 있을지도 모를 왜군의 잔당을 찾기 위해 수색대를 먼저 배에서 내리도록 했다.

각각 수십 명 단위로 몇 개의 조가 섬을 샅샅이 수색했는데, 이미 함대가 섬에 이르는 것을 본 자들은 서둘러 배를 타고 떠났고, 소식이 늦은 자들은 모두 산속으로 숨어들었다가 잡히거나 수색대의 총칼에 맞아 죽었다.

곧이어 임시로 머무를 막사가 설치되었다. 오랫동안 남해안 곳곳을 다닌 이순신의 함대는 어디든 머물 만한 곳이면 만여 명에 이르는 인원이라도 충분히 쉴 수 있는 숙소를 만드는 데 도가 터 있었다.

나대용의 지휘 아래 뚝딱뚝딱 금방 만들어냈다. 그리고 뒤를 따르는 보급선은 그들이 사용할 물과 식량을 실어다 날랐다.

다음 날 일찍 바로 진격을 개시하려고 작전을 짜는 중에 군관 김대인(金大仁)이 나서서 의견을 제시했다.

"통제사 나리, 이번 공격은 소인이 선봉에 서게 해주십시오."

"너는 이곳에 대해 잘 아는 모양이구나."

"예, 그렇습니다. 그리고 이번 작전에 대해 말씀드리자면 저 앞의 장도에서는 가능한 은밀하게 접근해 공략을 하는 것이 좋습니다."

"왜 그러한가?"

"장도는 왜군들에 의해 삼엄하게 경비되는 곳인데, 놈들의 군량미가 상당히 비축되어 있기 때문입니다."

"식량 저장고라고?"

"예, 그렇습니다."

"저들이 비축한 곡식이라는 것들이 본래 우리 것이니 마땅히 우리가 차지해야 할 것이다. 하나도 빠지지 않고 확보하는 게 옳다. 그렇다면 더 신중하고 세밀한 작전이 필요하구나."

"그렇습니다."

"놈들은 우리가 쳐들어가 섬을 빼앗긴다고 생각하면 창고에 불을 질러 다 태워버리고 도망갈 것임이 분명할 터, 요란하게 쳐들어가서는 안 될 것이다."

"그렇지요."

"놈들이 알아차리지 못하도록 접근하려면 작고 빠른 쾌선을 타고 야간에 침투하는 게 좋겠지?"

"예, 물론입니다."

"위험한 작전이니만큼 민첩하고 힘이 좋은 장정들을 선발하도록 해라."

둘러선 제장들을 보며 지시를 내리자 장수들이 일제히 읍하며 대답했다.

곧바로 개인 격투에서 뛰어난 실력을 가진 장정들이 특공대로 선발되었는데 역전의 명장들인 송희립과 이언량뿐만 아니라 이순신의 아들 회와 조카 완까지 지원을 했다. 본격적인 전투가 남아 있었기에 그 중에서 일부만 선발을 했다.

김대인은 자신이 직접 만들어 가져 다니는 활을 들어 보이며 말했다.

"선발 특공대는 무기도 칼과 활 등 소리 없는 것을 사용하는 것이 좋습니다. 제가 사용하는 것이라서 하는 말이 아니라 이 대나무 활은 시위를 당기는 데 힘은 더 들지만 성능이 뛰어납니다."

조선은 개인 원거리 무기로 활을 주로 사용했다. 말을 타고 달릴 때 많이 사용하는 동개활과 동개살이 있고, 보병은 가볍고 사정거리와 살상력이 뛰어난 편전을 주력으로 사용했다. 대신 조총에 비해 숙련 기간이 길다는 점이 약점이었다. 그 말은 조준해서 명중시킬 확률이 떨어진다는 것이었다. 하지만 이번 작전에서는 소리가 거의 안 나는 활이 가장 중요한 무기였다.

"그런데 이곳에 우리 함대가 도착했다는 것을 적이 알고 있을지 모르는데 기습이 가능할까 모르겠소."

선공대에 포함된 우치적이 우려를 드러냈다.

"적의 경계가 더 강화된다고 해도 하루 종일 신경을 쓸 수는 없을 겁니다. 밤에는 시야가 막히니 동이 트기 전 어두울 때 상륙해 공격을 시작하는 것이 좋겠습니다."

"그렇게 하게."

이순신이 대답했다.

회의를 끝내고 준비를 마친 선공대는 짧은 잠과 휴식을 취한 후 새벽녘에 세 척의 협선을 타고 출발했다.

한 배에 열댓 명이 탈 수 있는 협선은 어둠 속에서도 물살을 가르며 서쪽으로 나아갔다. 유도에서 장도까지는 25리, 힘이 좋은 장정들이 노를 저어 가니 뭍에서 사람이 뛰는 것보다 빠르게 이동할수 있었다. 반 시진이 안 되어 장도에 도착한 선공대는 재빨리 배에서 내려 행동을 개시했다.

새벽녘 어스름에 사람 형체가 보이지 않도록 낮게 자세를 숙이며 은밀히 이동해나갔다. 장도라는 섬 자체가 손바닥만큼이나 작아 여럿으로 길을 나눌 필요도 없었다. 열 명 정도면 충분히 수색할 수 있으나 경비병이 얼마나 배치되어 있는지 몰라 인원이 세 배나 늘었다.

그들은 낮게 엎드린 채 왜군 경비병을 찾아 두리번거렸다. 그리고 하나씩 발견할 때마다 가까이 접근해 뒤에서 목을 땄다.

활을 쏘는 것은 목표물이 빗맞거나 혹은 쓰러질 때 소리가 나 침입이 들킬 수 있으므로 가능한 자제했다.

곳곳에 경계를 서고 있던 왜군 초병들을 하나씩 제거해나가는 중 바위 위로 불쑥 몸을 일으킨 한 놈이 바지춤을 내리며 오줌을 싸기 시작했다. 그 아래 매복해 있던 대원은 난데없이 튀는 오줌방울을 얼굴에 다 맞고 있었다. 그런데 배설을 하는 짐승은 한 번은 자신이 눈 것을 살펴보게 되는 법, 해가 뜨면서 밝아오는 바다를 피해 초병의 고개가 아래로 향하며 두리번거렸다. 항상 오줌을 누던 자리라서 그런지 뭔가 달라진 느낌에 더 유심히 주변을 살피는 것이었다. 그리고 달라진 것이 무엇인지 눈치채는 순간 그의 목에 칼이 날아와 박혔다.

어억! 미처 비명을 토하지도 못한 상태로 그의 몸은 앞으로 고꾸라져 경사진 절벽 아래로 떨어졌다.

투두둑 탁탁.

나뭇가지 꺾이는 소리와 함께 물체가 구르는 소리가 유독 크게 들렸다.

"나니, 소레와 나니까(뭐, 뭐야)?"

곧 다른 경비병이 달려와 확인했고, 그 역시 화살을 맞고 쓰러졌다.

"데끼다(적이다)!"

왜병들이 소리치면서 부근이 소란스러워졌다.

"신속히 놈들을 제거하고 창고를 확보하라."

우치적이 소리치며 앞서 나갔다. 동시에 여기저기 숨어 있던 선공대원들이 불쑥불쑥 일어나 그동안 노리고 있던 왜병들을 향해 살수를 날렸다.

미처 대비하지 못한 왜병들은 속수무책으로 칼과 화살을 맞아 쓰러졌다.

　뒤에 있다 무기를 쥘 수 있었던 자들은 칼과 창을 맞대고 휘두르기는 했으나 제대로 싸우지 못한 채 푹푹 쓰러졌다.

　"첫 번째 창고 확보했습니다."

　"두 번째 창고 확보했습니다."

　대원들의 보고가 속속 들어왔다. 작전은 거의 성공이었다. 이제 신호를 보내 본대가 와서 이 섬을 완전히 점령해야 제대로 된 성공이라 할 수 있었다.

　"활을 쏘아 신호를 보내라!"

　명령이 떨어지자 연기를 내뿜는 신호용 활을 준비한 대원이 동쪽 하늘을 향해 활을 쏘았다. 화살은 검은 연기를 내뿜으며 하늘로 솟구쳤다.

　그런데 신호를 보낸 것은 이쪽만이 아니었다. 남아 있는 왜군 또한 뿔피리를 길게 불어 자신들의 본대에 구원을 요청했다.

　대원이 달려가 목을 쳤지만 이미 긴 각적 소리는 몇 번이나 울린 뒤였다. 대원들은 긴장한 얼굴로 일제히 서쪽을 바라봤다.

　장도에서 왜성까지는 직선거리로 5리 정도. 어른 걸음으로 이삼십 분이면 올 수 있는 거리였다. 그들이 유도에서 왔을 때와 마찬가지로 빠른 협선을 타고 온다면 그보다 더 일찍 도착할 것이다.

　"적이 온다. 모두 긴장을 풀지 말고 대비하라."

　30여 명의 대원들은 모두 서쪽 바닷가로 가서 곧 다가올 왜병들을 기다렸다.

각자 바위나 나무 뒤에 숨어 서쪽을 노려보았다. 손에는 모두 화살을 활에 장전한 상태였다. 뒤쪽에서 본대가 도착하는 것보다 훨씬 먼저 도착할 것이 분명하므로 그 시간 차만큼 버텨야 했다.

잠시 후 각각 열 명 정도가 탄 왜선 십여 척이 가까이 다가왔다.

거리가 대화를 할 수 있을 정도로 가까워지자 대장이 사격 명령을 내렸다.

"활을 쏴라!"

쉬익, 수십 개의 화살이 적선을 향해 쏘아졌다. 아군보다 두 배이상인 적의 수를 줄이려면 가능한 많이 적중해야 했다. 김대인의 대나무 활을 비롯한 화살들이 왜군의 뱃전을 향해 날아갔다.

눈에 띄지 않은 곳에서 갑자기 화살이 빗발치듯 쏟아지자 왜병들은 당황해 급히 몸을 숙였다. 정확히 겨냥해서 쏘았다고 해도 움직이고 있는 목표물이고 다들 갑옷에 투구까지 쓰고 있었던지라 제대로 맞고 쓰러지는 자들은 아주 적었다. 대개는 뱃전에 맞고 튕겨 나가거나 바다에 빠졌다.

그래도 멈추지 않고 계속 쏘았다. 이럴 때 포 한 방이 너무 아쉬웠다. 가장 작은 현자총통이나 황자총통만으로도 저 정도의 작은 배는 두 조각을 낼 수 있을 터인데.

각자 서너 번을 쏘고 나자 적선들은 부쩍 가까워져 거의 상륙 직전이었다. 그동안에 정비를 한 적들도 조총과 활을 들고 응사했다. 왜군의 활은 조선보다 훨씬 성능이 떨어져 상대가 안 되었지만 조총은 위력이 달랐다.

놈들의 총구가 불을 뿜자 선공대원들은 감히 머리를 내놓고 활을 쏠 수 없게 되었다. 나뭇가지가 우거진 곳에서 모습을 숨긴 채 쏘긴 했으나 적을 맞추는 건 극히 드물었다.

갯가에 배들이 닿기 시작했고 왜군들이 철퍽철퍽, 물속으로 발을 내디뎠다.

그사이에 대원들이 쏜 화살에 맞고 쓰러지는 자들이 몇 있었다. 하지만 남은 자들은 속속 배에서 내려 섬 위로 올랐고 이어 자세를 잡고 조총을 쏘아댔다.

얼마 지나지 않아 선공대 대원들의 수보다 더 많은 왜병들이 섬에 상륙했다. 섬은 완만한 곳 두어 군데 식량 창고가 있고 나머지는 모두 돌과 나무가 많아 울퉁불퉁했다.

"모두 맞서 싸우되 옆 동료와 보조를 맞추면서 뒤로 물러난다."

대장의 지시에 따라 대원들은 창과 칼을 쥐고 백병전을 준비했다. 다들 근접 각개전투에는 누구보다 뒤지지 않는 실력을 갖고 있었기에 피할 생각은 없었다. 이 정도로 가까워지면 조총이라는 무기에 의한 이점이 사라지므로 개인의 신체 능력과 칼 다루는 솜씨에 의해 승패가 좌우된다. 문제는 아무래도 머릿수였다.

일당백, 곧 한 사람이 백 명을 능히 상대한다는 말은 옛날이야기에 불과하다. 아무리 칼을 잘 쓰는 사람이라도 열 명 이상, 아니 다섯 명 이상도 이기기 어렵다. 체력의 한계가 따르기 때문이었다.

여기저기서 칼과 창을 맞대며 싸움이 벌어졌다. 챙, 챙! 쇳소리가 작은 섬을 울렸다.

"무조건 많이 죽이려 하지 말고 체력을 아끼면서 시간을 벌어라."

모두 대장의 말을 염두에 두고 각자의 적과 대치를 계속했다.

적을 많이 쓰러뜨리려 하면 이쪽도 위험해지므로 지형지물을 이용해 칼을 주고받았다. 다행히 바위와 나무, 나무뿌리 등이 많아 한 사람이 한꺼번에 여러 명을 상대하지 않아도 되었다. 조금 너른 평지에서는 두어 명이 등을 맞대고 여러 명의 적을 상대로 싸웠다.

캉, 캉!

날붙이가 부딪치며 날카로운 소리와 함께 불꽃이 튀었다. 칼을 잘못 맞은 바위에서도 불꽃과 함께 깨진 돌들이 날았다. 그러다가 몇 명은 적의 목을 베어 넘겼고 몇 명은 칼날에 맞아, 혹은 넘어져 다치기도 했다. 왜군들도 서로 소리를 지르는 건 마찬가지여서 칙쇼(畜生), 시누(죽어라)! 하고 외쳐댔다.

그 와중에 적은 속속들이 들어와 머릿수를 늘렸다. 뒤쪽에 있는 대원들은 활을 들어 상륙하는 적들을 향해 쏘기도 했는데 그건 상대편도 마찬가지였다.

"크윽, 윽!"

"뭐야, 맞았나?"

"괜찮습니다."

"괜찮긴 뭐가 괜찮아. 빨리 뒤로 빠져!"

바로 피가 흥건해지는 허리를 부여잡은 대원을 물러나게 하고 다른 동료가 칼을 내밀며 싸웠다.

그런데 머리를 들어 보니 또 적의 대군이 몰려오는 게 보였다.

"큰일이다. 놈들이 더 몰려오면 우리가 피할 시간이 부족하고 그러면 작전이 허사가 되는데……."

"그럼 식량 창고라도 태워버리고 달아날까요?"

"……아직 조금만 더 버텨보자."

망설이는 사이에도 수십 척의 적선은 점점 더 가까이 접근했다. 섬이 워낙 작다 보니 그리 크지 않은 배 십여 척만 되어도 섬을 완전히 포위할 수 있었다. 그렇게 포위되면 살아서 돌아가는 것도 요원해진다.

"대장, 빨리 결정하십시오!"

옆에서 칼을 휘두르며 싸우는 대원이 다급한 목소리로 말했다. 우치적은 재빨리 주위를 두리번거리다가 젊은 장정을 향해 소리쳤다.

"세돌아, 빨리 산꼭대기에 올라가 본대가 얼마나 와 있는지 살피고 오너라."

"예, 알겠습니다."

세돌이 냉큼 대답하고 껑중껑중 뛰어서 뒤편의 산봉우리를 향해 뛰어 올라갔다.

지금 몸을 피해 반대편에 놓아둔 배로 가야 목숨이라도 부지할 수 있다. 이미 좌우측으로 돌아가는 적선들이 먼저 포위해버리면 그마저 희망이 없다. 그런데 세돌이 산꼭대기에 거의 다다를 즈음 비명을 지르며 쓰러졌다. 뒤에서 쏜 총탄에 맞은 모양이었다.

다들 안타까운 마음으로 바라만 보는데, 다시 일어서서는 절뚝거리며 올라가는 것이었다. 다리나 허벅지쯤을 맞은 것 같았다.

"제가 따라서 가보겠습니다."

"조심해!"

적들의 수는 점점 늘어났다. 이젠 몸을 피할 시간도 없었다. 그렇다면 놈들의 보급 식량이라도 태워버려야 하지 않을까……. 모두 절망적인 상황을 직감했는지 낯빛이 어두워져 갔다.

그 순간 온 섬을 울리는 듯한 포격 소리가 들렸다.

장도의 왜적 식량 창고를 접수하러 간 특공대가 성공했다는 신호를 본 본대는 즉시 출발했다.

이순신은 전군의 지휘관들을 모아놓고 지시를 내렸다.

"부지런히 노를 저어 최대한 빨리 가도록 하자. 적의 본진이 가까워 대원들이 오래 붙잡고 있을 시간이 없으리라."

"예, 알겠습니다."

이순신은 격군들뿐 아니라 다른 병사들까지 합세해 속도를 높이라고 명령했다. 어떤 작전이든 성공하기 위해서는 직접 수행을 하는 부대뿐 아니라 뒤에서 받쳐주는 쪽에서도 차질 없이 맞춰줘야 한다. 반 시간 남짓 걸리는 짧은 거리라도 상황에 따라서는 수백 리 되는 먼 거리처럼 여겨지기도 하는데 지금이 그랬다.

장도까지 절반 넘게 가는데 섬의 양쪽으로 여러 척의 배들이 돌아가는 게 보였다.

"사또, 놈들이 섬을 포위하려는 모양입니다."

"포를 쏘아서 접근을 못 하게 막아라."

"알겠습니다. 앞의 적선을 향해 포를 쏘아라!"

부관이 전군을 향해 소리치자 곧 전선들에서 일제히 포탄이 발사되었다.

그동안 많은 해전에서 톡톡히 전공을 세운 함포, 천자총통과 지자총통이 적선을 향해 대포알을 퍼부었다.

쾅! 쾅! 쾅! 쾅!

일제히 쏘아대는 함포에 몇 척의 적선이 갑판과 선두 부분을 맞고 부서져 나갔다. 함께 있던 왜군들도 공중으로 날아서는 바다에 떨어졌다. 그러자 나머지 배들은 혼비백산한 듯 오던 길을 돌려 달아나기 시작했다.

계속해서 포를 쏘며 전진해 섬의 물가에 이르렀다. 선단에 딸려 있던 협선(挾船)과 사후선(伺候船)에서 병사들이 뛰어내렸다. 이미 장도에 올라와 작전을 시작했던 선공대를 지원하기 위한 것이었다.

백여 명 이상의 군사들이 다시 섬을 개미떼처럼 덮는 동안 전선들은 달아나는 왜선들을 뒤쫓아 가며 포격을 계속했다.

섬을 절반이나 포위했던 왜선들은 뒤쫓아온 대형 함대에 쫓겨 그들이 왔던 순천왜성 아래 해변으로 들어갔다.

자신들의 선단이 파괴되고 불길에 휩싸이며 쫓겨 들어오자 성벽의 왜군들이 멀리서 총과 포를 쏘아댔다.

조선 수군의 작전을 뒤늦게 알아차리고 합류한 진린의 전선들은 전공을 빼앗기지 않기 위해 더욱 속도를 내 달려왔다. 명나라의 전선인 사선(沙船)과 호선(號船)에는 40여 척에 5천여 명의 군사가 타고 있었다.

그들은 뒤늦게 달려들었지만 싸우는 시간은 정해져 있었다. 왜선들은 상당한 피해를 입었음에도 해안의 목책 안으로 다 피신했고, 바다는 물이 빠지는 때여서 철수할 수밖에 없었다.

장도에서는 새로 합류한 본진의 증원군에 의해 섬에 있던 왜적들을 모두 소탕하고 섬 안에 있던 수천 석의 군량미를 무사히 확보할 수 있었다.

장도는 적의 진영에 가까운 데다가 수많은 군사와 배가 머무를 수 없는 탓에 전날 마련해둔 유도로 물러났는데, 장도에 있던 왜군의 식량을 모두 실어내 돌아왔다.

이순신은 어둠에 잠겨드는 장도와 그 너머의 순천왜성을 노려보았다.

내 땅이지만 적이 웅크리고 있는 왜성은 어스름한 하늘을 배경으로 시커멓게 솟아 있었다.

서
로
군

유정은 얼마 전 고니시를 사로잡을 수 있었던 기회를 놓친 것이 계속 아쉬움으로 남았다. 그게 공격에 임하는 마음에 영향을 끼쳤는지 번번이 독전(督戰)에 총력을 쏟지 못했다.

서로군 총사령관인 그의 나이는 이제 막 불혹으로 적장인 고니시 유키나가와 같았다. 둘 다 군왕의 신임을 얻어 고위직에 올랐지만 처지와 각오는 달랐다. 주인을 잃고 쫓겨 가는 자와 주인의 명령으로 그를 쫓아내려는 자가 외나무다리에서 만난 격이었다. 물론 둘 다 싸우지 않고 돌아서 갈 여지는 충분히 있었으나 애초에 적으로 마주친 상황에서 처음부터 부딪치지 않을 수는 없었다.

명군은 예교성 앞에 이르러 성을 공격하기 위해 공성 장비, 곧 사다리를 동원했다. 우선 압도적인 병력의 우위를 과시하기 위해 일제히 함성을 질렀다.

우우! 우와!

"공격!"

높이가 서너 장에 이르는 사다리를 여러 병사가 함께 들고 앞으로 달려나갔다. 그리고 바로 뒤에는 이들을 엄호하기 위한 사수들이 화살을 장전하고 따랐다.

사다리 공격부대가 가까이 접근하자 성벽 위에 도열해 있던 왜군들이 일제히 조총을 쏘아댔다. 탕, 탕! 폭음 소리와 함께 불꽃과 연기를 내뿜으며 총탄이 발사되었다.

사다리를 들고 달려 들어갔던 병사들의 상당수가 조총을 맞고 픽픽 쓰러졌다. 뒤에서 엄호하던 궁병들의 화살이 성을 향해 날아갔으나 이미 정확도와 위력에서 차이가 커 성벽 위의 왜군 사수들을 거의 맞추지 못했다. 왜병은 성벽의 성가퀴에 몸을 가린 채 총을 쏘아댔으나 공격하는 명군과 조선군은 몸을 보호할 장비나 수단이 없었다.

"후퇴하라!"

성벽에서 왜병이 일제히 총을 쏘아대자 순식간에 수십 명이 나무토막처럼 쓰러졌다. 명군은 겁에 질려 당황하다가 공격을 멈추고 뒤로 물러났다.

이후 원거리에서 총과 활만을 쏘며 서로를 견제했다. 총알이 웅크린 병사들 주변에 날아와 파편을 날렸다.

조선군에도 왜군으로부터 노획한 조총 그리고 그걸 흉내 내어

제작한 총이 있었으나 수가 많지 않았다. 본래의 개인용 화약무기였던 승자총통 역시 극히 일부의 사수만 보유하고 있었다. 물론 조총에 비해 성능이 떨어졌다. 그러니 원거리에서 총과 활을 쏘아대는데도 조선과 명군이 훨씬 불리했고 그건 곧 사상자 수로 확인되었다.

다시 한두 차례 급조한 방패를 앞세워 공격을 시도했으나 성벽 앞에 도달하지도 못한 채 사상자만 다수 발생했다.

화려한 갑옷과 투구를 쓴 유정의 얼굴이 딱딱하게 굳어졌다. 부릅뜬 두 눈과 볼 아래 수염이 연신 가늘게 떨렸다. 왜성의 공략법이 도무지 떠오르지 않으니 미칠 노릇이었다.

이후로 소강상태로 대치하고 있는데 왜성에서 백기를 든 사자가 나왔다. 요시라와 그 수행원이었다.

요시라는 전란 내내 왜군의 대 조선 협상을 전담하다시피 했다. 이제는 명나라 수뇌부를 상대할 때도 그가 나섰다.

요시라가 유정의 앞으로 안내되었다.

"무슨 일로 왔는가?"

"교전 중인 진영이 대화를 한다면 뻔한 거 아니겠소?"

"뻔한 것?"

"더 이상의 희생자를 내지 말고 물러가는 것 말이오."

"항복하러 온 것이 아니고?"

"처음부터 우리가 이겼는데 항복이라니요."

"그깟 몇 명 죽은 것 가지고 이겼다고? 어차피 너희는 독 안에

든 쥐처럼 갈 데가 없지 않은가?"

"전에 가토 장군과는 다르오. 고니시 장군은 성 안에 적어도 몇 년은 먹을 식량과 물을 모이놓았습니다."

작년 말 울산왜성 공격 때 주장이었던 가토 기요마사는 성 자체는 튼튼하게 철옹성으로 만들어놓았으나 식량, 특히 우물이 없어 큰 낭패를 본 적이 있었다. 성 안에서 농성을 할 때 물이 없으면 며칠 견디지 못하고 허물어진다. 그때는 육군의 다른 부대와 해군이 급히 원조를 해 목숨을 부지할 수 있었다.

"우리는 황제폐하의 명으로 왔으니 섣불리 물러설 수 없다."

"황제폐하의 명이라도 아까운 목숨을 헌신짝처럼 버리라는 뜻은 아닐 것입니다. 오히려 폐하에게 속한 목숨을 온전히 부지하는 것이 충성하는 게 아닙니까?"

요시라의 교묘한 말장난에 유정은 귀가 솔깃했다. 아무리 속국이라 한들 남의 나라에 와서 목숨을 잃는다면 그 또한 허망한 일이었다. 그렇다고 뒤를 보이며 물러났다는 것이 황제께 알려진다면 온전히 자리를 유지하지 못할 것이다.

"전장에 나선 장수가 아무런 성과도 없이 돌아간다면 어떤 문책을 당할지는 그대도 알지 않는가."

"그 전공은 우리가 섭섭하지 않게 보상해 드리겠습니다."

"섭섭하지 않게?"

"수급만큼 확실한 전공도 없지 않습니까?"

"그대들 적도의 수급을 내준다고?"

"그렇습니다."

"그것뿐인가?"

"물론 더 있습죠."

그러면서 요시라는 허리를 깊이 숙여 가까이 대고 말했다.

"전쟁에서 승리하게 되면 당연히 전리품을 챙겨야 하지요. 그 전리품 또한 챙겨 드리겠습니다. 고니시 장군이 본국에 가져가려고 모아놓은 보물이 적잖이 있습니다."

"흠……."

유정은 감정을 드러내지 않으려 애쓰면서 적장 고니시에 대해 생각했다. 놈이 조선에 파병되어 전국을 다닌 게 이미 7년째였다. 그동안에 얼마나 많은 귀중품을 쓸어 담았을지 궁금했다.

"아예 멀찍이 물러나라는 것도 아닙니다. 오히려 함성을 지르며 싸우는 척을 하는 게 좋겠지요."

요시라가 도장을 찍듯 방법까지 말하자 유정은 속으로 고개를 끄덕이고 말았다.

그는 심지어 속으로 안도의 한숨을 쉬었다. 짐승도 구석까지 몰아붙이면 이빨을 드러내고 무는데 굳이 위험을 무릅쓸 필요는 없지 않은가. 손자병법에도 이르길 싸우지 않고 이기는 것이 최상의 전략이라 했으니까.

수군 도독 진린은 휘하에 40여 척의 전선을 거느리고 있었다.

그리고 이순신은 60여 척에 1만 명 정도의 전력이었다.

그동안 이순신의 조선 수군과 협공해 몇 차례 소규모 접전을 벌였는데, 대부분 조선 수군이 이겼다. 제대로 된 전투라기보다는 보자마자 달아나는 왜적 수군의 배를 가을걷이하듯 낚아채 거두어온 것이다. 그런데 그마저도 진린의 명 수군은 맡은 적을 감당하지 못해 피해를 입곤 했다.

당연히 그는 자존심이 상했고 그로 인해 심통을 부리기 일쑤였다. 이순신은 부하들이 노획한 왜군의 배와 수급을 그에게 내주었다. 진린은 그것으로나마 겨우 휘하 육군 장수들과 조선의 조정에 체면치레를 하긴 했으나 그게 떳떳하지 않다는 걸 모르지는 않았다.

아직 조선의 바다에 익숙하지 못하고 또 제대로 된 전투도 아니지 않은가. 그는 스스로에게 그렇게 변명했다. 그건 제대로 싸울 기회가 오면 솔선해 나서 전과를 올려야 한다는 강박이 되었다.

대명(大明)은 과거 어느 왕조보다 수군이 강한 나라였다. 왕조 초기 영락제 때 해양 대원정을 떠난 환관 정화가 상징적이었다. 그는 평생 동안 일곱 차례 걸쳐 62척에 이르는 함대를 이끌고 세계의 바다를 누볐고, 그만큼 해양에 관한 자부심이 컸다.

진린은 고향 광동성에서 여러 차례 도적을 토벌해 점차 높은 관직에 올랐다. 아무리 성격이 거칠고 속국의 백성과 관리들에게 포악하게 굴어도 기본적으로 싸움에 임해 겁을 내고 뒤로 물러선다는 말은 들을 수 없었다. 그건 그의 마지막 자존심이라 할 수 있었다.

왜적이 이제 물러가는 형국이고 사로병진 작전도 체계를 갖춰 일제히 왜군을 공격하기로 한 시점이 임박했을 때, 그는 자신의 실력을 보여줘야겠다고 결심했다. 본래 전쟁터에서 잔뼈가 굵은 데다가 모든 것을 버리고 물러가는 군대가 그다지 공격적으로 나오지 않을 거라는 계산도 있었다. 며칠에 걸쳐 바다를 행군하고 왜교성 근처의 섬들, 유도에서부터 송도, 장도를 차례로 점령해 갈 때 그는 승전을 자신했다.

진린은 수십 척의 함대를 거느리고 바닷물이 차올라 넘실거리는 왜성이 있는 절벽 백여 장(300미터) 거리까지 접근해 소리쳤다.

"공격하라! 가서 단숨에 원숭이 놈들이 숨어 있는 진을 쳐라."

그의 공격 명령에 병사들이 와, 함성을 울렸다. 그리고 더욱 맹렬하게 노를 저어 앞으로 나아갔다.

'이도독, 보고 있나!'

의기양양해진 그의 눈앞에 높이 솟은 성벽이 보였다.

여기까지 오는 동안 여러 개의 섬들을 뒤져 왜군과 그들의 배를 나포하거나 불살랐다. 왜병의 잔당들은 모두 목을 베어 수급을 취했다. 그들의 함대는 왜교성의 동쪽에서 북을 울리며 진군을 계속했고 한참 뒤처진 이순신의 함대는 남쪽에서 올라오고 있었다.

돌연 성벽 위에서 콩알 볶는 소리가 들리며 불꽃과 함께 총알이 쏟아졌다. 성 안의 왜군이 일제히 조총을 쏘아댄 것이다.

고니시의 왜군은 성벽 위에서 참새 무리처럼 줄지어서 조총을 조준하고 있다가 명군의 함대가 다가오는 것을 기다렸다. 적선이 사정거리 안에 들어서자 사격 명령을 내렸고 일제히 총을 쏘아댔다.

선두에 나섰던 몇 척의 함선에 총알이 수를 놓듯 박혔다. 함선 위의 병사들도 총탄을 맞고 몇이 한꺼번에 쓰러졌다.

"방패를 들어 총알을 막고 맞서 쏴라."

"함포를 쏘아라!"

배에서도 대거 응사를 했다. 하지만 대부분 성벽에 미치지 못했다.

같은 성능의 사격 무기라면 위쪽에서 아래로 쏘는 것보다 아래에서 위로 쏘는 것이 더 사거리가 짧게 마련이다. 더 불리한 것이다. 적에게 유효한 타격을 주기 위해서는 좀 더 거리를 좁혀야 했다.

적은 성벽 안에만 있는 것이 아니라 해안에도 곳곳에 퍼져 있었고, 해안의 움푹 들어간 포구에는 적선이 수백 척이나 정박되어 있었으므로 허탕을 칠 염려는 없었다.

그리하여 진린은 더 가까이 접근하라고 명령을 내렸다.

"모두 함성을 지르고!"

달리며 찌르고 베기도 힘든데 함성을 지른다는 게 체력 낭비 같지만 전투에서 무엇보다 중요한 게 바로 사기다. 그 사기를 북돋우는 데 함성만 한 게 없다. 함성을 지름으로써 아군의 기세를 올리고 적의 기세는 움츠러들게 할 수 있다.

더욱 힘차게 노를 저으며 나아가는데 부관이 그를 불렀다.

"뭔가?"

"저쪽의 조선군 함선에서 부르는 듯합니다. 깃발도 함께 휘두르는 걸 보니 무슨 신호 같기도 한데……."

진린은 부관이 손을 들어 가리키는 방향을 바라보았다.

남쪽의 가장 큰 전선에서 누군가 크게 소리쳐 부르는 모양이었다.

뱃머리에 붉은 대장군기가 나부끼는 걸 보니 이순신의 기함이라는 걸 알 수 있었다.

"우리를 격려하는 모양이다. 알았다고 손을 흔들어라."

그는 부하들에게 말하면서 자신도 한 번 팔을 들어주었다.

부하들도 모두 호응하듯 양손을 들어 흔들어댔다. 그러고는 뒤도 안 돌아보고 진격을 외쳤다.

이순신 함대는 멀리 떨어져 왜군 진영을 향해 함포를 간간이 쏘아대고 있었다. 기선에서 군관 송희립이 옆에 있는 이순신을 보고 말했다.

"그냥 가는데요? 멀어서 듣지 못한 모양입니다."

"날랜 배를 보내 다시 알려주도록 하게."

"예."

송희립은 급히 협선(挾船)에 목청 큰 전령을 보내 지시를 전달하도록 했다.

"사또, 진도독이 원래 저렇게 막무가내였던가요?"

"그가 저런 면이 있을 줄은 또 몰랐구나."

"지금 되돌리지 않으면 뻘에 갇혀 빠져나오지 못할 텐데요……."

왜교성 앞바다는 조수간만의 차가 커서 만조가 되면 성이 있는 절벽 바로 아래까지 물이 들어오지만 썰물로 물이 빠져나가면 멀리까지 뻘이 드러난다. 당연히 그사이에 배들이 빠져나오지 못하면 꼼짝없이 갇히게 되는 것이다.

이 사실을 알려주었는데 진린과 그 참모들은 제대로 듣지 않고 막무가내로 공격을 계속한 모양이었다. 뒤늦게 다시 경고를 하려 했으나 이미 멀리 앞서나가고 있었다. 송희립은 못 말린다는 듯 머리를 절레절레 흔들었다.

진린과 휘하의 명군은 양 진영에서 빗발처럼 쏘아대는 총과 포, 화살 그리고 그 소리로 인해 주변의 다른 변화는 거의 눈치채지 못했다. 다들 포와 화살을 쏘는 한편 해안에 도착하면 절벽에 기어오를 때 쓸 갈고리를 준비했다.

하지만 해안을 백여 보 남겨놓고 배들은 더 이상 나아가지 못했다.

"무슨 일이냐?"

"도독 각하, 배가 바닥에 걸렸습니다."

"뭐라는 것이야! 도대체 왜?"

"물이 빠져나가고 있습니다. 이제 물러나야 합니다."

"안 되겠다. 빨리 기수를 돌려라."

진린이 그제야 급하게 명령했지만 전선들이 기수를 돌려 물러나는 것보다 바닷물이 빠지는 속도가 더 빨랐다. 이런! 그는 당황했다.

"모두 당황하지 말고 싸워라. 어차피 물은 또 들어오게 되어 있다."

밀물과 썰물은 하루에 두 번씩 반복되었다. 금세 썰물이 진행되자 넓은 뻘에 30여 척의 배가 묶여 오도가도 못하게 되었다.

이런 상황이라면 배 안에서 버티고 있든지 아니면 배를 버리고 후퇴해야 한다. 하지만 수군이 배를 버리고 살 수 있나! 목숨만을 부지하려 한다면 가능하겠지만 제대로 싸워보지도 못한 채 패잔병이 될 수는 없지 않은가. 어떻게든 세 시진은 버텨야 했다.

진린은 눈알을 굴리며 주변을 살펴보았다. 멀리 왜성 아래까지 보던 그의 안색이 창백하게 변했다. 바다의 물이 빠져 개펄이 드러나자 성 안에 있던 왜군들이 슬금슬금 골짜기를 타고 내려오기 시작하는 것이다.

뻘에 박혀 꼼짝달싹 못 하는 적의 수군은 독 안에 든 쥐라 할 수 있었다. 왜병들은 각기 총과 방패를 들고 뻘 위로 걸어 나오기 시작했는데 순식간에 수백 명에서 천여 명 이상으로 불어났다.

그들은 두어 명이 넓은 나무판을 방패 삼아 앞서고 그 뒤에 조총을 든 병사들이 여럿 포진한 형태로 배마다 접근하며 사격을 해댔다.

이들에 비해 높은 배 위에 있는 명군은 엄폐물이 많아 더 유리할 듯했지만 그들은 불에 가장 취약했다. 여러 곳에서 불화살을 쏘아대면 나무로 된 배는 얼마 지나지 않아 바로 잿더미가 될 판이었다.

실제로 선단에서 외따로 떨어진 배들은 여기저기 붙은 불을 끄다가 힘에 부쳐 불길에 휩싸이고 일부는 배에서 뛰어내려 달아나다가 도륙되기도 했다.

곳곳이 아수라장이었다.

"사또, 가서 도와야 하지 않겠습니까?"

"그래야겠다."

멀리 떨어져 지켜보던 이순신의 진영은 위험에 처한 명군을 구하기 위해 즉시 행동에 나섰다. 아무리 한심해도 우군이 위험에 처했는데 내버려둘 수는 없는 일이었다. 그는 철없는 자식을 버리지 못하는 아비의 마음이 꼭 이럴 것이라고 생각했다.

아직 움직일 수 있는 협선에 전투 병력이 옮겨 타 싸움이 벌어지고 있는 곳으로 출발했다.

"모선에서는 포를 쏘아 엄호하라!"

그의 명령에 판옥선들에 장착되어 있는 총통이 뻘에 있는 왜병들을 향해 불을 뿜었다.

왜병들은 화살과 총알을 막을 수 있는 방패 단위로 모여 있었기 때문에 조준만 잘하면 충분히 천자총통과 지자총통의 탄환으로 분쇄할 수 있었다. 또 모여 있는 왜병들에게 적중하지 않아 주변에 떨어졌어도 하늘에서 떨어지는 철구들이 진창을 비산시켜 왜병들의 발길을 방해할 수도 있었다.

배후에서 조선 수군이 지원을 하며 개미처럼 모여들었던 왜병들을 제거하자 싸움은 지구전으로 변했다.

양쪽의 병사들이 배와 뻘 사이에서 마주쳤으나 백병전을 펼치기엔 제약이 많았다. 때로 단단한 땅도 있었으나 대개는 발목에서 무릎까지 빠지는 뻘이어서 발 한 번 내디디면 다시 빼기가 쉽지 않았다. 이런 상황에서 칼과 창을 내밀며 싸우는 건 여간 힘든 게 아니었다.

칼보다는 배나 길이가 긴 창이 더 유리했고, 창보다 쉽게 장전해 쏠 수 있는 활이 더 유리했다. 조총은 장전해서 불을 붙이고 쏘는 과정이 복잡해 거리를 벌리지 않는 한 좋지 않았다. 간간이 서로를 향해 쏘는 공방전이 지루하게 이어졌다.

그러기를 몇 시간, 날이 어둑어둑해질 무렵 다시 물이 차기 시작했다.

점차 물이 차오르자 뻘과 해변에 나왔던 왜병들이 철수 명령에 따라 다들 돌아갔고, 조선과 명의 수군들도 모두 노를 저어 왔던 곳으로 되돌아갔다.

승패가 어떻게 되었는지는 물을 필요가 없었다. 마치 함정에 빠진 듯한 상황에 처한 진린의 명군은 수백 명의 병력과 배를 잃었다. 배는 열 척 이상이나 불에 타거나 파손되었다.

그들과 싸운 왜군들도 상당수가 죽긴 했지만 그건 조선 수군의 공격 덕분이었다. 물론 이순신의 조선 수군도 이전과는 달리 열 명 이상 목숨을 잃거나 부상을 당했다. 이전에 아무리 큰 전투에서도 두 자릿수 넘어 피해를 입지 않은 것에 비하면 상당한 손실이었다.

뻘을 빠져나온 진린은 패배의 책임이 자신에게 돌아오는 것이 두려웠다. 적장의 목을 치고 적을 섬멸하겠다며 큰소리를 치고 나섰는데 이렇게 처참하게 패하다니 망신도 이런 개망신이 없었다. 똥개도 제 집 마당에서는 절반은 먹고 들어간다더니 그 말이 맞았다. 광동성의 바다는 이렇게 지저분하지 않았는데.

경위야 어쨌든 패전의 책임을 피하기는 어려울 것 같았다. 그래서 부하들을 육지로 보내 알아보니 같은 시각에 유정의 육군이 순천왜성을 공격하지 않은 것을 알았다.

한쪽에서 공격을 해 적의 시선과 전력을 분산시켜 성을 공략하기로 약조해놓고 그 약속을 저버리다니!

그는 분노해 바로 유정의 진영으로 달려갔다.

이미 남원으로 물러나 있는 유정의 본진까지 순식간에 달려갈 정도로 그의 분노는 컸다. 화가 머리끝까지 오른 그는 걸리는 건 다 때려 부술 듯한 기세로 유정의 막사에 들이닥쳤다.

"한날한시에 공격하기로 약속해놓고 그걸 어기면 어쩌라는 거요? 우리 뒤통수를 친 건가!"

그는 유정을 보자마자 소리치며 항의했다.

"그럴 리가 있소, 도독. 진정하시고 얘길 들어보시오."

"무슨 얘길 들으라는 거요? 전쟁이 장난이오!"

"피치 못할 사정이 있었소. 우리도 첫 번째 공격에 적잖은 피해를 입었소."

"그걸 변명이라고 하는 거요? 누구나 사생결단으로 싸우고자 하면 희생이 생기기 마련인데."

"적진의 견고함을 미리 알아보지 못한 채 공격하는 바람에 반격이 만만치 않았는데, 그건 수군도 마찬가지 아니었소?"

"내 듣기로 초장에 일방적인 피해를 입자 겁이 나 더 이상 공격하지 못하고 군사를 멀리까지 물렸다고 하더이다. 그 말이 사실 아니오?"

"누가 그런 헛소문을! 우리 모두 죽음을 무릅쓰고 싸웠소. 다만 공성 도구가 부실해 서전에 적을 깨뜨리지 못한 바요. 아무튼 우리가 피해를 입은 건 인정하지."

유정은 이때다 싶어 술과 음식을 준비하라고 지시했다.

"내 진심으로 사죄드리니 고된 전투와 먼 길을 오느라 피로한 심신을 풀어줄 수 있도록 허락해주시오."

유정이 더 물고 늘어지지 않고 사과를 하자 진린은 잠시 누그러졌다. 유정은 그를 잔칫상이 마련되어 있는 곳으로 이끌었다. 그리고 그는 무슨 생각에서인지 두 사람을 연회에 더 불렀다.

"자, 우상(右相)도 같이 가시죠."

우의정 이덕형은 명군의 종사관처럼 서로군에 상주해 이곳에서의 전황을 수시로 조정에 보고하곤 했다.

속국의 재상이라고는 해도 옆에서 하나도 빼놓지 않고 감시하듯 하는 것이 불편하긴 했으나 쫓아버릴 수도 없었다.

명나라의 파병 지휘관인 유정과 진린 그리고 조선의 우의정 이덕형과 도원수 권율은 남원성 동헌에 마련된 방에서 술과 고기가 차려진 상을 받았다. 물론 여기서는 유정이 주인 노릇을 했다.

이덕형과 권율은 남원성의 관리들을 마음대로 부리며 주인 행세를 하는 유정의 작태에 씁쓸함을 느꼈지만 과하게 불만을 표출할 수 없었다. 이들은 왕에게조차 함부로 대하는데 그 무례함을 지적하면 지적한 사람을 욕보였다. 그럼에도 아무도 말릴 수 있는 자가 없었다. 다만 이덕형과 권율에 한해 한 나라의 재상들인지라 명백히 하대하지 않고 동등한 지위로 대접해준다는 것으로 위안을 삼아야 했다.

그렇게 네 사람은 형편에 맞지 않게 잘 차려진 술상을 받고 또 하룻밤 취해 갔다. 모두 술과 고기로 배를 채운 후에는 옆에 끼고 놀았던 기생들을 품에 안고 객사에 들었다.

이덕형은 그 자리에 마지막까지 남았다. 권율은 진린과 유정이 나가자마자 술잔을 내던지고 자리를 떴다. 난장판이 된 술상을 보다가 그제야 술이 올라오는 것을 느꼈다. 술 때문인지, 우군이랍시고 와서는 저런 추태나 보이는 장수들 때문인지 모를 욕지기가 치밀어 올랐다.

그 이후로도 왜교성 공략을 위한 전투는 계속되었다.

원래 이순신의 수군은 해전을 위해 특화된 군대여서 육지에서의 싸움은 거의 승리한 적이 없었다. 왜적이 육지나 큰 섬 안으로 도주하면 배를 버리고 쫓아갈 수 없으니 더 이상의 추적을 포기하는 일이 많았다.

게다가 이번 왜교성 공략은 자발적이고 주체적이지도 않았다. 육군의 서로군이 주력이라면 수군은 보조군이라 할 수 있었다.

첫 번째 공격에서도 드러났듯이 육군과 수군이 톱니바퀴처럼 잘 맞춰서 공격을 해야 하는데 하는 것마다 어긋나니 적보다 오히려 같은 편인 연합군에게 더 신경을 써야 할 판이었다.

수군은 물이 드나드는 시기에 맞추어 공격과 후퇴를 반복했다.

첫날도 그랬지만 왜성 부근에는 넓은 뻘밭이 있어 판옥선과 같은 대형 전선은 가까이 접근할 수 없었다. 폭이 좁고 날랜 협선은 조금 더 가까이 갈 수는 있었으나 총통을 실을 수 없고 군사들도 얼마 타지 못했다. 곧 전투력이 떨어지니 가까이 접근한들 효용이 별로 없었다.

왜군의 배들은 그런 활동들이 훨씬 많았다. 그들은 수시로 척후선을 보내 정탐을 시도했다. 왜교성은 애초에 뭉툭하게 바다를 향해 나 있는 땅에 돌로 여러 겹의 성을 쌓으면서 서쪽 육지와의 연결 부분을 좁게 만듦으로써 수비를 강화했다. 그게 성을 철옹성으로 만든 비결이기도 했지만 역으로 외부로부터의 고립을 자초했다. 그러다 보니 왜군은 바다 쪽으로 정탐을 많이 내보내는 실정이었다.

작고 빠른 배들이 많이 확보되어 있기 때문이기도 했다. 일본의 주력 수군은 부산포와 거제에 많이 남아 있으므로 어떻게든 그쪽과 연락을 해야 했다. 아무리 견고하게 수성을 하고 있다고 해도 이 좁은 곳에 몇 년이고 죽치고 있을 수는 없는 노릇인데 철수를 하려면 당연히 바다를 통해서 갈 수밖에 없었다.

조선 수군은 명나라의 함선과 함께 그 앞바다를 벽처럼 막고 있었다. 광양만 앞바다는 그리 넓지 않은데도 섬이 많아 복잡했다. 크게 만을 가로막고 있는 유도를 비롯해 송도, 장도 그리고 이름 없는 작은 섬까지 더하면 수십 개나 되었다. 시시때때로 순찰을 도는 조선 수군의 감시를 피해 먼 바다로 나가는 것이 쉽지는 않다고 해도 아주 불가능하지도 않았다.

적의 정탐선에 대한 경계조를 맡은 군관 허사인(許思仁)은 이십여 명의 장졸들과 함께 사방을 주시하고 있었다.

"날이 제법 쌀쌀하니 몸이 으스스한데요."

"그러게나 말이다. 겨울이 오기 전에 싸움이 끝나 따뜻한 구들목에서 발이나 쭉 펴고 잘 수 있을지 모르겠다."

"옛날 같으면 지금이 놀기 좋은 때 아니오?"

"도대체 언제 적 얘기를 하는 거냐? 그리고 단풍 구경하며 노는 것도 양반들이나 하던 거지 우리 같은 하급 군졸이야 언감생심이지."

"그럴 때가 다시 오려나 모르겠소."

"왜놈들의 우두머리가 죽었다 하고 우리 땅에 와 있는 놈들이 일제히 달아난다니 곧 오겠지."

가볍게 한담을 나누고 있는데 돌연 북쪽을 보고 있던 병사가 다

급하게 소리쳤다.

"저거, 저! 왜놈들 배가 아니오?"

"뭐가, 어디?"

"저기 저쪽! 섬 가까이 빠르게 달리고 있는 거, 배가 아닙니까?"

이마에 손을 얹고 그쪽을 주시하던 허사인이 소리쳤다.

"그렇구나. 빨리 무기 챙겨라. 잡으러 가야겠다."

그의 말에 모두 서둘러 활과 총을 챙기고, 격군들은 노를 향해 손을 뻗었다. 바다에 정박해 있던 터라 명령이 떨어지자마자 일제히 방금 발견한 왜선을 향해 달려갔다.

"건너편에 있는 경계조에도 신호를 보내라."

그 말에 뿔피리를 가진 신호수가 길게 소리를 냈다. 신호를 주고받을 때는 깃발을 흔들거나 꽹과리나 북을 치거나 피리를 불어서 알렸다. 그때그때 적절한 방법을 취했는데, 지형지물이 많아 쉽게 눈에 띄지 않을 때는 역시 소리로 신호를 주고받는 것이 가장 효과가 높았다.

특히 지금과 같이 여러 방향에서 몰이를 할 때는 소리로 전달하는 게 적절했다. 역시 소리로 적이 나타났다는 신호를 보내자 섬을 돌아갔던 왜군의 쾌속선이 돌아 나오는 게 보였다.

"나타났다. 총을 쏘아라!"

뱃전에서 대기하고 있던 사수들이 일제히 불을 뿜었다. 활을 든 궁수는 편전을 쏘아댔다. 눈앞의 적을 피해 선수를 돌렸는데 달아나려는 방향에서도 총탄과 화살이 날아오자 왜선은 당황해 북쪽으로 향했다.

"빨리 노를 저어라. 놈들이 뭍으로 달아나려 한다!"

달아나는 길목에 여러 섬들이 있었으나 그들은 조금도 망설이지 않고 지나쳐 갔다. 큰 섬이라면 모를까 한눈에 포착되는 작은 섬들은 올라서는 순간 바로 감옥이라는 것을 알기 때문이었다.

근해에 있는 암초보다도 조금 큰 섬들은 이리저리 도망치는 데나 쓸모가 있지 그 외에는 별다른 이용 가치가 없었다. 가끔 나무를 하기 위해 오르는 경우는 있었지만.

적선의 크기가 아주 작지는 않아 거기 타고 있는 군사들도 쫓는 배에 비해 크게 밀리지는 않았다. 가까이 붙어 교전을 하다 보면 근처의 다른 배들이 포위를 하기 때문에 그들은 싸울 엄두를 못 내고 도망치기만 했다.

반 시간에 이르는 추격전 끝에 겨우 왜선의 뒤꽁무니에 따라붙었으나 이미 놈들은 배에서 내려 산으로 달아나는 중이었다. 등을 보이며 도망가는 왜군들을 향해 총과 활을 쏘았다. 살아서 육지에 올라서는 왜병들은 바로 백성들을 약탈하는 도적 떼가 되기 때문에 하나라도 더 죽여야 했다.

뒤에서 날아오는 화살과 총탄을 맞고 몇 명이 픽픽 쓰러졌다.

다른 멀쩡한 자가 부축해 같이 달아나기도 하고, 몇은 아무도 거들떠보지 않아 부들부들 기어서 가다 머리를 떨어뜨렸다.

이삼십 명에 이르는 패잔병들의 뒤를 쫓아 달려갔으나 쓰러진 자들을 제외하고는 모두 산속으로 달아나버린 뒤였다.

"배 안에 뭐가 있는지 살펴봐라."

허사인이 부하들에게 지시했다.

부하들이 배 안에 들어가 뒤져보니 무기와 면포, 귀금속 그리고 곡식이 있었다.

"작은 배 안에 이렇게나 많이 챙겨 넣었네요."

"그게 다 우리 백성들에게서 노획한 물건 아니냐. 놈들의 머리와 함께 모두 싸들고 돌아가자."

그들은 왜선을 예인해 본부로 돌아왔다.

다른 동료들이 손을 들어 잘했다는 표시를 했지만, 크게 놀라워하지는 않았다. 이런 일이 드물지 않았기 때문이다.

허사인과 부하들은 이순신에게 가서 간단히 상황을 보고했다. 얘기를 다 들은 이순신이 말했다.

"잘했다. 그건 진도독에게 가져다주어라."

"아니, 사또!"

"이건 우리가 고생해서 획득한 것입니다. 어떻게 그냥 내준단 말입니까?"

허사인에 이어 괄괄한 병사가 큰 소리로 항의했다.

주위에 있던 참모와 장수들이 힐끗 돌아봤지만 병사의 무례에 대해 이렇다 할 반응을 보이지 않았다. 말단 병사가 수장에게 큰소리를 치면 꾸짖을 듯도 하건만 그들도 제지하지 않은 것이다. 이순신이 규율에 엄격해 잘못을 범했을 때는 가차 없이 목을 베기도 하지만 이유 있는 항변은 얼마든지 받아준다는 것을 알기 때문이었다.

이순신이 가벼이 웃으며 말했다.

"너희가 고생한 건 내 장부에 기록해둘 테니 내 말대로 하여라."

그 말에 허사인 이하 장병들 얼굴에서 불만스러운 표정이 봄눈 녹듯 사라졌다.

그들은 다시 배를 몰아 명군 진영으로 가 노획물을 진린에게 바쳤다.

"저희 통제사 대감께서 도독께 가져다주라고 하셨습니다."

"그러냐? 고맙구나."

진린이 높은 의자에 앉은 채 흡족한 듯 웃었다.

"과연 이공은 내 오랜 친구라 할 수 있겠다. 잘 받았다고 전해라."

허사인은 속으로 비웃었다. 친구는 무슨 얼어 죽을. 맨날 남의 것 뜯어먹는 게 친구더냐!

그들은 눈빛으로 이런 대화를 나눴지만 속마음을 드러내지 않고 그저 황송하다는 듯 어색하게 웃었다.

다음 날에도 왜교성 동쪽 해상에서의 싸움은 계속되었다.

총탄을 주고받는 와중에 명나라의 유격(遊擊) 계금(季金)이 왼쪽 어깨에 탄환을 맞았고, 그 외에 열한 명이 적탄에 맞아 죽었다. 지세포 만호도 죽어 피해가 예상 외로 늘어났다.

유정은 진린의 항의를 받은 이후에도 섣불리 움직이지 않았다.

공격을 한다면 왜성을 함락시킬 수 있는 확신이 있어야 하는데 그렇지가 못했다. 몇 차례나 공략을 시도했지만 성문에 이르기도 전에 총알 세례를 받은 병사들이 죽어나갔다.

"나무로 된 방패 몇 개 가지고는 전혀 효과를 볼 수 없다. 제대로 된 공성 기구를 만들어야겠다."

"제대로 된 공성 기구라 하면 뭘 말하는 겁니까?"

"빗발치는 총알을 막을 수 있는 것이어야 하지 않겠소?"

권율의 물음에 유정은 짜증스럽게 대답했다.

사실 짜증이 치밀기로는 권율이 더했지만 상국의 장수요, 이번 전투의 주장이라서 참을 수밖에 없었다. 일찍이 행주산성의 대첩에서 승리한 이후 조선군의 총사령관이라 할 수 있는 도원수로 지금까지 지내온 그였다. 게다가 나이도 유정보다 20년 이상 많았다. 그는 무시당하는 자신의 처지보다는 적과 우군 양쪽으로 끌려다니는 조선의 처지가 더 안타까웠다. 성을 공격하기 위한 장비를 만든다면 결국 그 일을 해야 하는 것은 조선의 백성들이었다.

"일단 사다리를 보강한 마차를 만듭시다."

"알겠소이다."

권율은 고개를 끄덕일 수밖에 없었다.

지금 난공불락의 성을 공격하기 위해서는 긴 사다리를 몇 명의 병사들이 들고 뛰어가서는 안 되었다. 처음 그렇게 했다가 거의 몰살을 당할 뻔하지 않았던가.

서둘러 목수를 구하고 일을 할 수 있는 일꾼들을 모았다. 진영의 수뇌부와 목수는 사다리가 장착된 방패차(楯車)의 설계도를 고안했다. 바닥과 높이가 같은 이등변 삼각형의 기구를 만들어야 하는데 성벽의 높이가 사람 키의 두세 배 되므로 거기에 딱 맞춰야 했다.

손으로 들고 이동하는 사다리야 적당히 위치를 잘 잡으면 높이를 맞출 수 있지만 이미 형태가 고정된 사다리차는 그게 안 되므로 제작할 때 정확히 맞추어야 했다.

성벽에 비해 너무 높거나 낮으면 공략에 차질이 생길 수 있다. 그 높이를 알기 위해 가능한 왜성 가까이 접근해 눈대중으로라도 알아놓지 않으면 안 되었다. 그런 다음 바닥은 바퀴가 달린 마차의 형태가 되어야 하고, 다른 변은 보통 걸음으로 오르기 쉬운 경사로 발판을 만들어야 했다.

목수의 지휘 아래 나무를 구하고 그걸 가지고 방패차를 만드는 일은 하루아침에 뚝딱 되는 게 아니었다. 성 밖에 해자가 있으니 이걸 건널 수 있는 다리를 놓아야 하지 않는가, 하는 의견이 제시되어 또다시 날짜가 지체되었다.

유정은 휘하의 군관 진대강(陳大綱)을 이순신에게 먼저 보내 육군의 공략 준비 상황을 알렸다. 이러이러한 사정으로 지금 공격을 못 하고 있으니 조금만 기다려 달라는 내용의 편지가 이순신에게 도착했다.

편지가 이순신에게 간 것은, 급한 성격의 진린보다 이순신에게 보내는 게 더 낫다고 판단했기 때문이다. 진도독이라면 또 화를 내

며 달려올 것이지만 진중한 이순신은 자신의 배를 맡기고 오는 일
은 없을 테니까.

　역시 예상대로 이순신은 그의 편지에 납득한 모양이었다.

방문객

이순신은 조용히 때를 기다렸다.

백의종군으로 길을 나섰다가 원균이 칠천량에서의 패전으로 전사한 뒤 삼도수군통제사가 됐지만 한계는 뚜렷했다. 직위만 돌려주었을 뿐 나머지는 다 알아서 하라는 것이어서 흩어진 군사를 모으는 것부터 군량의 수급, 전선과 무기의 확보 등 모든 것을 스스로의 힘으로 해야 했다.

들리는 바로는 육군의 이름난 장수들, 그러니까 도원수 권율이나 병마사 정기룡 등은 명나라 장수의 보조 역할로 전락했다고 한다. 육군의 대부분이 병권을 넘겨준 상황에서 자신만 독자적으로 작전을 행사할 수 있는 것만 해도 감지덕지한 일인지 모르겠다.

그리고 하나 더. 그의 진영엔 하루가 멀다 하고 끊임없이 사람들이 찾아왔다. 매일 병영을 살피고 군사를 조련하는 것도 일이지만 찾아오는 사람들을 만나는 것도 일이었다. 그들 모두 이런저런 소식을 전해오기 때문이었다.

유정 제독이 보낸 진대강의 편지도 어쨌거나 새로운 소식이거니와 충청병사 이시언(李時言)의 군관 김정현(金鼎鉉) 역시 그곳의 소식을 가지고 왔다.

이순신은 집무실에서 이시언이 보낸 편지를 일별한 후 김정현에게 물었다.

"그곳은 안정이 되었는가?"

"아직 달아나지 못한 잔당이 다수 있습니다."

"병사는 바쁜 모양이군."

"그렇지요……."

"왜, 더 무슨 전할 말이 있는가?"

"……막내 아드님의 가묘는 아산 댁의 옆에 만들어 드렸는데…… 통제사께서 나중에 제대로 장례를 치르셔야겠지요?"

"음, 그래야겠지."

이순신이 침음을 삼키며 대답했다.

명량에서의 승리에 잠시 젖어들자마자 고향으로부터 날아들어온 비통한 소식에 밤새 고통으로 잠을 이루지 못한 것이 일 년 전이었다.

명량에서 대패한 왜군이 그의 고향집으로 군사를 보내 집을 지키고 있던 막내아들 면과 식솔을 죽였다. 왜적이 쳐들어온다는 소식에 칼과 활을 들고 나선 아들이 못내 원망스럽기도 했다. 왜 몸을 피해서 안전을 도모하지 않았던가.

아들의 아비가 만약 자신이 아니었다면 면은 굳이 나서서 싸우기보다는 우선 가솔과 함께 달아났을 것이다. 아비의 명예가 아들을 죽음으로 몰아넣은 게 아닌가! 그런 점에서 보면 자신이 이름 없는 촌부가 아니었다는 것이 원인인 것 같아 더 비통했다.

모함을 받아 옥에 갇혀 있는 동안에 어머니가 돌아가시고, 이제 난바다에서 발을 빼지 못한 채 헤매는 와중에 아들까지 죽어 한 번도 직접 보지를 못했다. 이 어찌 기구한 운명이 아니겠는가.

"어쨌든 아들의 몸을 잘 수습해줬다니 내 죽어도 은혜를 잊지 않겠네."

"별 말씀을 다하십니다."

잠시 침묵한 채 주변을 둘러보던 김정현이 다시 입을 열었다.

"주사(舟師, 수군)의 형편이 어떠한지 전하께서 궁금해하신다더 군요."

"아주 넉넉하지는 않으나 그럭저럭 싸울 형편은 되네. 원군과 손발이 안 맞는 거야 앞으로 맞춰 나가면 되고."

"그렇군요."

"배가 50여 척에 군사는 만여 명이니 그다지 걱정하지 않아도 될 듯하네. 더 둘러보고 가겠는가?"

"아닙니다. 그저 전라도는 나라의 가장 큰 창고라 할 수 있으니 이걸 지켜주신 것만으로도 칭송을 받을 만합니다."

"그렇게 말하니 몸 둘 바를 모르겠군."

김정현이 돌아가자 배석해 있던 지휘관들이 여전히 숙연한 표정을 지우지 못한 채 앉아 있었다.

참척(慘慽)이라고, 자식이 부모보다 먼저 죽는 일이 세상에서 가장 슬픈 것이라 했다. 그 일을 다시 떠올리게 되었으니 어찌 숙연하지 않을 수 있을까.

"충청병사가 사또의 본가를 살핀다고 하니 그나마 다행입니다."

가리포 첨사인 이영남이 가라앉은 분위기를 깨기 위해 입을 열었다.

"그런데 단순히 그 사실을 전하기 위해 이 바쁜 때에 왔을까?"

무의공 이순신(李純信)이 이어서 말했다.

"그럼 무엇 때문이오? 무슨 속셈이라도 있는 겁니까?"

"내가 그 속내를 어찌 다 알겠는가마는 여러 사정을 고려해보면 짐작할 수 있는 게 있지."

"그게 뭡니까?"

이영남 옆에 이마를 잔뜩 찌푸린 나대용이 물었다.

"주상전하께서 우리 통제영의 상황이 궁금하다면 직접 사람을 보내 알아보면 되지 왜 중간에 있는 이시언을 시켜 보냈겠나?"

"중간에 다리를 거쳤다? 왜 그랬지?"

"이시언이 있는 곳을 생각해보게. 그는 지리적으로 조정과 우리 사이에 위치해 있지."

"그런데 그게 왜요?"

"완충지라는 거야. 여러 가지 역할을 할 수 있지. 보고를 중계할 수도 있고, 위로부터의 지시를 전달할 수도 있어."

"그건 당연한 거 아니오?"

"한편으로는 감시하는 것도 있을 수 있지."

"충청병사가 우리를 감시한다고요, 왜요?"

"왜겠나?"

"설마 반란을……?"

무의공이 대답을 않은 채 물끄러미 좌중을 둘러보았다.

"에이, 말도 안 되네. 사또께서, 또 우리가 뭐 때문에 반란을 한 다는 말이오?"

"우리가 모반을 하든 하지 않든 그건 중요한 게 아니네."

"그럼?"

"주상전하와 측근의 대신들이 그렇게 생각한다는 점이지."

"정말 그렇게 생각하오?"

"멀리 떨어져 있는 데다 평생 거의 말 한 번 나눠본 적이 없으니 그들이 무슨 생각을 하는지 내가 어찌 알겠나?"

"그럼 무의공께서 한 말이 다 헛소리 아니오?"

"그러니까 이런저런 주변의 사정을 감안해 추정해볼 수 있다는 걸세."

"그게 뭔데요?"

"이시언이 재작년에 꽤 큰 공을 세웠는데 그게 뭔지 아나?"

"재작년이라면……."

"병신년에는 이렇다 할 전투가 없었는데……?"

이영남과 나대용이 고개를 갸웃거렸다.

그 전해인 을미년부터 시작한 강화회담으로 인해 두 해는 전란 중 가장 전투가 적었던 해로 기록되었다. 그 대신 다른 변란이 일어났다.

"설마 모반(謀叛)이?"

"그래, 이몽학의 역모를 이시언이 토벌했지. 김덕령도 그 일에 연루되어 옥사했고."

"그렇다면 우리를 이몽학과 같은 연장선에서 생각한단 말이오?"

"반란을 토벌한 관리는 나라의 공신을 삼아 큰 상을 내리지. 그런데 이시언은 충청병사로 그대로 놔두었어. 왜 그랬겠나?"

"우리를 감시하고 토벌하라는 뜻이오?"

"꼭 우리를 지칭하는 건 아닐세. 그냥 많은 군대를 움직이는 자가 있으면 유심히 지켜봐라. 이 정도만 말해도 다들 알아듣지."

"난 못 알아들을 텐데."

"그거야 자네가 우직한 군인이라서 그런 거야."

"하아, 정치란 게 되게 찝찝하네요."

"찝찝한 정도가 아니지. 매우 더럽고 야비한 거야."

"그럼 우리가 뭘 해야 합니까?"

"뭐 할 수 있는 일이 있을까? ……사또께서는 어떻게 생각하십니까?"

무의공이 이순신에게 눈길을 보내며 물었다.

"모르는 척하게. 너무 깊이 생각하지도 말고."

이순신이 무심한 얼굴로 대답했다.

사
천
왜
성

　사로병진책은 조명연합군을 넷으로 나누어 각각의 적을 각개격
파하는 전략이었다. 사로군은 동로군, 중로군, 서로군과 함께 이순
신과 진린이 연합한 수로군을 의미하고, 수로군은 가장 가까이 있
는 서로군과 함께 연합작전을 펼쳤다. 물론 이 작전은 서로의 손발
이 맞지 않아 성공을 거두지 못했다.

　순천왜성에서 그리 멀지 않은 곳에 있는 사천왜성(泗川倭城)은
바닷가 언덕 위에 쌓은 성으로, 일본의 장수 시마즈 요시히로가 만
여 명의 병력을 데리고 주둔하고 있었다. 나머지 군사는 사천성 위
에 있는 진주 남강 인근 여러 곳에 1, 2천 명씩 배치해놓았다.

　사천성의 공략을 맡은 인물은 명나라 제독 동일원(董一元)과 경
상병사 정기룡이었다. 둘은 각각 2만 7천여 명과 2천2백 명의 군

사를 동원해 진주로 향했다. 작년 명량해전에서의 충격적인 패전 이후 왜군은 북으로부터 명나라의 원군이 속속 들어온다는 소식에 경기도와 충청도는 물론 전라도와 경상도에 진출해 있는 군사들까지 물러서는 형국이었다.

전국 각지에 흩어져 있던 일본군은 몇 개의 구심점을 향해 모여 들었는데, 서쪽은 고니시 유키나가의 순천왜성, 동쪽은 가토 기요마사의 울산왜성 그리고 가운데는 시마즈 요시히로의 사천왜성이었다.

적당히 전리품을 챙겨 몸을 빼는 것이 작전이라면 작전이었으므로 일본군은 조명연합군을 보면 제대로 싸우지도 않고 도망쳤다. 그런데 이것이 공격해 내려오는 입장에서 보면 파죽지세로 적을 격파하는 걸로도 볼 수 있었다. 동일원이 이끄는 중로군은 성주에서 출발해 고령을 지나고 합천과 삼가를 거쳐 19일에 진주에 입성했다. 이어 22일에는 곤양을 점령하고 28일엔 사천 구성(舊城)을 탈환하는 데 성공했다.

동일원은 명나라 서북부에서 여러 차례 전공을 세워 고위 관직에 올랐다. 영하에서 일어난 몽골 보바이의 난을 평정했고, 1597년에는 어왜총병관(禦倭總兵官)이 되어 조선에 들어와 서로군을 맡았다. 본래 서로군의 대장은 이여매(李如梅)였는데 상시요동 총병이던 형 이여송이 여진족과의 전투에서 사망하자 그를 대신하면서 동일원으로 교체된 것이다.

시마즈 요시히로는 진주에서 사천에 이르는 길에 여러 개의 성채를 쌓아 각각 천여 명의 군대를 주둔시켰다. 진주 남강 연변에 축조한 망진왜성과 영춘왜성 그리고 사천에 곤양왜성 등이었다. 그리고 사천고성(古城)에는 2천 명을 주둔시켰다.

진주에 남겨둔 왜군은 적의 행보를 지체시키거나 척후병의 성격이 짙었기 때문에 조명 대군이 쳐들어오자 조금 싸우는 척하다가 패주해버렸다. 그리하여 망진과 영춘, 곤양은 비교적 쉽게 연합군이 접수했다. 하지만 이곳에서 철수한 왜병들이 사천고성에 모여들자 5천여 명의 상당히 많은 병력을 이루었다. 성채 또한 보강해 쉽사리 무너질 것 같지 않았다.

진주와 곤양의 왜성들을 접수하면서 내려온 조명연합군은 바닷가 지역치고는 넓은 분지인 사천고성에 왜병들이 모여 있다는 소식을 들었다. 그곳을 포위하기 위해 병력을 집중시켰다. 이곳을 함락한 후 끄트머리 바닷가에 있는 왜성만 점령하면 중로의 공략은 성공이랄 수 있었다. 그러므로 서두를 필요가 없었다.

제독 동일원은 말을 타고 이동하는 군중(軍中)에서 수만 명의 병사들을 훑어보며 만족스러워했다. 부총병 장방(張榜) 또한 특별히 긴장된 모습은 보이지 않았다. 패잔병들을 쫓는 데 겁을 낸다면 모두가 뒤에서 비웃을 것이다. 동일원으로 말하자면 몽골과 접한 대륙의 드넓은 황야에서 수없이 전투를 치러 매번 오랑캐를 무찔렀던 역전의 노장이었다. 그에게는 실전으로 다져진 자랑스런 기마병 부대가 있었다.

그런데 상대해야 할 적인 사천왜성의 시마즈 요시히로는 그와 정면 대결을 할 생각이 없었다. 그는 가장 가까운 부하이자 아들인 시마즈 다다쓰네에게 명령했다.

"고성에 사람을 보내 모든 병력을 철수해 이곳으로 오도록 하는 게 좋겠다."

"다다노리 장군에게요?"

"그래."

"아무래도 각자 싸우는 게 불리할까요?"

"그렇다. 고성은 조선에서 쌓은 것이기 때문에 우리한테는 익숙하지 않다. 성의 위치도 많이 불리하고."

"평지라서 말입니까?"

"그렇지. 조선 놈들의 읍성은 죄다 마을을 둘러서 쌓은 돌담에 불과해 방어에 용이하지 않다. 성벽도 겨우 한 겹으로 쌓아 한 곳만 뚫려도 바로 함락되거든. 지난 몇 해 동안 우리가 손쉽게 무너뜨리지 않았더냐."

"게다가 이번에 쳐들어오는 명군은 기마병이 많다는데, 그럼 더 불리하겠군요."

"모름지기 성이란 바다나 강을 등진 험준하고 높은 곳에 튼튼하게 쌓아야 하는데 저렇게 빈약하게 만들어놓으면 어쩌란 말이냐."

"알겠습니다. 당장 사람을 보내 철수를 명하겠습니다."

다다쓰네는 세 명의 전령을 엄선해 구성으로 보냈다.

그런데 고성과 왜성을 공략하기 위해 정기룡의 조선군 척후대가 먼저 근처에 도착해 있었다. 인근 지역을 탐색하던 척후대가 이들을 포착했다.

척후대의 선두에 있던 병사가 조심스럽게 다가오는 자들을 발견하고 밀정인 것 같다고 대장에게 보고했다.

20여 명의 척후대는 고성으로 향하는 전령들을 보고 어떻게 할 것인지 의견을 나눴다.

"놈들이 양 진영에서 서로 연락을 취하는 모양입니다."

"붙잡아서 어떤 말들을 주고받는지 알아볼까요?"

"기다렸다가 놈들이 돌아갈 때 잡는 것이 나을 것이다."

척후대 대장이 결정을 내리듯 말했다. 그리하여 그들은 귀환 시간을 넘겨 길목에 숨어 기다렸다.

얼마 지나지 않아 성에 들어갔던 자들이 나섰고 척후대는 길목에 숨어 있다가 기습해 그들이 타고 있던 말을 쓰러뜨린 후 재빨리 포박했다.

반항하는 자들을 칼등으로 내려치고 목에 칼끝을 들이밀어 잠잠하게 만들었다.

"저쪽 언덕의 왜성에서 온 놈이지?"

척후대에는 적의 말을 할 줄 아는 사람이 반드시 포함되어 있어 바로 심문을 했다. 대원의 심문에도 대답하지 않자 다른 동료들이 칼날을 눈앞에 들이대며 윽박질렀다. 세 명의 전령은 서로 눈치를 보면서도 입을 꾹 다물었다.

"묻는 말에 제대로 대답하면 목숨을 살려준다. 그렇지 않는 놈은……."

대장은 시간차를 주기 위해 일부러 통역을 썼다. 그가 마지막 말을 채 끝맺지 않고 셋을 하나하나 훑어보았다. 그러다가 한 놈을 골라 고개를 끄덕였다.

마주하는 눈빛을 보면 얼마나 의지가 굳고 충성스러운지 알 수 있다. 같은 편 입장에서는 훌륭한 병사이지만 적으로서는 쓸모가 없다. 그가 고개를 끄덕이자 뒤에 서 있던 척후대원이 칼을 휘둘렀다. 바로 전령의 목이 떨어져 땅에 굴렀다. 그 모습을 보고 다른 전령이 벌벌 떨며 입을 열었다.

고성의 적이 철수한다는 말을 들은 척후대장은 남은 두 놈을 포박해 압송하도록 하는 한편 자신은 급히 장군에게 달려가 이 사실을 알렸다.

정기룡은 첩보를 듣고 부하들에게 말했다.

"오늘 밤인가? 모두 문밖에 매복하고 있다가 놈들이 문을 열면 기습한다."

그는 부하 장수들을 불러 모아 각자 매복할 곳들을 지정해둔 후 날이 어두워질 때까지 쉬며 공격을 준비해놓으라고 지시했다.

밤이 이슥할 무렵이었다. 성문이 열리고 수천 명에 달하는 왜병들이 줄줄이 나오는 게 보였다. 매복해 있던 정기룡의 2천여 군사는 일제히 활과 총을 쏘며 공격했다.

졸지에 기습을 당한 왜병들은 우왕좌왕하며 어쩔 줄을 몰라했다. 지휘관이 당황하지 말라 소리치며 남쪽으로 달려가라고 지시했다.

본래 성문을 하나만 열고 조용히 빠져나가려 한 계획이 틀어지자 오히려 모든 문을 열고 한꺼번에 쏟아져 나오기 시작했다.

조선군이 성을 포위한 채 공격했으나 포위망이 촘촘하지 못했고 더구나 횃불을 밝혔다고는 하나 워낙 어두운 밤이라 적을 많이 맞추기가 어려웠다. 그럼에도 싸움은 물고기와 어부의 대결 같은 형국이어서 일방적으로 진행되었다.

다수의 사상자를 남기고서야 왜군은 고성을 빠져나갔다. 고성에 남아 있던 왜병 5천여 명 중에서 적어도 절반 가까이는 목을 베거나 사로잡는 전과를 올렸다.

조명연합군은 연이은 승전에 사기가 충천했다. 곧 있으면 왜적을 바다 끝까지 밀어버릴 수 있을 듯했다.

귀
순

싸움에 지쳐 깊이 잠든 왜성에서도 잠들지 않은 이들이 있었다.

대부분의 초병들은 적이 쳐들어올까 노심초사하며 무거운 눈꺼풀을 밀어 올리지만 한 명은 다른 고민으로 잠을 이루지 못했다. 이문욱이었다.

때가 되었다.

행여나 시기를 놓쳐 제때 발을 빼지 못하면 모든 일이 허사가 된다. 지금까지 쌓아온 것을 몽땅 무로 돌릴 수도 있는 것이다. 무릇 입신출세를 하기 위해서는 때를 잘 맞춰서 일을 해야 하고 사람을 잘 골라 이용해야 한다.

그는 고니시의 휘하에 있으면서 양쪽 전선을 수없이 넘나들었다. 주로 뭍에 있는 조선과 명나라의 진영을 탐색해 군의 각종 정보를 가져다주었다. 조선인 포로로 있으면서 얼마든지 도망칠 기회가 있었지만 번번이 이런저런 정보를 물고 되돌아오니 당연히 고니시의 신임은 두터웠다.

그가 밖에 자주 나간 것은 단지 고니시의 신임을 얻기 위한 것만은 아니었다. 조선 쪽의 돌아가는 사정을 알 필요가 있었다. 지금은 두 나라가 대치하고 있기에 양쪽을 수시로 왔다 갔다 할 수 있지만 언젠가는 한쪽을 택해야 한다는 걸 알고 있었다. 선택을 한다면 당연히 지는 쪽이 아닌 이기는 쪽을 선택해야 한다.

대부분의 사람들은 출신에 얽매여서 자신이 속한 곳의 운명에 따라간다. 조선 사람은 조선의 운명에, 일본 사람은 일본의 운명에 따라가고, 마찬가지로 명나라 사람 또한 그 나라의 운명에 따라간다. 모두 이것을 당연하다고 여긴다. 그게 바보 같은 생각이라는 것을 그는 오래전부터 알았다. 왜 스스로 선택을 하지 못한단 말인가.

모든 것은 때와 사람이다. 사람도 계속해서 사다리처럼 밟고 올라갈 수 있는 사람, 곧 인맥이 중요하다. 농사나 짓는 백성, 총칼을 들고 명령대로 움직이며 언제 죽을지 모르는 병사들은 천 명, 만 명을 알아도 아무 소용이 없다. 높은 자리에 있는 한 사람이 훨씬 중요하다.

그런 그의 촉수에 걸린 사람들은 각 지역의 책임자들, 곧 전라도 절도사 이광악(李光岳)이나 경상도 관찰사 이용순(李用淳), 경기수사 이사명(李思命) 등이었는데 나중에 생각이 바뀌었다. 높은 자리에 있는 자들일수록 오래 앉아 있지 못했다.

경상도 관찰사만 해도 몇 달 전까지는 이용순이었는데 금세 정경세(鄭經世)로 바뀌었다. 애써 정보를 제공하고 뇌물을 갖다 바쳐도 바로 교체되어버리니 그동안의 노력이 허사가 되었다. 그런 만큼 더 확실한 연줄을 잡아야 했다.

그런 그의 눈에 띈 인물이 이덕형이었다. 나라가 계속 전란 중이어서 직접 행정부서를 맡고 있지 않은 정승들은 자주 전선으로 나가 군사와 민심을 살폈다. 영의정인 유성룡이 그랬고, 그보다 젊은 우의정 이덕형은 더 자주 내려왔다. 그들이 직접 내려와 보고 들은 것을 상주하면 지방관들의 서장보다 더 신뢰가 갔고, 또 왕에게 전달되는 확률도 높았다. 그러니 이덕형을 잡아야 했다.

그런데 어떻게 그에게 다가가지? 대뜸 등장해서는 내가 왜군의 사정을 속속들이 알고 있습니다, 하고 떠들 수는 없지 않은가. 그에게 다가가기 위해 적어도 발판 하나는 더 있어야 한다. 그리고 눈이 뒤집힐 정도는 아니라 해도 꽤나 반길 만한 선물, 곧 신빙성 있는 정보도 가져가야 하고.

지금도 왜병이나 왜군에는 포로로 끌려왔다가 진영을 탈출해 조선군에 귀순하는 자들이 많았다. 그런데 그들은 일단 어디로 가야 할지 모르고 또 갖고 있는 정보도 특별한 게 없다. 침몰하는 배에서 뛰어내린다고 다 살아남지 못하는 이유가 바로 그것이다.

밤새 고민해서 결정을 내린 이문욱은 가벼운 나들이를 하듯 성채를 빠져나왔다. 하도 자주 드나들어 이제는 자신의 얼굴이 바로 통행증이나 다름없었다. 모두가 잠든 새벽녘에 가벼운 보따리만을 짊어진 채 성을 나선 그는 밤을 달려 북으로 향했다.

오랫동안 달려 날이 밝아올 무렵에 한 고을에 이르렀는데 순천 도호부였다.

전라도 우도의 중심지가 나주라면 좌도의 중심지는 순천이었다. 당연히 큰 감영이 있고 주둔하고 있는 군사들도 많았다.

그는 지난 1년여 동안 인근의 여러 병영과 접촉을 시도해왔다. 자신이 직접 나선 경우도 있지만 대부분은 부역 포로를 이용했다. 조선인 포로들은 대부분 왜영에서 벗어나기를 희망하지만 단지 그 것만으로는 부족했다. 훨씬 더 강력한 의지가 있어야 했고 자신이 전하는 바를 조선의 상부에 전달할 수 있는 자여야 했다.

그렇게 선별한 자에게 접근해 자신이 이곳에서 무사히 내보내주 겠다고 꼬드겼다. 그가 왜성의 가장 우두머리인 소서행장에게 신 임이 두터운 걸 아는 부역자는 시키는 대로 해주겠다고 했다. 그가 원하는 것은 일 년 전 경상도에서 했던 것과 마찬가지로 자신의 존 재를 알리는 것이었다.

심부름꾼에게 들려 보낸 자신의 이름과 이력, 일본에서의 활약 상 그리고 왜군들에 대한 몇 가지 정보들은 전라도와 충청도의 관 찰사, 수사, 병사(兵使), 방어사 등에게 전달되었다. 그들의 반응도 수집되었고 그들 휘하 인물들과의 연락망도 만들어졌다.

그는 머릿속에 그려진 연락망과 함께 최근에 접한 정보들을 대 입해보았다. 조정에서 선전관이나 정승들이 꾸준히 여러 병영을 순찰하며 군정과 민정을 살피고 있었다. 그중에서 이덕형이 어느 곳에 있었는가, 다음 향하는 곳은 어디인가 따져보았다.

이덕형은 최근에 가장 자주 내려와 있으며 이런 일을 하는 관리로는 가장 지위가 높았다. 이문욱은 자신의 예상이 맞기를 바라며 순천도호부에 이르렀다.

그는 이곳에도 여러 번 와본 적이 있었다. 당연히 정보를 얻고 또 팔기 위해서였다. 하급 병사들에게는 정보보다는 재물이 더 잘 먹혔다. 간단한 탁주 한 사발만으로도 통성명을 하고 안면을 익힐 수 있었다. 전쟁통이라서 물자가 귀했기에 웬만한 먹을 것과 입을 것 등의 생필품은 누구나 반겼다.

그는 그동안 안면을 익혀온 군관 정영달을 찾아가 귀순 의사를 밝혔다.

"귀순한다고? 이제야 나온 건가?"

"더 있어 봐야 알아낼 것도 없고. 중요한 건 다 알아냈으니 속히 책임자를 만나게 해주시오."

"알겠네. 내 등청해 고해보겠네."

상관인 전라도 방어사 원신(元愼)에게 달려간 군관은 이문욱이란 자가 예교성의 왜군에 대해 알릴 것이 있다며 찾아왔다고 보고했다. 일을 보기에는 조금 이른 시간이라 원신은 건성으로 응대했다.

"그자의 이름이 뭐라고 하더냐?"

"이문욱이라고 하더이다."

"아, 이문욱이라! 말로만 듣던 인사를 드디어 보게 되는 건가?

어디에 있었다고?"

"왜성에 있었다더이다. 그런데 실은 성 밖으로 자주 나와 이런저
런 사정들을 얘기하긴 했습니다."

"뭐라고? 그런데 왜 진작 고하지 않았더냐?"

"전에 두어 번 만난 적이 있었는데, 그때는 접경에서 지내면서
왜군들의 사정에 밝은 자로만 생각했습니다."

"어서 데리고 오너라. 자세히 말을 들어봐야겠다."

다시 군관이 숙소로 가 이문욱을 데리고 왔다. 원신이 보기에 그
는 몸 쓰는 일을 별로 안 해본 유생처럼 여겨졌다.

동헌 집무실에서 사내를 접견한 원신이 물었다.

"이름이 무언가?"

"이문욱이라고 합니다."

"왜군의 진영에서 탈출했다는데 그것이 사실인가?"

"그렇다고 볼 수 있습니다."

"그렇다고 볼 수 있다니 무슨 소리인가?"

"탈출해 아주 나온 것은 지금이지만 이전부터 기회가 있었고 얼
마든지 나올 수 있었습니다."

"그렇다면 왜 이제야 나오게 된 것인가?"

"그곳에 오래 있을수록 적도의 사정을 속속들이 알아낼 수 있는
바 조금이라도 더 많은 걸 파악하기 위해 지체한 것입니다."

"그래, 이제 어찌할 생각인가?"

"제가 가지고 있는 지식을 바탕으로 미력하나마 나라와 주상전

하를 위해 힘을 다하고자 합니다."

"가상하군. 이제 좀 더 자세히 얘기해보세."

그러면서 그는 함께 온 정영달을 돌려보내고 군졸을 시켜 객사에 머무르고 있는 우의정을 모셔오라고 했다.

얼마 뒤 우의정 이덕형이 의관을 갖추고 나타났다.

"누구인가?"

"이문욱이라는 유생입니다."

"이문욱이라고?"

이덕형이 깜짝 놀라 그의 모습을 하나하나 뜯어보았다. 이미 조정에 많이 알려져 있으며 주상께서도 관심을 갖고 있던 인물을 이제야 보게 된 것이다.

"그대가 작년 4월에 적정을 정탐한 편지를 보냈던 사람인가, 경상도 관찰사에게?"

"그렇습니다."

이문욱이 고개를 숙여 읍하며 대답했다.

"그동안 어디에 있었는가?"

"왜장 소서행장의 휘하에서 주로 순천 왜교성에 있었습니다."

"성 안의 사정을 속속들이 파악하기 위해 오랫동안 머물러 있었다고 합니다."

곁에 있던 원신이 거들며 말했다.

"그러하오?"

이덕형이 되묻고는 다시 이문욱을 바라보았다. 이문욱은 두 사람의 눈길을 받고 술술 이야기하기 시작했다.

"순천의 왜군은 1만 5천 명이고, 왜적 소굴의 형세는 삼 면이 바다로 둘러싸여 있어 한 면만 공격이 가능한데, 땅이 질어서 실로 진격하기가 어렵습니다. 남해의 왜적은 그 숫자가 8백에서 9백 명으로, 장수는 탐욕스럽고 사나운데 군사가 잔약(殘弱)하며, 거제의 적도 겨우 수백 명이니 이 두 곳의 소굴을 수병(水兵)으로 공격하면 썩은 나뭇가지를 꺾는 것처럼 쉬울 것입니다."

"행장은 어떤 사람인가?"

"교활하기가 늑대나 여우 같은 자인데 호랑이처럼 사나울 때도 있습니다. 계략으로 그를 이기려고 하면 어느 누구도 쉽지 않을 것입니다."

"그렇다면 오직 압도적인 무력만이 그자를 굴복시킬 수 있다는 말인데 지금으로선 거의 불가능하지 않은가?"

"그렇습니다. 그에게 1만 5천 명이라는 적지 않은 군대가 있는데 난공불락의 철옹성 안에 틀어박혀 있으니 더 그렇지요."

"하면 앞으로도 계속해서 소모적인 싸움으로 희생자만 늘어나는 것인가?"

"협상을 할 여지는 있습니다."

"협상이라고 해봐야 놈들이 멀쩡하게 돌아가도록 길을 터줘야한다는 것 아닌가?"

"전쟁을 잘 마무리하는 것도 승전의 한 방법입니다."

"그것도 일리는 있네만……. 그런데 내 최근 소식을 듣기로 손문욱이라는 첩자가 종종 첩보를 전해왔다고 하던데 그게 그대인가?"

"예, 그렇습니다."

"왜 성을 바꾼단 말인가?"

"양쪽 진영을 왕래하는 간자가 이름과 신분을 감추는 게 달리 무슨 이유겠습니까? 혹시 이게 알려졌다가 왜놈들에게 남은 가족이 보복이라도 당하면 저는 천추의 한이 되겠지요."

"그런 사정이 있었군."

"아, 수군통제사 이순신 장군도 아산 본가가 백일하에 알려져 있는 까닭에 왜놈들의 칼에 아드님이 고혼이 되지 않았습니까?"

원신이 생각났다는 듯 말하자 이덕형도 고개를 끄덕였다.

"위험한 일을 하는 사람은 신분이 자세히 드러나선 안 되지."

그리고 한동안 더 이야기를 나누었다. 그러던 중 원신이 공무로 부르는 일이 있어 자리에서 일어섰다.

둘만 남게 되자 이덕형이 낮은 목소리로 이문욱에게 말했다.

"전하께서 자네를 한 번 만나보고 싶어 하시네."

"저를 말입니까?"

"그래."

"무슨 일로……?"

"자네가 처음 소식을 전한 이래 그만한 능력과 경험을 가진 사람이 드물다고 여기신 걸세. 어쩌면 사직을 위해 크게 쓰일 법하다고 생각하신 모양이네."

"혹시 대감께서도 같은 생각이십니까?"

"나야 뭐, 두고 보면 알겠지."

"아, 예……."

"조만간 같이 올라가서 뵙도록 하게."

"알겠습니다."

이문욱은 속으로 쾌재를 불렀다. 뜻대로 일이 잘 진행되고 있었다.

왜국에서는 이렇게 빠른 시간에 가장 높은 인물의 바로 앞까지 이르지 못했다. 역시 일 년이나 상황을 본 다음에 왜성을 나온 것이 주효했다. 그동안에 조금씩 불을 지펴 연기를 크게 내고 궁금증을 유발했으니 다들 관심을 갖게 되었다. 특히 왕이. 왜군 출신으로 항복해 벼슬을 한 사야가 김충선이 있지만 포로로 잡혀갔다가 돌아와 왕과 대면한 자는 아무도 없었다. 이제 시작이다.

10월
十
月

왜교성 공방전

전투는 달이 바뀌어도 계속되었다.

언제까지 마쳐야 한다는 기한이 없었기에 양쪽 어디나 초조했고, 피로에 절어갔다. 진린은 유정의 진영으로 찾아가 얘기를 나누었다.

"이순신은 어떤 사람입니까?"

유정이 물었다. 그는 편지 왕래로 의견을 교환했을 뿐 직접 이순신을 만난 적은 없었다.

"뭐라 한마디로 말할 수 없소. 다만 만만치 않은 인물이라는 건 확실하오."

"만만치 않다……. 꽤 함축적인 말이로군요."

"어쩌면 조선 제일의 용장이라 할 수 있소. 우리가 본국에 있을 때 들은 것보다 더 뛰어난 사람이오."

"소문이란 대개 과장되기 마련인데 이순신의 경우는 축소되었다는 말이군요."

진린이 이순신에 대해 극찬을 하는 이유는 그 자신을 위한 것이기도 했다.

육군의 다른 부대들은 원군으로 온 명의 장수들이 주장이 되어 전군을 통솔하는 데 비해 저만 그렇지 못한 것에 대한 변명이라 할 수 있었다. 이순신 같은 뛰어난 인물과 함께 전투를 수행한다면 다른 장수들도 별 수 없다는 의미였다.

사실 그도 남해안에 내려오기 전에는 수군 전체를 통솔해 자신의 지휘 아래 두겠다고 장담을 했었다. 그 때문에 유성룡도 은근히 걱정을 하지 않았던가.

"그렇소. 이번 전쟁이 끝나면 내 황제폐하께 주청해 본국에서 벼슬을 할 수 있도록 해볼 생각이오."

"이민족의 장수가 우리 조정에서 임명되어 활약한 예가 적지 않으니 가능은 한데……."

"무엇이 걱정이오?"

"같이 연합해 싸우는 지휘관이 까다로우면 좀 피곤한 법 아닙니까?"

"뭐 그렇긴 하지만……."

"작전에 차질이 생길 수도 있고."

"그래서 미리 약조를 단단히 하는 것 아니오?"

"우리와 조선군은 한 편이긴 하지만 똑같은 입장은 아닙니다. 우리는 우방의 속국이 위험에 처하자 구원하러 왔고 적을 물리치러 왔죠. 그것만 해도 할 일은 다한 겁니다."

"하기야, 모든 걸 내놓고 돌아가겠다는 적들인데 기어코 목숨을 취하는 것도 탐탁한 노릇은 아니지."

"사실 왜놈들 우두머리가 죽은 후 그 졸병들이 돌아가겠다 하면 적당히 대가를 받고 돌려보내 주는 게 실리적이지 않습니까. 대국으로서의 면모도 살리고."

진린은 유정의 말을 건성으로 듣고 대응하다가 걸리는 부분이 있어 잠시 그 내용을 되새겨보았다.

"그렇다면 유제독, 솔직히 말해보시오. 순천왜성의 고니시란 자와 어느 정도까지 얘기가 된 거요?"

"어느 정도라니요?"

"어차피 다 아는 얘기니 말 돌릴 필요 없지 않소. 그들을 살려서 보내주는 대가에 대한 협상 말이오."

"몇 차례 밀사가 오긴 했습니다."

"우리와의 협공 약속을 어긴 것도 그 때문이오?"

"천만에요, 아직 협상이 이루어진 바가 없으며 따라서 황제폐하의 명령을 어긴 것도 없습니다. 괜히 신세 망칠 말은 하지 마십시오."

"협상과 내통이 보는 관점에 따라서 다르다는 건 지금까지 유제독이 말한 바로 알 수 있는 것 아니오? 협상의 범위라는 것도 폐하께서 부여한 권한 내에 들어 있으면 얼마든지 할 수 있는 것이고."

"말씀 잘하셨습니다. 아까도 말했듯이 우리는 조선을 구하기 위해 최선을 다하지 않았습니까. 그러니 이제 전리품을 획득하는 것도 생각해봐야 한다는 뜻입니다."

"하지만 연합의 한 축인 조선군, 좁혀서 말하자면 이순신 도독은 입장이 많이 다르오. 그들은 적을 곱게 살려 보내선 안 될 이유가 있지. 수많은 재물을 약탈하고 백성의 목숨을 거두어 간 원수이니 말이오. 게다가 왜적이 갖고 있는 것도 몸뚱이와 무기 외에는 모두 이곳에서 약탈한 것이니 아무리 값비싼 재물을 내놓는다고 해도 응할 까닭이 없단 말이오."

"그것도 어떻게 협상하느냐에 따라 융통성을 발휘할 수 있습니다. 왜적이라 해도 그들 본국에 연고가 있을 터이니 몸값이나 목숨값이라는 명목으로 재화를 받고 풀어준다면 얼마든지 협상의 여지가 있지 않겠습니까?"

"그건 다소 일리가 있소. 하지만 내가 보기에 이순신은 그래도 어려울 것 같고…… 왕이나 조정의 고위층이라면 받아들일 여지가 있을 듯하오."

"그렇다면 조선의 수뇌부인 도원수 권율과 우의정 이덕형과 자주 마주치니 의향을 타진해보도록 하지요."

"아무리 그래도 왜군들이 말 그대로 무기는 물론 입은 옷까지 다 버리고 갈 정도로 다급하게 마음을 먹도록 강하게 압박을 할 필요가 있소."

"그렇지요. 원래 본분이 있으니 할 일은 해야겠지요."

다시 구체적으로 어떻게 공격할 것이냐 하는 논의가 이어졌으나 하던 대로 하자는 대책 외에는 더 나오지 않았다.

유정과 진린은 경력도 다르고 활동한 근거지도 달랐다. 중국에서 먼 이국 땅에 와서야 비로소 알게 됐으나 기본적인 입장은 같았다. 조선에 침입한 왜군을 섬멸하든지 쫓아내면 되었다. 단 자신들의 피해는 최소한으로 줄이고.

그것만으로도 황제에게 전공으로 인정받기에 충분했다. 그러기에 가능한 싸우지 않고 전쟁을 끝낼 수 있으면 최상의 결과라 할 수 있었다.

그런데 황제가 사신이 아닌 무장인 그들을 수만 명의 군대와 함께 보낸 이유는 분명했다. 싸워서 어느 정도 희생을 각오하고 전공을 올리라는 기본 전제를 깔고 있는데 싸우지 않겠다는 것은 황제의 의지와 상충되는 것이었다. 그건 그들이 조선의 입장은 전혀 고려하지 않는다는 뜻이기도 했다.

이순신의 함대는 10월 3일 아침에도 순천왜성 공략을 개시했다.

전선의 일부는 남해도의 남과 북에서 나타날지도 모를 왜선들을 감시하기 위해 남겨놓고 나머지 주력부대는 성을 향해 나아갔다.

물이 들어오는 것을 기다려 함포와 조총을 쏘며 위압적으로 전진했다. 점점 거리가 가까워지면서 사격으로 인한 소리가 천지를 울렸다. 양쪽을 총알과 화살이 빗발처럼 날아다녔다.

"사또, 성이 워낙 견고하여 함포로 무너뜨리기가 난망합니다."

옆에서 이순신의 명령을 수발하는 송희립이 굳은 얼굴로 말했다.

"쉽게 공략하지 못한다 하더라도 기슭에 숨겨놓은 수백 척의 배는 모조리 파괴하거나 나포해야 한다. 그건 놈들의 발이나 마찬가지다. 싸우는 건 손으로 싸운다 해도 발이 없으면 그 힘이 절반 이하로 줄어든다. 배를 몽땅 잃고 돌아갈 희망이 사라지면 놈들의 발악하는 의지도 줄어들 것이다."

"그렇습니다."

"저들의 배를 주목표로 삼아 공격하니 성에서 우리의 접근을 막기 위해 기를 쓰고 공격하는 것이다."

그 말대로 고니시의 왜군도 목책 안쪽에 정박해놓은 배들을 지키기 위해 안간힘을 썼다. 단지 성채만 공격하고 방어하려 했다면 서로의 거리가 있는지라 치열한 접전과 충돌이 생기지 않았을 터이나 마지막 목숨 줄인 배를 지키기 위해 병사들을 바닷가로 내려보내 저항을 계속했다.

"공격하라. 한 척이라도 더 불사르고 침몰시켜라!"

선봉 부대의 지휘관인 사도첨사 황세득(黃世得)은 예순이 넘은 노구를 이끌고 직접 전투에 나선 무장으로 그의 부인 방씨는 이순신의 부인 방수진과 사촌지간이었다. 그러므로 황세득과 이순신은 사촌동서 사이였다. 조선수군 최고사령관의 친인척이라면 뒤로 물러서서 명령만 해도 되는데 그는 오히려 솔선해 전투를 지휘했다.

그의 직속 선단은 빗발치는 적의 포화 속에서도 정박해 있는 왜 선들을 향해 불화살을 날리며 계속 불태워 나갔다.

"장군, 이제 물러날 때입니다."

정세를 살피고 있던 부하 군관이 소리쳤다. 그러자 황세득도 아쉬움을 뒤로 하고 쉰 목소리로 크게 외쳤다.

"이만 물러나라."

이번 왜교성 공략은 여러 가지로 제약이 많았는데, 공격 시간이 자연에 의해 정해져 있다는 점이 가장 큰 특징이었다. 물이 들어설 때 맞춰서 공격을 해야 했고 썰물에 맞춰서 후퇴를 해야 했다. 하루에 두 번, 열두 시간마다 물이 나갔다가 들어와 해안까지 차 있는 동안이라야 길어도 두어 시간뿐이니 전투를 해야 하는 시간도 짧았다.

횟수도 시간을 잘 맞추게 되면 두 번, 그렇지 않으면 한 번뿐이었다. 더구나 이제 겨울에 접어들어 물에 빠지면 아무리 헤엄을 잘 쳐도 몸이 바로 얼어서 위험했다.

십여 척의 배들이 일사불란하게 후퇴를 시작했다. 전투에서는 물러설 때 전열이 흐트러지기 때문에 더욱 조심하지 않으면 안 되었다.

그런데 오른편 멀지 않은 곳에서 일군의 배들이 포를 쏘며 전진을 하고 있었다. 그 모습을 얼핏 본 황세득이 화를 버럭 내며 소리쳤다.

"물러나라는 말을 못 들었느냐!"

"첨사 나리, 저건 우리 배가 아니라 명나라 배들입니다."

"뭐라? 아니, 왜?"

자세히 보니 사선과 호선들로 이루어진 명나라의 전투선이었다.

"게다가 배의 모양을 보니…… 민폐덩어리로군요."

"민폐덩어리? ……이런 젠장할!"

조선의 군중에서는 명나라의 수군 도독 진린을 그렇게 부르고 있었다. 전투가 없을 때는 없는 대로, 또 있으면 있는 대로 폐를 끼치기 때문에 차라리 없는 게 낫다는 의미로 부르는 별명이었다. 조공국의 상전이라 뭐라고 나무랄 수도 없는데, 싸움에는 하등 도움되는 게 없었다.

멀찍이 서서 구경이나 할 것이지, 하는 게 조선 수군 모두의 바람이었다.

물이 찰랑찰랑 넘실거리니 가득 차 있는 것 같지만 빠질 때는 순식간에 빠져나가기 때문에 때를 놓치면 바로 고립되어 적의 공격을 받기 십상이었다.

"미치겠군, 한두 번도 아니고."

"아무것도 모르면 뒤에서 구경이나 하지 도대체 왜 그런답니까? 가만히 있으면 알아서 적선과 수급을 갖다 바치기까지 하는데……."

"전쟁에 임한 장수로서 걸리는 게 있어서겠지."

"가서 엄호를 해야 되지 않겠습니까?"

"그래야겠네. 어서 선수를 돌려라."

황세득은 휘하의 배들을 인솔해 명군의 배들 옆으로 따라붙었다.

함께 후퇴하던 제포 만호 주의수(朱義壽)와 사량 만호 김성옥(金聲玉), 진도 군수 선의경(宣義卿) 등은 늙은 장수가 진린을 구하기 위해 앞장서자 질 수 없다는 듯 각각 휘하의 배들을 이끌고 뒤를 따랐다.

왜군과 명군이 대치한 쪽에서는 이미 치열한 난사전(亂射戰)이 벌어지고 있었다.

어쨌거나 우두머리가 죽으면 아무리 전투에서 큰 성과를 올렸어도 패한 것이나 마찬가지다, 그 때문에 그의 선단은 포화가 난무하는 사이로 들어갔다.

마침 왜군은 적이 물러가는 시점이어서 한숨 돌리고 있다가 다시 쳐들어오자 남아 있는 총탄을 다 쏟아붓듯 쏘아댔다.

뒤늦게 위험을 알아차린 명나라의 군선들이 선수를 돌리고 후퇴하기 시작했다. 그들이 멀어지자 황세득도 상황을 파악한 뒤 말했다.

"자, 됐다. 우리도 속히 빠져나가, 으윽……."

"첨사 나리."

"장군!"

곁에 있던 군관과 병사들이 달려들어 부축했다.

황세득의 가슴은 벌써 붉게 물들어 있었다.

"황첨사께서 총에 맞았다. 빨리 퇴각하라!"

군관이 급하게 소리쳤다.

멀리 대장선에서 이 모습을 지켜보던 이순신이 눈을 크게 뜨고 주시했다.

"선봉군이 위험에 처한 모양이다. 빨리 달려가서 도와라."

그의 명령에 바로 날랜 협선 여러 척이 물살을 가르며 날치처럼 달려갔다.

"큰 피해가 없었으면 좋겠구나……."

얼마 지나지 않아 명나라의 수군을 호위해 전군이 철수를 마무리했다.

이순신은 유도 앞바다 위에서 피해 상황을 보고받았다.

"첨사 황세득과 이청일이 적탄에 맞아 전사하고 제포 만호 주의수와 사량 만호 김성옥, 해남 현감 유형, 진도 군수 선의경, 강진 현감 송상보가 탄환에 맞았습니다."

"적탄에 맞은 이들은 어찌 되었는가?"

"황세득과 이청일 외에는 다행히 목숨을 부지했습니다."

"부상을 당한 장수들은 잘 치료하고 안정을 취하도록 해라. 애석하구나! 오랫동안 함께 한 전우를 잃다니……. 전사자는 어디에 있나?"

"타고 갔던 배에 모셨습니다."

"가보자."

이순신은 보고를 한 군관을 따라 황세득과 이청일이 탔던 배에 올랐다.

배는 무수히 많은 총탄이 박혀 벌집이 되어 있었다. 갑판 위에 오르자 한가운데 붉은 천으로 덮인 두 구의 시신을 볼 수 있었다.

그는 그리로 다가가 천을 들어 황세득의 얼굴을 내려다보았다.

고통에 신음하던 상태 그대로 굳어버린 듯 얼굴이 일그러져 있었고, 눈은 반쯤 감겨 있었다. 그는 두 손으로 황세득의 얼굴을 어루만졌다. 그리고 넓은 소매 깃으로 얼굴에 묻은 피눈물을 닦아냈다. 잠시 후에는 한이 서린 듯한 두 눈을 꼭 감겨주었다.

뒤에 서 있던 장수들이 숙연히 내려다보다가 흐느끼기 시작했다.

"잘 가시오, 형님. 그동안 고마웠소."

황세득에게 인사하고 천을 덮어주었다. 곧이어 옆에 누워 있는 이청일에게도 똑같이 얼굴을 어루만지고 작별인사를 했다.

같은 날 왜교성의 서쪽 방면에서도 한 차례의 공격이 있었다.

유정 휘하 유격 우백영(牛伯英)이 지휘하는 명군이 공격을 하기 위해 다가갔다. 60보가량 되는 지점에 이르렀을 때 성벽 위에서 총탄이 빗발치듯 쏟아졌다.

병사들이 우왕좌왕하면서 이리 피하고 저리 피하며 뛰어다녔다.

난전이 계속되는데도 유정은 특별한 지시를 내리지 않고 있었다. 그는 대장기까지 내리고 전황을 지켜보자고만 했다. 그는 고니시와의 밀약을 통해 뇌물을 받기로 했기 때문에 군사를 움직이지 않았는데 멀지 않은 곳에서 이를 지켜본 이덕형은 답답하고 이해하기 어려워 고개를 절레절레 흔들었다.

왜적의 총탄을 피하기 위해 각자 엄폐물을 찾아 납작 엎드려 있는 가운데 소강상태가 이어졌다. 일부는 방패차 뒤에 숨었고 수레 안에서 오랫동안 있다가 조는 병사도 많이 있었다.

육군이 머리 없는 싸움을 지지부진 끄는 동안 바다 쪽에서는 썰물로 인해 조명 수군이 물러가기 시작했다. 그러자 해안을 지키던 병사들이 대거 서쪽으로 이동했다. 그들은 사다리를 타고 내려와 공격을 멈춘 채 쉬고 있는 명나라의 군대를 기습했다.

부총병 오광은 상관으로부터 사전에 언질을 받았기 때문에 느긋하게 쉬고 있었다. 서로 주거니 받거니 싸우는 척만 하며 시간을 보내면 아무 문제 없을 것이라고 마음을 놓았다. 하지만 갑자기 왜병들이 몰래 접근해 공격하니 놀라서 달아나기 시작했다.

그의 군사들은 제대로 싸워보지도 못한 채 사방으로 뿔뿔이 흩어졌다. 그 뒤의 2선에 있던 이방춘의 군대는 조금이나마 무기를 수습할 시간이 있어 칼과 창을 들고 겨우 막아냈다. 하지만 부총병의 광동 병사들이 순식간에 20여 명이나 죽었고, 그 뒤로 이어진 혼전 속에서 전체적으로 8백 명가량의 병사가 목숨을 잃었다.

유정이 이미 고니시와 협상을 했던 터라 싸우는 척만 하기로 했지만 휘하의 장수들은 이를 제대로 못 알아들은 셈이었다. 맞서 공격에 나섰다가 큰 피해를 입었다. 유정은 조명 수군과도 손발이 안 맞았을 뿐 아니라 휘하의 장수들과도 소통이 더뎌 애꿎은 병사들만 죽이고 말았다.

사천왜성 전투

 동일원과 정기룡이 지휘하는 조명연합군은 사천고성을 점령하고, 10월 1일 사천왜성 공격을 시작했다. 사천고성에서 사천왜성까지는 20리 안팎이었다. 걷고 뛰어서 한두 시간 걸리는 거리였다.

 이 왜성도 순천왜성과 마찬가지로 삼면이 바다로 둘러싸인 언덕에 세워져 있었다. 가장 안쪽의 천수각을 중심으로 내성과 외성이 여러 겹으로 둘러싸여 있고, 바다로 통하는 선입지에는 배가 정박되어 있어 비상시 바다로 탈출할 수 있는 구조였다.

 4만에 이르는 대군이 성의 바깥에 이르러 진을 쳤다. 그러나 왜성이 외부와 접하는 부분은 동쪽의 일부였으므로 최전선에서 공격을 담당한 병력은 수천 명에 불과했다.

 지난 두어 달 동안 경상도 일대를 파죽지세로 내려온 중로군은 마지막 공략을 남겨두고도 본래의 전력을 그대로 유지한 까닭에 사기가 충천했다.

사실 그들이 나타났다 하면 패주하기 바쁜 왜적을 쫓아 내려왔기에 전투다운 전투를 해본 적도 없었다. 그래도 별다른 피해 없이 밀고 내려온 것 역시 승전은 승전이었다. 왜적이 쌓은 성채를 공격해 하나하나 접수한 것도 사기를 높이는 데는 크게 기여했다.

그들은 왜성을 포위한 즉시 포와 활을 쏘며 과감하게 공격했다.

왜군도 더 이상 물러설 곳이 없으므로 격렬하게 저항했다. 양 진영 사이에 끊임없이 화살이 날아가 하늘을 뒤덮었으며 계속해서 쏘아대는 대포 소리가 천지를 진동했다. 곳곳에서 죽어나가는 병사들이 속출했다. 상처를 입고 피를 흘리며 뒤로 물러서는 병사들도 적지 않았다.

성벽을 사이에 두고 싸우면 화력이 비슷할 경우 성 안을 차지한 쪽이 훨씬 유리할 수밖에 없었다. 일단 엄폐물이 많은 데다가 위치가 상대보다 높은 곳에 있어 사수들의 힘과 정확도가 더 높았다. 당연히 총에 맞고 다치거나 죽는 병사들도 이쪽이 훨씬 많았다.

공성 기구를 끌고 와 그 뒤에 숨어 응사를 하는 것도 한계가 있었다. 명나라의 지휘부는 강렬한 저항에 부딪히자 일단 공격을 중단시키고 작전회의에 들어갔다.

동일원과 정기룡의 중로군이 파죽지세로 공격해올 때는 왜병들이 계속해 철수하는 분위기여서 후퇴했을 뿐 전력이 약해 그런 것이 아니라는 점을 간과했다. 그래서 밀어붙이면 모두 바다에 수장

될 것 같았던 왜군이 강력하게 저항하자 당황하지 않을 수 없었다.

지금까지는 준비 운동이었을 뿐 본격적인 전투는 이제 시작이라는 걸 겨우 자각하자 지휘부의 분위기는 무겁게 가라앉았다.

"아군의 피해가 생각보다 큽니다."

"놈들이 배수진을 치느라 저항이 격렬한 건가?"

"배수진이라 할 수도 있지만 워낙 왜군이 자신들만의 전투 방식에 맞는 최적의 포진을 했기 때문에 공격이 쉽지 않습니다."

동일원의 질문에 작전 참모가 비교적 자세히 설명했다.

"그렇다면 병력 소모를 줄이기 위해 장기전을 해야 한다는 말이군."

"그렇습니다. 바다 쪽에서는 이순신이 제해권을 장악하고 있다니 놈들이 바다로 도피하기에도 위험하고 물과 식량이 떨어지면 공략하기 용이할 듯합니다."

"그럼 장기전을 대비한 진을 만들어야 하겠군."

"제가 들은 정보로는 처음 이 성을 축조할 때 주변에 돌이 부족해 바깥쪽 성은 흙으로 쌓았다고 하더이다."

곁에 있던 접반사 이충원(李忠元)이 말했다.

"그렇단 말이지. 그래서?"

"한 곳에 포를 집중해 쏘면 성벽이 무너질 것이므로 그때 물밀 듯이 쳐들어가면 승리할 수 있지 않겠습니까?"

"일리가 있군. 일단 그것부터 해보고 여의치 않으면 장기전으로 가도록 하자."

이에 따라 새로운 명령이 내려졌다. 명나라에서 가져온 불랑기포(佛郎機砲)를 집중 배치하기로 한 것이다. 명의 불랑기포는 조선에서 개발한 총통과 달리 서양에서 들여온 것을 복제해 사용했다.

여러 대의 대포를 모아 한 곳을 겨냥해 일제히 쏘니 화력이 집중된 곳은 직접적인 충격과 함께 진동에 의해 성벽이 무너져 내렸다. 다시 연사해 초토화한 다음 수천 명의 병사들이 함성을 지르며 공격해 들어갔다.

수많은 군사가 물밀듯이 쳐들어오자 왜군은 당황해 총을 쏘면서도 뒤로 달아나듯 물러났다.

승기를 잡았다고 생각한 명나라 장수들은 군사를 독려해 성 안으로 쳐들어갔다. 그 와중에 또 많은 병사가 총을 맞고 쓰러졌지만 이에 개의치 않고 성을 공략했다. 하지만 왜성은 가장 안쪽의 내성 외에도 외성이 여러 겹으로 쌓여 있어 뒤로 물러났던 왜병들이 제2 외성에 진을 치고 격렬하게 반격했다.

성을 쌓는 데만큼은 타의 추종을 불허하는 왜병이요, 왜장이었기에 공략하기가 여간 어렵지 않았다. 병력이 적의 다섯 배나 되었으니 그 병력을 다 희생할 각오로 공격한다면 무너뜨리지 못할 것도 없었다. 그러나 명의 장수들은 갈등했다. 그렇게 많은 희생을 하고 난 승리를 승리라 할 수 있을까? 더구나 남의 나라에 구원병으로 와서?

두 번째 성벽을 앞두고 완강한 저항에 부딪치자 전투는 다시 소강상태에 접어들었고 시간이 많이 흘러 어둠이 내렸다. 어둠은 양쪽 진영을 공평하게 짓눌렀다.

밤이 되자 왜군 부장 가와카미 다다노리는 가신이자 무장인 세토구치 시게하루를 불렀다.

"싸움이 오래가면 우리가 무조건 불리해진다. 그건 알고 있겠지?"

"그렇습니다."

모두 지쳐 있었으므로 서로 긴 말은 필요치 않았다. 다다노리는 단도직입적으로 물었다.

"적이 오래 끌지 못하게 하려면 어떻게 해야 할까?"

시게하루의 대답 역시 명쾌했다.

"적이 먹을 것을 없애는 게 가장 손쉬운 방법이죠."

"맞다. 네가 부하들을 데리고 가서 모두 태워버려라."

시게하루는 조금도 지체없이 날래고 강한 병사들을 선발했다. 그렇게 꾸린 병사들을 데리고 직접 성을 나섰다.

성마루에서 적의 진영을 살펴본 데다가 변장을 시킨 첩자들을 내보냈기 때문에 식량 창고가 어디에 있는지는 파악하고 있었다. 성문 오른쪽으로 두 개의 군막을 지나면 짐승 가죽으로 만든 커다란 창고가 있는데 그게 식량 창고가 틀림없었다.

명군은 낮의 승리에 취해 일본군을 독 안에 든 쥐라 여기고 있었으므로 밤의 경비는 허술했다. 곳곳의 횃불에서 일어나는 그림자와 어둠을 틈타 그들은 조심스러우면서도 빠르게 이동했다. 그리고 식량 창고에 도착해서는 한동안 어둠 속에서 기다렸다.

시간이 흘러 모두가 깊이 잠들었다고 여겨질 무렵, 그들은 준비해 간 기름을 창고 여러 곳에 뿌리고 동시에 불을 질렀다. 명군 2만7천 명과 조선군 2천여 명이 먹을 수 있는 곡식이라면 굉장한 양이 쌓여 있는 건데 그 많은 것이 다 불에 타려면 오래 걸린다. 그동안에 군사들이 깨어나 불을 끌 수도 있으므로 불을 낸 후 바로 달아나지 않고 주위에 매복했다.

불이 활활 타오르기 시작하자 뒤늦게 알아챈 군사들이 소리를 지르며 달려왔다.

불을 끄기 위해 물을 퍼오라는 외침과 아우성이 잇따랐다. 그리고 물통과 장비들을 가진 병사들이 나타났을 때 불을 지른 왜인들은 칼을 뽑아들고 그들을 공격했다.

"아악, 적이다!"

"왜놈들이 불을 질렀다."

사람들이 더 몰려오고 그들을 막으려는 왜군 침투조는 곧장 접전을 벌였다. 그들이 완강히 막아섰음에도 그들 십여 명은 명나라 병사들의 칼과 창에 맞아 죽거나 부상을 입고 잡혔다. 하지만 그사이에 식량 창고는 이미 잿더미가 되었다.

타다 남은 곡식들이 사방 곳곳에 흩어져 있고, 죽거나 다친 이들도 많아 병사들은 어찌할 바를 모른 채 허둥댔다.

소식을 접한 동일원과 지휘부는 망연자실해졌다. 이제는 시간을 오래 끄는 것이 이쪽에 더 불리해진 것이다.

밤새 벌어진 혼란을 겨우 수습한 연합군은 또다시 대책을 강구하기에 급급했다.

"놈들이 우리의 식량을 노릴 줄은 몰랐습니다."

총병 장방(張榜)이 허탈한 표정으로 말했다.

"왜군들은 제 나라에서 백 년 동안이나 여러 세력으로 나뉘어 전쟁을 벌였다고 합니다. 그러니 전략 전술이 얼마나 발달했겠습니까?"

정기룡이 통역의 말을 빌려 의견을 말했다.

"놈들이 이 정도로 싸움의 귀신일 줄은 몰랐군."

"그런데 이렇게 되면 우리가 오히려 장기전을 펼칠 수 없게 되지 않았소?"

"그렇습니다."

제독 동일원의 말에 부장들인 총병과 유격이 그 말에 동의했다.

"놈들의 수는 얼마나 되지?"

"만여 명 안팎으로 추정됩니다."

"우리가 서너 배는 많구나."

"예, 그래서 단기전으로 밀어붙여도 승산은 있다고 봅니다."

"좋아, 내일 날이 밝는 대로 총공격을 개시하겠다."

제독의 명령에 따라 휘하의 장수들이 공격 계획을 논의했다.

유격 도관(塗寬)과 학삼빙이 선공을 맡고 나머지가 중군으로 뒤를 받쳐 공격하기로 했다.

아침이 되자 명군의 총공격이 시작되었다.

전날 허물어놓았던 외성에 집중 포격해 들어갈 입구를 더 늘려놓았고, 그곳으로 창과 칼을 든 병사들이 밀고 들어갔다.

하지만 기세 좋게 쳐들어갔던 명군은 시마즈가 배치해놓은 복병에 큰 타격을 입었다. 제2외성을 넘어가는 순간 잠복해 총을 겨냥하던 왜병들이 일제히 사격을 개시하자 선봉대 수백 명이 총을 맞고 하릴없이 쓰러졌다.

그뿐만이 아니었다. 명군이 진격해 있는 마당 곳곳에 염초(焰硝) 수백 근을 묻어놓았는데 이때를 기다려 왜병이 땅에 총과 불화살을 쏘자 일시에 터지고 불이 붙었다. 또다시 많은 수의 명군이 불에 타죽었다. 명군은 일개 병사부터 지휘부의 무장까지 할 것 없이 우왕좌왕했다.

다시 얼마 뒤 명군 유격 팽신고의 부대가 총포를 이용한 공격을 가하며 동문으로 접근했다가 왜군의 완강한 저항에 부딪혀 많은 피해를 입었다. 하나 그 와중에 나무 기둥을 이용하여 성내로 진입할 수 있는 길을 만들었다.

그러나 이때 명군 진영에서 유격장수 모국기 휘하 포병부대의 불랑기포가 과열하여, 파열된 포신으로부터 발생된 불꽃이 화약더미에 옮아붙는 일이 생겼다. 화약이 연쇄적으로 폭발하는 사고가 일어났다.

명군은 폭발과 폭음에 진열이 흐트러졌고, 이를 목격한 시마즈는 전 병력을 출동시켜 명군을 공격했다.

명군은 이 공격을 이겨내지 못하고 와해되었으며, 거기다 식량까지 부족해지자 회의 끝에 철수를 결정했다. 결국 동일원의 중로군은 5천여 명의 사상자를 내고서 10월 11일에 진주성 북쪽으로 퇴각하고 말았다.

동일원의 중로군이 사천왜성에 대한 공격을 단념하고 퇴각했다는 보고를 받자 명의 황제는 분노했다. 오도 가도 못하는 왜적을 앞에 두고 우세한 병력을 가지고도 패퇴했다며 꾸짖었다. 그리하여 바로 특사를 보내 속히 공격하라는 명령을 내렸다.

황망해진 제독 동일원은 심기일전으로 한 달이 넘은 11월 17일에 사천왜성으로 진격했다. 하지만 도착해보니 시마즈 군은 11월 16일 본국의 철군 명령과 순천 왜교성에서 농성 중이던 고니시 군의 구원 요청에 따라 노량으로 떠난 뒤였다.

철수

　진린은 자신 때문에 왜교성 아래 포구 공방전에서 조선의 여러 장수들이 목숨을 잃은 것에 큰 충격을 받았다. 전투가 격렬해지며 부상자와 사망자가 다수 발생하는 건 당연한 노릇이지만 뻘에 간힐 뻔한 명나라의 수군과 전선들을 구하기 위해 되돌아왔다가 많은 사람이 희생된 것은 역시 얼굴을 들고 마주하기가 어려운 노릇이었다.

　다음 날 그는 제독 유정이 보낸 편지를 받았다. 오늘 저녁까지 전력을 다해 왜성을 공격하겠으니 수륙 양쪽에서 협공하자는 내용이었다.

　편지를 본 그는 코웃음을 쳤다. 유정 이놈은 벌써 몇 번째나 바람을 맞혔다는 걸 아는지 모르겠군. 이놈이 혹시 나를 죽이려고 함정을 파는 게 아닌가 의심이 되다가도 이번엔 진심일지 모르겠다고 믿고 싶은 마음도 들었다.

"이걸 어찌하면 좋겠는가?"

그는 참모와 부장에게 의견을 물었다.

"신중히 생각하셔야 합니다."

"한 번 더 믿어보시지요."

부하들도 생각이 갈렸다.

종일 생각하다가 진린은 이순신과 조선군에 대한 빚을 의식하고 몸을 일으켰다.

그는 부하들을 독려해 전군을 이끌고 다시 공략을 시도했다. 적어도 한 번은 이겨야 되지 않겠는가. 대국의 군대를 책임진 수장으로서의 위신을 생각하면 쉽게 물러나서는 안 되었다.

"공격하라. 오늘은 기필코 본때를 보여주자!"

총병과 유격장 등 부하 장수들 앞에서 그는 굳은 의지를 얼굴에 담아 소리쳤다.

둥둥둥 북을 울리며 수십 척의 배가 왜교성을 향해 진격했다.

이번에는 방향을 달리해 적의 우두머리가 있는 천수각을 직접 포격하기로 했다. 가장 높은 곳에 있어 포를 겨냥해 명중시키기가 쉽지 않았으나 여러 대에서 집중해 쏘아대면 분명히 타격이 있을 것이라 판단했다.

명나라의 함대는 가능한 유효타를 늘리기 위해 해안 가까이 접근했다.

왜적은 함포를 가진 전선이 가까이 올수록 결사적으로 총을 쏘아대며 저지했다. 왜병들은 성벽 위뿐만 아니라 절벽에 매달려서도 총을 쏘았으며 일부는 해안까지 내려와 발악을 하는 중이었다.

왜군의 극렬한 저항에도 진린의 함대는 천수각을 향해 계속 함포를 쏘아댔다.

시간이 지나자 고니시가 있는 천수각은 더 이상 버티지 못하고 곳곳이 부서져 나갔다. 파편이 튀고 병사들이 사방으로 뛰어다녔다. 날아오는 철구를 막거나 맞서 싸울 수는 없었으므로 철구와 그로 인한 건물과 성벽의 잔해들이 튀는 걸 피할 수밖에 없었다.

이렇게 진영의 사령탑이 공격을 당하고 혼란에 빠지자 고니시는 서쪽을 지키는 병사들을 불러들여야 했다.

적을 앞뒤로 공격해 우왕좌왕하고 극도의 혼란에 빠지게 만드는 게 협공의 가장 큰 목적이요, 효과인데 지금까지는 그런 적이 거의 없었다. 왜교성의 동남쪽인 바다로부터의 수군과 서북에서 오는 육군의 공격이 전혀 호흡이 맞지 않았다. 그런데 이번에는 동쪽이 집중 공격을 받자 서쪽 육지를 지키는 왜병들이 모두 천수각이 있는 동쪽으로 몰려갔다.

이때 권율 휘하의 김수가 말했다.

"적이 자리를 많이 비운 듯하니 지금 공격하면 성문을 열 수 있을 것 같습니다. 속히 들어가서 싸우시지요."

하지만 제독은 화가 난 얼굴로 대답했다.

"이유 없이 적이 물러가는 법이 있더냐? 저건 필시 우리를 유인해 함정에 빠뜨려 죽이려는 전술이다. 아직까지 그런 이치도 모른단 말인가!"

유정이 꾸짖자 김수는 대꾸를 못 한 채 얼굴을 붉히며 물러날 수밖에 없었다.

차라리 직속상관인 권율이라면 이치를 따져 반박해보기라도 했을 것이다. 그러나 상국의 장수는 왕도 감히 함부로 대하지 못하는 탓에 더 이상 한마디 말도 못 했다. 지금까지 명나라의 장수나 혹은 하급 군관에게까지 이유 없이 곤장을 맞은 관리들이 수두룩했다. 심지어 정승까지도 명의 이름 없는 말단 군관에게 맞기도 했다.

왜교성에는 강제로 끌려온 조선 백성들도 숱했다. 그들은 며칠간 계속된 전투로 난데없이 날아온 화살과 총탄, 포의 파편에 맞지 않기 위해 깊숙이 숨어 있거나 전투로 왜병의 감시가 소홀한 틈을 타 달아나기도 했다. 그런 가운데 성 위에서 한 여인이 불쑥 나타나 소리쳤다.

"지금 왜적이 없으니 군사들을 빨리 들여오시오."

조선 병사가 성 밖에서 이 말을 듣고 유정에게 전했다.

하지만 유정은 어떤 유혹에도 흔들리지 않겠다는 듯 굳은 표정으로 바라보기만 했다.

결국 몇 번이나 적진을 돌파할 기회를 놓치고 전체의 상황만 보고 있는데 사천 방면으로 쳐들어간 동일원의 중로군이 사천왜성에서 패한 후 진주성 북으로 후퇴했다는 소식이 들려왔다.

"급보입니다. 사천왜성까지 쳐들어갔던 동일원 제독의 군대가 대패해서 멀리 물러났다고 합니다."

"뭐라고? 이런 젠장! 그렇다면 우리까지 앞뒤로 공격당하게 생겼구나!"

전령의 말을 들은 유정은 어쩔 수 없다는 듯 고개를 흔들었다. 그는 이것을 빌미로 자신의 군대를 이끌고 남원까지 물러났다.

이순신은 왜교성 앞바다에서의 성과 없는 마지막 이틀을 생각했다. 이렇게 노심초사하고 허무했던 시간은 난생처음이었다.

진린의 수군은 저녁때부터 공격을 시작해 다수의 적을 살상했다.

그는 이순신과 더불어 조수를 타고 나가 공격하면서 싸움을 독려했다.

의욕에 불타 소리치던 그의 목소리가 지금도 귓가에 생생했다.

"모든 배는 각각 적의 배 두 척씩 붙들어 와라. 오늘 밤에는 기필코 왜적을 남김없이 다 섬멸할 작정이다."

이순신은 또다시 진린이 급발진을 하는구나 싶었다. 앞뒤 재지 않고 의욕만으로 전쟁에서 이긴다면 자신은 천하의 모든 전쟁을 다 승리했을 것이다. 이런 자가 어떻게 최고의 요직에 올랐을까 의심스러웠다.

하기야 전쟁에서 승리하는 것과 그 전공을 인정받아 상을 받는 건 다른 문제일 것이다. 이순신은 이번 왜란에서 스무 차례 이상 승리를 거두었으나 공훈을 인정받은 건 몇 번 되지 않았다. 단 한 번을 싸우더라도 왕이나 황제에게 깊은 인상을 주는 것이 높은 직위를 받는 비결이겠지.

그런 쓸쓸한 생각보다 지금 당장은 진도독이 이기는 것이 중요했다. 본인은 알고 있는지 모르지만 조선 군중에서 그를 민폐덩어리라는 별칭으로 부른다고 했다. 그게 조선 수군의 마음이지만 명나라 군중에서도 거의 같은 생각이리라. 그런데 이순신에게는 그게 달갑지 않았다.

같은 편으로 어깨를 나란히 하고 싸우는 장수가 휘하의 병사들에게 놀림감이 된다는 것은 당사자뿐 아니라 우리에게도 전혀 도움이 되지 않는다. 장수가 우습게 여겨지면 어느 누구도 믿고 따르지 않으니 항상 그들의 싸움을 노심초사하면서 지켜봐야 한다. 바로 지금처럼.

조선 수군은 진린의 군사들이 앞장서 싸우는 것을 거들면서 이제 곧 물러날 때라고 말했다. 여느 때와 마찬가지로 시간이 지남에 따라 물이 빠지며 바닥이 드러나고 있기 때문이었다.

하지만 진린의 군사들은 적의 배들을 나포하는 데 정신이 팔려 제대로 듣는 사람이 없었다. 이미 밤이 깊어 곳곳에 횃불을 밝힌 채 싸우고 있긴 하지만, 어두컴컴한 바닥이 물인지 물이 빠진 뭍인지 알 수 없었다. 활과 총을 쏘고 왜적의 배에 올라타 빼앗고 있으니 전황만을 따지고 보면 이기고 있다는 확신이 들기는 했다.

그들은 그렇게 정신없이 싸우느라 조수가 물러가는 것도 모르고 있었다. 결국 사선과 호선 30여 척이 여울목에 걸려 꼼짝을 못했다. 이번엔 적들이 그것을 보고 몰려들어 배들을 에워쌌다.

배 위에서 칼과 창을 휘두르며 내리 찔러 죽인 왜적의 수가 헤아릴 수 없었다. 하지만 명의 군사들도 역시 많은 사상자를 냈다.

피아를 구분하지 못할 정도의 혼전이 벌어지자 가까이 다가왔던 조선의 전선 일곱 척에서 어둠을 향해 활을 쏘아댔다. 가벼우면서도 강력한 편전이 수백 발 날아가자 화살을 맞은 왜병들이 픽픽 쓰러졌다. 그러자 왜군이 한쪽을 열어줄 수밖에 없었다.

적이 물러선 틈을 타 포구의 진흙 속에 빠진 명나라 군사 140명을 구해낼 수 있었다. 나머지 수많은 병사들은 죽거나 적에게 포로로 잡혔다. 명나라 군사의 배는 30여 척이 불에 타고 네 척은 적에게 빼앗기고 말았다. 그들을 구원하기 위해 갔던 조선 선박 일곱 척도 여울턱에 걸려 빼내지 못했다가 다음 날 밀물을 타고 들어가서야 되찾아왔다.

다음 날도 하루 종일 왜군과 싸웠지만 이렇다 할 대단한 성과는 없었다. 이미 유정이 육군을 물리고 멀찍이 후퇴했다는 권율의 전갈에 이순신은 마음의 울화가 치밀었다. 보름 동안의 싸움이 아무런 성과도 없이 많은 희생만 남긴 채 끝나고 말았던 것이다.

폐가 더 클망정 진린은 그래도 옆에서 싸우기라도 했건만…….

싸우지도 않을 거면 도대체 뭣 때문에 여기까지 내려왔는지 알수 없었다. 휘하의 부하 장수였다면 곤장을 때려도 이미 수백 대는 때렸고 목을 친다면 조금도 망설이지 않았으리라.

이순신과 진린의 수군은 다시 좌수영을 거쳐 나로도로 돌아왔다.

같은 시기에 동로군은 제독 마귀와 부총병 오유충(嗚惟忠)이 이끄는 명나라 군대 2만4천 명과 병마사 김응서의 5천5백 명 등 총 2만9천5백 명으로 울산성을 공격했다.

울산에는 가토 기요마사와 구로다 나가마사의 병력 1만5천 명이 있었다. 경주에 모인 연합군은 군사를 나누어, 명군은 울산성을 공격하기로 하고 조선군은 동래성을 치기로 했다.

조선군은 어렵게 동래성을 탈환했지만 명군은 왜군의 기습 공격에 놀라 다시 영천까지 후퇴하고 말았다.

다시 울산성으로 돌아간 가토 기요마사는 구원군을 기다리며 수비에 전념했다. 하지만 풍신수길의 사망으로 구원군은 오지 않았다. 대신 조선에 나가 있는 일본의 전군은 11월 15일까지 부산에 집결한 후 본국으로 철수하라는 5대로의 명령만을 받았다. 별수없이 그들은 울산성을 불태우고 서생포와 부산을 거쳐 일본으로 돌아갔다.

결국 조선과 명나라의 연합군은 세 개의 전선에서 모두 패퇴하고 말았다.

나
로
도

　80여 척의 함대와 만여 명의 병력을 거느린 이순신의 조선 수군은 나로도에서 계속 머물렀다. 명량해전 이후 서쪽으로 이동했다가 점차 보화도(고하도), 고금도, 나로도 등 수영을 동쪽으로 이동시켰는데, 그만큼 지배할 수 있는 바다의 영역을 넓혀왔다는 뜻이었다.

　한편으로는 그 동쪽의 경상도 지역인 남해와 거제도 일대는 아직도 왜적으로부터 수복을 하지 못했다는 뜻이기도 했다.

　당장의 큰 전투는 없어졌지만 해상의 영역을 넓히기 위해 함대는 여럿으로 나누어 매일 순찰을 돌며 왜선을 발견하면 추적해 나포하거나 추살했다.

　이순신은 하루하루가 많이 쇠약해졌다. 육체적으로는 왜군과 첩자들의 계략으로 한양에 잡혀가 모진 고문을 받은 여파이고, 정신적으로는 어머니의 죽음에 이어 막내아들의 죽음을 겪었기 때문이었다.

잠을 제대로 못 이루는 건 예사고 갑자기 피를 토하며 쓰러지기도 했다. 백의종군 전까지만 해도 동료들과 매일 활을 몇 순(旬)씩 쏘며 심신을 단련했는데, 이젠 거의 그러지 못했다.

어쨌거나 업무 중에는 언제나 무거운 갑옷이나 관복을 입고 똑바로 앉아 일을 보았다. 당연히 일과를 거르는 적은 없었다. 아니, 전에 하던 일과 중에서 언제부터인가 생략해버린 것이 하나 있었다. 망궐례(望闕禮). 매월 초하루와 보름에 임금이 있는 대궐을 향해 절을 하는 행사였다.

지방관이면 다 하게 되어 있었는데 어느새 자신도 모르게 생략해버렸다. 아마도 관직을 삭탈당하고 옥에 갇혔다가 다시 부임한 이후부터일 것이다. 임금과 사직에 대한 충성이 옅어졌는가, 아니 사라져버렸는가? 어쩌면 그럴지도 모르겠다.

충성이라…….

누구를 향한 그리고 누구를 위한 충성인지 모르게 되어버렸다. 2년 전과는 달리 지금 다시 잡혀 옥에 갇힌다면, 갇혀서 자신의 충성을 의심받는다면 이젠 억울하지 않을 것 같았다. 이렇게 동료들을 잃고 가장 가까운 핏줄들을 잃고 충성까지 잃는다면 남은 것은 무엇인가? 복수가 아니겠는가!

복수(復讐)…….

이것이 좋은 감정이 아니라는 건 자신이 누구보다 잘 알고 있었다. 얼마나 기력을 소모시키는지, 그리하여 무엇보다 빨리 죽음에 이르게 하는지 말이다. 하지만 억울함과 분노보다는 낫다. 뚜렷한 방향을 가지고 있기에. 그리고 그것이 유지되는 한 계속 살아있을 이유가 생긴다.

유성룡이 찾아왔다.

조정에도 그를 비호하는 중신들이 적잖이 있지만 그중에서도 한결같이 아껴주고 편들어주는 이는 서애가 제일이 아닐까 싶었다. 어릴 때 한마을에서 같이 자란 사정도 있고.

그러므로 전란 중에 자주 보지 못했으나 가끔 만나게 되면 괜히 반가웠다. 동네 형이었다가 관직에 들어 전라좌수사가 된 이후로는 든든한 후원자가 되기도 했으나 변덕스러운 왕과의 사이에서 처신을 잘하기 어려울 때도 있었을 것이다. 두 사람은 본영 정자에 작은 소반을 두고 마주앉았다.

"오랜만에 오셨소."

"그러하네. 미안하이."

"우리 사이에 그런 말은 또 아니지 않습니까?"

"허허, 그런가?"

"그동안 별일 없으셨소?"

"서로 잘 아는 처지에 별일은 무슨. 그런데 아우님은 많이 상했네.”

“그 또한 피차에 같이 늙어가는 몸이 아니오이까?”

“그렇군.”

“조정에서는 명나라 관리 때문에 난리도 이만저만이 아니라던
데…….”

“소문이 여기까지 났던가? 파장이 꽤 크다네.”

“혹시 영상께도 파급이 미칩니까?”

“사람이 참…… 눈치까지 많으니 얼마나 살기 피곤할까.”

“허허, 그거 칭찬입니까 아니면 위로인가요.”

“미꾸라지 한 마리가 우물을 다 흐린다고, 그자 때문에 조정이
다 뒤집어질 지경이라네.”

그자는 명나라 주사 정응태(丁應泰)를 두고 하는 말이었다.

원래 명나라에서 파견한 경리 양호는 실질적으로 조선에 도움
을 주는 활동이 많았다. 북상 중인 일본군을 충청도 직산(稷山)에서
대패시켜 서울을 보호했고, 일본군을 추격하여 울산성을 포위하고
울산 전투를 지휘했다. 하지만 일본의 구원군이 대거 도착하였기
때문에 함락시키지는 못하였다.

이 때문에 탄핵을 받았고 명으로 돌아가 고향으로 물러났다. 이
탄핵의 주동자가 나중에 조사관으로 온 찬획주사 정응태였다.

정응태는 양호와 사이가 나빠 그에 대해 보고할 때는 공은 줄이
고 잘못은 과장하는 사례가 많았다. 결국 정주사가 양호를 조선에
서 물러나게 만들었다는 얘기가 돌았다. 조정에서는 최천건과 이

원익을 황제에게 사신으로 보내 양호를 변호하고 다시 돌려놓을 것을 요청했다. 정응태가 이 사실을 알고 가만있지 않았다. 앙심을 품은 그가 다시 조선 전체를 무고하는 글을 올려 더 큰 풍파가 일어난 것이다.

그는 있는 사실 없는 사실을 뒤섞어 조선뿐 아니라 명나라의 장수들에 대해서도 악평을 늘어놓았다. 주사 정응태가 시어소(侍御所, 선조가 의주에서 환도하여 임시 거처로 삼은 행궁)까지 와서 이렇게 말했다고 했다.

"속국에 어려움이 있어 거룩하신 천자께서 군사를 내어 구원하였소. 지난해 도산(島山)의 전투에서 가등청정을 사로잡았더라면 귀국이 평안하였을 것이고 천자께서도 동쪽의 걱정이 풀렸을 것이오. 그런데 양호와 이여매가 공을 탐내어 적을 가볍게 여기다가 끝내 큰일을 그르쳤으니, 이여매는 당연히 수죄(首罪)가 되고 마귀는 그다음이란 말입니다. 양호가 황상을 간교하게 속여 사실대로 보고하지 않았으므로 내가 분함을 이기지 못하여 모든 사실을 아뢴 것이오. 황상의 노여움은 다름이 아니라 대체로 귀국이 사실대로 보고하지 않았기 때문이 아닙니까."

그는 조선에 대해서도 황제에게 모함을 했는데, 그 내용이 가관이었다.

첫째, 조선의 군신들이 양호와 결탁하여 천자를 기만하고 항거하려 하였다.

둘째, 왜구를 유인하여 군사를 일으켜 중국을 범하고 요하를 탈

취하여 고구려의 옛땅을 회복하려 한다.

셋째, 신숙주(申叔舟)의 《해동기략(海東紀略)》에는 조선과 일본의 사신들이 서로 지극히 친절하다고 적혀 있다.

넷째, 연호를 기록함에 있어 일본의 연호는 크게 쓰고 중국의 연호는 작게 표시하여 일본을 더 높이고 있다.

다섯째, 임금을 '태조(太祖)', '세조(世祖)'라 하여 천자의 칭호와 같이 '조(祖)'자를 사용한다.

이런 내용을 열거해 황제를 분노케 했다.

이로 인해 또 조정은 난리가 났다. 모함을 받게 되자 왕 이연은 병이 도져 드러눕게 되고, 재차 사신을 보내 해명을 할 수밖에 없었다.

이 일을 위해 사신으로 유성룡이 추천되었는데 그는 조선에서 할 일이 있다며 거절했다. 대신 이항복 등이 장황한 해명 문서를 가지고 명으로 떠나야 했다. 하지만 이번엔 유성룡이 왕명을 거역했다는 죄목으로 영의정에서 체차(遞差, 파직)해야 한다는 사간원과 사헌부의 주청이 계속 올라와 결국 자리에서 물러나고 말았다.

이 와중에 왕은 왕노릇 못 해먹겠다며 양위(讓位)를 선언했는데, 이 역시 지난 몇 년 사이에 열 번 이상이나 있었던 일이어서 모두가 그러려니 했다.

"허어, 그렇다면 지금은 일없이 노는 중이란 말입니까?"

"그렇게 됐네. 오랜만에 자리를 털고 나서니 홀가분하군."

"듣자니 조정에서는 자고 일어나면 누구를 파직해야 한다는 상주가 날마다 올라온다던데 맞습니까?"

"언제나 그렇지 않았나."

"거기도 전쟁터인가 보오."

"어쩌면 그보다 더한 곳이지. 여기는 그래도 내 편, 네 편은 분명하지 않은가. 조정은 내 편이라고 생각했던 자가 다음 날이면 등에 칼을 꽂고 목을 옭아매어 끌어내리는 일이 비일비재하지."

그런데 그게 조정에서의 일로만 끝나는 게 아니라서 문제였다. 당장 이곳만 해도 이순신의 배경이요, 후원자로 여겨졌던 유성룡이 실각했으니 자신 역시 언제 이 자리에서 쫓겨날지 알 수 없는 상황이 되었다. 당장은 대체할 만한 수군 장수가 없어 자리를 유지하겠지만.

물론 이순신이 그걸 걱정하는 건 아니었다.

"먼 곳에서 뒷담화를 해서 거시기하지만 주상전하도 참 가벼운 사람이오."

"자네가 그런 말을 하다니 좀 낯설게 여겨지는군."

"나는 뭐 사람이 아니오? 우리 군사들이 진도독을 뭐라고 부르는지 아시오?"

"뭐라고 하는데?"

"민폐덩어리라고 한답니다."

"……민폐덩어리라고? 그거 참 걸작이군. 딱 맞는 별명이기도 하고."

"그렇지요? 없는 자리에선 나랏님 욕도 하는데 흉 좀 보는 게 뭐

대수겠소이까?"

"그러하네. 자네도 사람이고 나랏님도 사람이니 아무리 신분 차이가 있다 하더라도 결국 사는 것도 큰 차이 없고 죽는 건 다 똑같지. 이왕 하는 김에 나도 험담을 하자면, 지난 8월엔 하루도 빼놓지 않고 명나라 관리와 장수들을 찾아가 인사를 하고 잘 봐달라 부탁을 했다고 하네."

"그게 정말이오?"

"그렇다네."

"어찌 한 나라의 국왕이 그리 가벼울 수가 있소."

"명나라가 우리의 상국이니 명의 황제에 대해 스스로를 신하로 칭하고 우리나라를 소방(小邦)이라 하는 건 납득할 수 있으나 일개 관리를 상대로 스스로를 낮추니, 이는 전하 자신뿐 아니라 우리나라와 온 백성을 다 욕보이는 게 아닌가."

"과연 그런 셈입니다."

"제독 마귀에게 인사를 하러 찾아갔다가 마귀가 다른 볼일이 있다고 해 퇴짜를 맞고 돌아온 일도 있었다더군."

"허, 저런……. 제가 다 부끄러울 지경입니다."

"나도 마찬가지일세. 나중에 그 얘기를 듣고 얼굴이 붉어져서……."

두 사람은 잠시 말을 끊고 주변의 푸른 바다를 둘러보았다.

이곳은 언제 싸움이 있었느냐는 듯 청량한 늦가을 기운 아래 육지와 섬들이 붉게 물들어가고 있었다. 그리고 그것을 배경으로 군사들은 조용하면서도 절도 있게 움직이며 훈련을 하거나 여타의 일에 분주했다. 뚝딱거리는 소리는 그동안 부실해졌던 전선과 가옥, 무기를 수리하는 소리임이 분명했다.

"아우님은 여기도 보기 좋으면서 든든한 보금자리로 만들어놓았군."

"원래 제 사람들이 각자 할 일을 알아서 잘합니다."

"그런 식으로 자신을 자랑하는 것도 보통이 아니네."

"허허, 자랑이라니요."

이순신은 이렇게 허물없이 대화를 나눌 수 있는 것만 해도 좋아서 저절로 웃음이 나왔다.

"그런데 주상 이야기가 나왔으니 말인데 요즘 많이 심란하고, 또 두려워하시네."

"두려워한다고요? 풍신수길도 죽고 이미 전쟁이 끝나가는 마당에, 누구를?"

이순신의 물음에 유성룡은 가만히 전면을 응시했다. 바로 이순신의 미간을.

"나…… 나요?"

유성룡이 고개를 끄덕이진 않았으나 눈빛은 그렇다고 말하고 있었다.

"그 무슨 헛소리를! 내가 도대체 뭘 했기에? 그렇게 생각한다면 형님이나 주상이나 다 망상이오."

"예로부터 일을 크게 터뜨리는 건 망상이지. 방금 말한 정응태도 그랬고 또 몇 대 전의 쫓겨난 선왕 연산군도 망상으로 인해 나라를 온통 피바다로 만들지 않았던가."

"아무리 그래도 일국의 군주가 일개 신하를 두려워한다는 건 있을 수가 없소."

"그 또한 전례로 중국과 우리나라에서 수없이 있었던 일이네."

"형님이 사서에 통달했으니 반박할 말이 없지만 내가 그토록 흉악한 사람이오?"

"내가 전하의 마음을 들여다보지 않았으니 정확히 알 수 없지만, 그 두려움은 읽을 수 있었네. 그게 열등감이나 질투에서 변형된 건지는 알 수 없지만."

"좋소, 전하께서 내게 열등감이나 두려움을 느꼈다 칩시다. 그럼 이제 내가 무얼 해야 합니까? 군사들을 모아 한양으로 쳐 올라가야 하오?"

"자네가 그럴 사람은 아니지 않은가?"

"내 말이 그 말 아니오. 그랬다면 다들 봐, 내 생각이 맞지 않았어? 저놈은 본래 역적이 분명했던 거야. 이렇게 말할 터이고."

"하하, 이젠 그런 말까지 거침없이 해대는 걸 보면 자네도 쌓인 게 꽤 많았나 보군. 그런데 자네 주위엔 모두 믿을 만한 사람뿐인가, 이렇게 막말을 해도 되게?"

그러자 이순신이 상체를 깊이 숙이며 작은 소리로 말했다.

"실은 저놈들이 내 귓가에 바람을 불어넣고 있소이다."

"정말인가, 모반을 하자고?"

"쉿! 형님이나 말조심을 하시오."

"거참, 이 사람이 농담을 하는 건지 아닌지 모르겠군."

"알아서 생각하시오."

"자네가 이렇게 여유를 갖게 되어 다행이네. 너무 잘하려고 하지 말게. 지금은 그 말밖에 할 수 없군."

흔히 하는 말로 다 내려놓으면 마음이 편한데 서애의 그 말도 같은 의미로 읽혔다. 하지만 지금 이 상황에서 뭘 더 내려놓아야 할지 알 수 없었다. 쥐고 있는 건 또 무엇이고.

요즘은 정신을 잃고 쓰러지는 일이 더 많아 심신이 많이 고갈되어 있다는 걸 절실하게 느꼈다. 얼마나 더 버틸 수 있을까? 그런 불안에 빠지면 어느 순간 식은땀이 흐르고 등골이 서늘해지곤 했다.

유성룡은 나로도에서 하루를 더 유하고는 진영을 떠났다.

궁궐

왕이 있는 궁궐에도 어둠이 내렸다. 일과가 끝나 모두 퇴근한 후의 대궐은 적막하기 그지없었다. 내관과 나인들이 소리 없이 움직이고 경비를 맡은 훈련도감의 초관(哨官)들이 눈에 띄게, 혹은 안 보이게 서 있을 뿐 편전(便殿) 근처 역시 조용했다.

모두 잠자리에 들기 전인 해시(亥時, 밤 10시 전후) 무렵 두 개의 그림자가 나타났다. 그중의 한 명이 밖의 내관에게 다가가 조용히 말했다.

내관이 작지만 뚜렷한 목소리로 안에다 고했다.

"전하, 우의정 이덕형이 왔습니다."

"안으로 들라 해라."

명령에 따라 이덕형이 허리를 숙이며 안으로 들어섰다. 그리고 조심스러운 걸음으로 보료에 반쯤 기울여 앉은 왕 앞으로 다가가 무릎을 꿇고 앉았다.

"전하, 일전에 말씀하셨던 손문욱이란 자를 데리고 왔습니다."

"손문욱이라……."

"예."

"어디에 있는가?"

"밖에서 기다리고 있습니다."

"데리고 오너라."

"예, 알겠습니다."

이덕형은 다시 몸을 일으켜 편전을 나섰다. 원래대로라면 사람을 시켜 불러와야 했을 것이다. 그러나 가능한 아는 사람이 적게 밀회를 해야 한다는 게 암묵적으로 지시된 것이어서 정승임에도 직접 심부름꾼 노릇을 하게 되었다.

밖으로 나온 그는 문간의 기둥 앞에서 기다리는 손문욱을 데리고 다시 내전으로 들었다. 궁궐 수비를 책임진 별장(別將)은 미리 언질을 받았기 때문에 새로운 인물의 몸수색만 하고 신원조사는 하지 않은 채 들여보내 주었다. 왕의 명령도 명령이거니와 한 나라 정승의 보증이라면 웬만해서는 출입이 허용되는 법이었다.

두 사람이 조심스럽게 들어서자 이연은 앉은 자리에서 게슴츠레하게 눈을 뜨고 사내를 올려다보았다. 손문욱이라는 사내가 멀찍이 떨어진 곳에서 큰절을 했다.

그 모습을 무심히 바라보다가 절을 마치고 선 사내에게 손을 들어 앉으라는 듯 까닥거렸다. 손문욱이 무릎을 꿇고 앉았고 이덕형은 그 옆에서 양반다리로 앉았다. 무릎을 꿇고 앉았지만 고개를 숙이고 있었는데, 이번에도 물끄러미 바라보기만 했다.

긴장된 가운데 침묵이 흘렀다. 잠시 후 이연이 자리를 바로 하고 앉아서 말했다.

"고개를 들어보아라."

손문욱이 고개를 들어 시선을 앞으로 올렸다. 두 사람의 눈길이 잠깐 마주쳤다.

"네가 손문욱이냐?"

"그렇습니다, 전하."

"전에는 이문욱이라 들었는데 같은 사람인가?"

"그러하옵니다."

"성이란 사람의 근본인 것이거늘 어찌하여 바꿨느냐?"

"소인의 성이 본래 손가이온데 왜적의 무리에게 잡혀가면서 부러 바꾼 것이옵니다. 이왕 포로로 잡혀온 거 왜놈들의 사정이나 속속들이 염탐해 나중에 도망쳐 나올 때 나라에 도움이 되도록 하자고 결심했습죠. 그러면서 창칼과 조총 쓰는 법까지 익히게 되어 그것으로 왜적의 장수들을 암살하려 했는데, 이때 소인의 신분이 알려지면 가족과 조상이 모두 보복을 당할까 염려하여 성을 바꾼 것입니다."

"적장을 암살했다고? 어떤 자들을 죽였는가?"

"높은 자리의 이름 있는 자들에게 접근할 수 있는 신분이 아니

175

어서 중간 정도의 간부들을 암살했습니다."

"수길의 양자가 되었다고 하던데 그 말은 사실이더냐?"

"왜국에서의 소인 행적이 약간 과장되고 잘못 알려진 부분이 있습니다. 풍신수길 옆에는 잠깐 있었지만 양자까지는 아니었고, 다만 그에게 반역해 습격하려던 놈들을 몇 명 죽인 일은 있습니다. 그래서 포상으로 소서행장의 부장이 되었습니다."

"조선에서 네 집안의 내력과 아비의 이름은 어떻게 되는가?"

"함안의 산골에 있는 한미한 집안이온데 귀순해 찾아가보니 모두 다 사라져서 왜놈들에게 죽었는지 어디로 피난을 갔는지 알 수가 없었습니다."

그 말에 이연은 옆에 앉은 이덕형에게 눈길을 돌렸다. 문순욱의 말이 사실인지 물어보는 것이었다. 이덕형이 대답했다.

"그 마을을 찾아가봤는데 마을 전체가 사라지고 모두 폐허가 되어 있었습니다. 마을 전체가 왜적에게 몰살되거나 잡혀갔던 걸로 여겨집니다."

"그랬군……."

잠시 생각에 잠겨 있던 이연이 이덕형에게 말했다.

"이자와 조금 더 할 말이 있으니 우상은 잠시 밖에 나가서 기다려라."

"예, 알겠습니다."

이덕형이 밖으로 나가자 이연은 손문욱을 향해 가까이 다가오도록 손짓을 했다.

손문욱은 무릎걸음으로 몇 걸음 더 다가갔다. 양쪽에서 손을 뻗으면 닿을 정도로 거리가 가까워졌다. 이연이 말했다. 전보다 훨씬 낮은 목소리였다.

"너는 알려진 것에 비해 비밀이 많구나."

손문욱은 대답하지 않고 그저 머리만 조아렸다.

"어쩌면 그게 더 좋을 수도 있지. 혹시 왜영과 조선 진영을 자주 오고 갔더냐?"

"그렇습니다."

손문욱이 긴장된 목소리로 대답했다.

"양쪽의 사정을 누구보다 잘 알았다면 그걸 양쪽에 다 제공했을 수도 있었겠고."

이연이 꿰뚫어보듯 쳐다보며 말하자 손문욱은 두근거리는 가슴을 진정시키려 잠시 망설였다.

이건 무슨 뜻일까? 뭐라고 대답해야 하지? 넘겨짚은 것일지도 모르는데 이중첩자라는 것을 자인해버리면 곧 처형되는 것 아닌가? 그렇다고 아니라고 대답하면 어떻게 되지?

혼란스러웠으나 그는 결국 자신의 감을 믿기로 했다. 단지 그런 자백이 목적이라면 이 자리까지 불러 독대를 하지는 않았으리라고.

"예, 그렇습니다."

손문욱이 간신히 대답하자 이연은 이것 봐라, 하는 눈빛으로 그를 탐색했다.

"혹시 자유롭게 양쪽을 왔다 갔다 하기 위해 그랬는가?"

"예, 그렇습니다."

이번에는 감탄했다는 눈길로 왕을 바라보면서 대답했다. 확실히 이연은 모든 것을 신하들에게 맡기고 연회나 즐기는 그런 인물이 아니었다. 예의와 절차만 차리는 인물도 아니었다.

"그렇다면 너는 무엇을 위해 그런 일을 하느냐?"

"소인은 저의 능력과 가치를 잘 알고 써주는 분을 위해 일합니다."

"그대가 과연 능력과 가치가 있는가?"

"그것은 일을 함으로써 증명될 것입니다."

"너는 짐을 위해 무엇이든 할 수 있느냐?"

"할 수 있는 것이면 무엇이든 할 것입니다."

"그것을 어떻게 믿을 수 있겠는가?"

"전하, 어느 칼잡이가 칼에게 너를 믿을 수 있느냐 의심하며 칼을 휘두릅니까?"

"무엄하구나! 반문을 허락하지 않았거늘."

"황공하옵니다."

"칼이 손에 익지 않다 하여 버려진다면 어찌하겠는가?"

"이가 나가거나 부러져 쓸모가 없어졌다면 모르거니와 멀쩡한데도 버려졌다면 아마 다른 이의 손에 들어가겠지요."

주인과 도구 사이에는 신의를 말할 필요가 없다. 오직 그 쓸모를 다하면 보상이 주어질 뿐이다. 이연은 마음이 개입되지 않는 이런 식의 주종 관계는 처음 생각해보았다. 믿는다 했다가 일이 뜻대로 이루어지지 않았을 때 배신을 이야기하는 건 얼마나 불확실하고 복잡한가.

이연은 처음 만난 낯선 사내의 이 생각이 마음에 들었다. 크고 강한 자에게 몸을 굽히고 그러면서도 이득을 취하려 하는 태도는 자신의 천성과도 부합했다.

"연전에 가등청정이 다시 군사를 이끌고 다시 내침할 때 내가 지시를 내린 바가 있다. 미리 통제사로 하여금 정탐꾼을 파견하여 살피게 하고, 혹 왜인에게 후한 뇌물을 주어 그가 나오는 기일을 말하게 하여, 바다를 건너오는 날 해상에서 요격하는 것이 상책이라고. 다만 바다를 건너오는 날을 알아내기가 어려울 따름이다."

이연이 숨을 삼켰다가 다시 말했다.

"옛날 사람들은 용병(用兵)할 때에 혹 자객을 쓰기도 하였다. 지금 적이 다시 덤벼들려는 것은 오로지 청정(淸正)에게서 연유하니, 항복한 왜인을 모집하거나 어떤 핑계로 사람을 파견하여 도모한다면 그 무리들은 저절로 와해될 것이다. 그러나 우리나라가 이를 해내지 못할까 염려된다. 어떤 자가 '이러한 일은 왕자(王者)의 일이 아니다'고 말하기에, 내가 이렇게 대답하였지. '옛날 불이 나서 이웃집에 사다리를 빌리러 가는 자가 진퇴할 때 읍을 하고 계단을 양보하면서 걸어갔다고 하니, 이 말이 이와 무엇이 다르겠는가'라고. 내 말에 어떻게 생각하느냐?"

"전하의 말이 옳습니다. 적과 싸우는 데 있어 예의를 차리고 수단과 방법을 가린다면 이길 수 있는 방법을 스스로 걷어차는 것이나 마찬가지입니다."

손문욱은 단지 왕의 비위를 맞추기 위해 옳다고 말한 것이 아니었다. 그게 바로 자신의 행동방침과 일치하기 때문이었다. 그 때문에 그 마음이 얼굴과 눈빛에 드러났고 이연은 바로 알아보았다.

"그러함에도 내 명이 시행되지 않아 일을 그르치고 전쟁을 끝내지 못했다. 이 어찌 답답하지 않겠느냐."

"소인에게 명하시면 그런 답답한 일이 없을 것입니다."

"그렇다면 그대는 나의 칼이 될 만하겠다. 도구로서 손에는 잘 맞을 듯하지만 성능은 아직 알 수가 없구나. 한동안 선전관으로 일을 맡길 터이니 해보겠느냐?"

"몸과 마음을 다하여 해보겠나이다."

"물러가 있거라."

이연은 손문욱을 내보내고 이덕형을 다시 불러들여 의견을 물었다.

"애기를 해보니 손문욱이 우리 군에 매우 긴요할 것 같구나. 선전관을 제수해 왜적과의 사이에서 일을 보게 하면 어떻겠는가?"

"전하의 말씀이 지당합니다. 그는 아주 유능해 어떤 일을 맡기든 차질 없이 해낼 것입니다."

"우상은 어떤 점이 유능하다고 보았느냐?"

"적진과 우리 진영을 많이 오가면서도 거의 힘들어하지 않는 걸 보면 사람을 다루는 언변이 뛰어난 듯합니다. 따라서 적의 사정을 적시에 알아내 오는 것도 어렵지 않을 듯하옵니다."

"그렇겠는가? 그럼 선전관으로 도원수 휘하에서 정탐과 교섭 일을 하도록 하라."

"예, 알겠습니다."

이덕형이 물러가자 이연은 다시 깊은 생각에 빠져들었다. 왜적의 사정을 정탐하는 자들이야 항왜든 적진에서 탈출해온 자들이든 쌔고 쌨다. 고작 그런 걸 맡기기 위해 손문욱을 여기까지 불러들인 게 아니었다. 그자는 좀 더 은밀하고 중요한 일을 해야 했다.

전선들

전선(戰線)이 다시 소강상태에 빠지자 사람들이 공공연하게 양 진영을 드나들었다. 명나라의 지휘부는 천자의 공식 문책이 내려오기 전에 전투의 피해 규모를 파악했는데, 가능한 유리한 결과를 만들어내기 위해 고심했다.

세 곳의 전선에서 죽은 병사들이야 어쩔 수 없지만 사로잡힌 병사들을 되찾아오면 그만큼 피해 규모는 줄어든다. 이는 싸워서 해결할 문제가 아니라 협상으로 해결해야 할 문제였다.

한편 왜군들은 여전히 궁극의 목표가 남아 있었다. 이곳에 터를 잡고 살지 않는 한 하루라도 빨리 돌아가야 했다. 그런데 뒤를 공격당할 위험을 안고 돌아갈 수는 없으니 반드시 협상이 필요했다.

세 곳의 전투에서 가장 이득을 본 곳은 사천왜성의 시마즈 요시히로였다. 물론 가장 크게 승리를 했기 때문인데 어느 곳보다 전리품이 많았다. 패해서 달아나는 명군을 진주까지 추적해가며 사로잡은 명의 군사들과 그들의 무기였다.

중로군의 제독 동일원이 멀리 달아나버리면서 왜군과의 협상을 맡은 인물은 유격 팽신고(彭信古)와 모국기(茅國器)가 되었다. 둘은 항왜나 통사 등을 적진에 보내 협상을 시도하거나 편지를 주고받았다.

그들이 주고받은 편지의 주된 내용은 이랬다.

- 우리 군사를 풀어주면 돌아가는 길의 안전을 보장하겠다.
- 일개 유격의 말은 신뢰할 수 없다. 우리의 전리품은 일본으로 가져가겠다.
- 전리품이라면 무엇을 말하는가?
- 명나라 포로 중에서 머리를 깎은 자들과 그들이 쓰던 총통, 활, 동개, 말, 노새, 나귀, 옷가지 등이다.
- 그것들을 가지고는 살아서 돌아가지 못할 것이다.
- 그건 두고 보면 알 수 있으리라.
- 또다시 싸움을 원하는가?
- 그대들이 걸어오면 언제든 받아주겠다.
- 너희가 철수할 시기가 정해져 있다는 걸 알고 있다. 그 안에 돌아가지 못하게 얼마든지 방해할 수 있다.
- …….

시마즈는 상당한 군사력을 갖추고 있으면서 동시에 허세도 있었다. 하지만 협상에는 유연하지 못했다. 참모가 우려스런 목소리로 그에게 조언을 했다.

"싸움에서 이긴다고 무조건 득이 되는 건 아닙니다."

"그러면 어찌해야 하는가?"

"상대가 원하는 것을 들어주고 우리가 필요로 하는 것을 받아내도록 해야 합니다."

"우리가 필요로 하는 것을 다 받아낼 수 있는가?"

"그건 협상을 하기 나름입니다."

"전쟁에서 이겼을 경우 상대로부터 은과 금을 배상받기도 한다. 그것도 가능한가?"

"그 역시 협상을 하기에 따라 얼마든지 받아낼 수 있습니다. 우리가 명군을 완전히 굴복시킨 대신 다수의 포로를 잡았습니다. 그들이 포로의 몸값으로 얼마를 줄 수 있는지 알아야 하죠."

"다수의 포로라……. 그중에 어떤 자들이 있는지 알아야 한다는 말이군."

"그렇습니다. 같은 포로라도 명나라에서 귀한 대접을 받았던 자들이 있는가 하면 변방의 야만족들도 포함되어 있으니 말입니다. 그들이 야만족에게 몸값을 지불할 까닭이 없겠지요."

"그렇다면 포로의 신원을 정확히 파악해 분류하도록 하라. 이걸 가지고 협상을 해봐야겠군."

"알겠습니다."

전군의 퇴각이 임박한 때 세 곳의 전투에서 가장 큰 승리를 거둔 것은 시마즈의 사천왜성이었다. 본래 일본에서도 사쓰마 지방의 다이묘(大名)로 적잖은 세력과 명성을 갖고 있었지만 이번 전투에서 승리함으로써 더 강한 위세를 더하게 되었다. 쉽게 말해 조선에 있는 모든 왜군들에게 명령을 내릴 수 있는 위치에 오른 것이다.

그런 까닭에 그는 누구보다도 오만했다. 이로 인해 그는 한 달 뒤 고니시의 구원 요청을 받아들여 보유한 왜군의 모든 전선을 동원해 노량으로 진군해갔다.

시마즈에 비해 고니시는 협상에 능했다.

그는 우선 자신과 군대의 고립된 상황을 탈피해야 했다. 유정이 지휘하는 조명 연합육군이 물러갔으나 그 땅으로 탈출할 수는 없었다. 일부 파손되었어도 여전히 배가 남아 있으니 바다로밖에는 나갈 수 없는데 그 바다는 이순신과 진린의 연합수군이 딱 가로막고 있었다. 그래서 먼저 해상을 장악하고 있는 이순신의 함대와 접촉을 시도했다.

시마즈가 보낸 사자(使者)가 이순신 앞에 섰다.

이순신은 냉혹한 저승사자와 같은 얼굴이었고, 그의 참모와 부장들 또한 표정이 한겨울보다 싸늘했다. 사자가 머리를 조아리며 말했다.

"본국과 연락을 할 수 있도록 배 한 척만 지나갈 수 있게 길을 열어주십시오."

고니시의 사자가 술과 고기를 바치며 이런 요구를 하자 이순신은 불같이 화를 냈다.

"이놈이 미친 모양이구나. 어찌 죽일 듯이 싸우던 상대에게 그런 황당한 요구를 할 수 있단 말이냐!"

그는 칼을 들어 사자의 목을 치려고 벌떡 일어났다.

사자는 잔뜩 몸을 움츠리며 벌벌 떨었다.

주변에 있던 참모들도 바짝 긴장하며 지켜보았다. 하지만 아무리 분노가 치밀어도 대화를 하러 온 사자의 목을 칠 정도로 무도한 인물이 아니라는 건 모두 알았다. 그저 아무리 금은보화를 싸들고 와도 씨알이 먹히지 않는다는 점을 몸으로 느끼게 해주려는 것이었다.

"장군께서는 우리가 다 죽기를 바라는 것입니까?"

"그러하다."

사자가 겨우 정신을 차리고 묻자 이순신이 대답했다.

"죽지 않는 방법은 없습니까?"

"딱 하나 있다. 우두머리와 함께 너희 모두가 무기를 버리고 무조건 항복을 하는 것이다."

"……돌아가서 얘기해보겠습니다."

사자가 힘겹게 대답했다. 협상의 여지가 조금도 보이지 않았다. 아니, 더 이상 어떤 협상도 불가능하다는 걸 확인할 뿐이었다.

호통을 쳐 사자를 돌려보낸 이순신과 수뇌부는 한동안 침묵 속에서 꼼짝도 하지 않았다. 그러다 한 장수가 불쑥 말했다.

"행장이 여기까지 사람을 보낸 걸 보니 어지간히 급했던 모양입니다."

"급할 수밖에 없지. 성을 난공불락의 철옹성으로 만들면 뭐해. 저 상태로 있다간 몇 달 버티지 못하고 무너질 수밖에 없는데. 놈들의 식량을 우리가 다 회수했으니 먹을 것도 부족해질 터이고."

군관 송희립의 말에 사도가장 이언량이 대답했다.

"그런데 본국에 연락을 하겠다는 게 사실일까요?"

"한두 번 소식을 전하는 것으로 끝나는 것이 아닐 것이다. 애초에 목숨이 아까웠다면 모든 걸 다 버리고 맨몸만 떠나겠다고 해도 충분히 가능한 일이다. 우리가 전쟁도 끝난 마당에 수만 명이나 되는 포로를 잡아서 뭐에 쓰겠는가. 죽일 수도 없는 일이고. 겨우 놈들에게 잡혀간 백성들이 빨리 돌아올 수 있도록 하는 데나 이용할 수 있지. 그러니 배를 한 척 보내 연락을 취하겠다는 것은 같은 편의 도움을 받아 탈출해보겠다는 것이니 결코 빠져나가게 해서는 안 된다."

"그렇습니다. 사또의 말씀이 지당합니다."

모두 이순신의 말에 수긍하며 고개를 끄덕였다.

아무 성과 없이 돌아온 사자를 보고 고니시는 고개를 절레절레 흔들었다.

"역시 안 될 사람은 안 되는군."

그렇다고 포기할 자는 아니었다. 그는 함정을 파서 자신을 잡으려 했던 제독 유정과도 여러 차례 협상을 해 목적을 이루어낸 적이 있었다. 사적인 감정은 감정이고 이해는 이해인 것이다. 개인적인 감정으로 이익을 얻을 기회를 놓친다면 그 얼마나 어리석은가.

그런 점에서 그는 이순신이 무인으로서는 훌륭할지 모르나 전체적인 국면을 보지 못하는 편협한 인물이라 생각했다. 그거야 좋다 이거지. 문제는 앞을 떡하니 가로막는 짐 덩어리라는 점이었다. 이걸 어떻게 치우지? 고니시는 다시 골몰했다.

일단은 우회를 하기로 했다. 이번에는 진린에게 사자를 보내 같은 부탁을 했다. 부대가 한꺼번에 철수하는 것이 아니라 단지 배 한 척만 지나가게 해 달라고. 진린은 고니시가 보기에도 한심할 정도로 쉬운 상대였다. 그동안 자신에게서 받아먹은 게 있고 앞으로도 더 많은 것을 줄 수 있다고 한지라 그는 따로 협상도 필요없었다. 그저 이 정도는 봐줄 수 있는 일이라 설득하자 진린은 흔쾌하게 허락을 했다.

그리하여 고니시는 남해까지 와 있는 대마도주 소 요시토시와 연락을 취할 수 있었다. 요시토시는 고니시의 사위이기도 했다.

요시토시는 남해도 동북 해안에 왜성을 쌓아 근거지를 마련하고 활동해왔다. 작년 9월 명량에서의 대패 이후 일본 해상 세력권은 동쪽으로 계속 밀려나 지금은 남해도와 육지 사이의 노량해협을 경계로 대치하고 있었다. 노량해협의 중요성은 더욱 커졌는데 순천에 고립된 고니시군과 연락할 수 있는 통로이기 때문이었다.

한편 조명연합군이 순천왜성을 처리하지 않고 이곳을 통해 동진해 온다면 뒤에서 공격을 받을 위험이 컸다. 그 때문에 몇 달째 해협을 넘지 못한 채 왜교성 공방만 되풀이하고 있었던 것이다. 그런 중요한 시기에 조명 수군이 가로막고 있는 관문을 뚫고 고니시의 연락병이 편지를 들고 왔다.

사위 보아라. 나는 일 년이나 이 외진 곳에 갇혀 지내고 있다. 다음 달 중순에 부산에 집결하라는 전갈을 받았지만 지금은 꼼짝달싹할 수가 없구나. 앞을 가로막고 있는 자는 이순신과 진린이란 명나라 도독인데 너도 알다시피 이순신은 바늘로 찔러도 피 한 방울 안 날 정도로 냉혈한이어서 도무지 협상의 여지가 없다.

그렇다고 자력으로 그들을 물리치며 포위망을 돌파하기도 어렵다. 둘 중에서 진린은 제 나라 일이 아니어서 그런지 선물과 뇌물을 쓰면 포위망을 풀어줄 수 있을 듯하다.

적의 육군은 명나라가 위아래 다 잡고 있어 공격을 강하게 하지 않을 뿐 아니라 뇌물을 받고 물러가기도 하는데 수군은 씨알도 안 먹힌다. 이순신과 진린 사이를 이간하는 방법도 통하지 않는구나.

그러니 우리가 철수하는 데 네가 힘을 써야겠다. 사천의 시마즈 공이 크게 이겼다니 그를 중심으로 구원병을 많이 모아오도록 하여라. 부산에 있는 병사까지 대군을 모으면 적어도 4, 5만은 될 터이니 저들의 뒤를 칠 수 있으리라.

고니시의 편지를 받은 요시토시는 그의 말을 따르지 않을 수 없었다. 장인이기도 했지만 일본 내에서 자신을 밀어주는 후원자이기도 했기 때문이었다. 그는 장인의 말대로 시마즈 요시히로를 찾아가 사정을 하기로 하고 답장을 썼다.

장인어른, 편지를 잘 받았습니다.

어려운 사정이 있는 건 알고 있었습니다만, 여기도 사정이 여의치 않습니다. 어쨌거나 안전하게 빠져나오는 게 우선이니 최선을 다해 힘써 보겠습니다. 장인에서도 유정과 진린에게 뇌물을 아끼지 말고 써서 후일을 보장받도록 하시기 바랍니다.

여차하면 다 내놓고 몸만 빠져나오더라도 큰 손실 없이 귀환할 수 있도록 준비해놓으십시오. 붙잡아놓은 조선과 명나라의 포로들을 활용하는 것도 한 방법이겠지요. 물론 그런 것들은 저보다 장인이 더 잘 아시겠지만요.

아시겠지만 대마도는 본국보다 조선과 더 많은 교역을 하며 생활을 유지하고 있습니다. 이런 사정을 고려해 가능한 큰 충돌은 피해주시길 바랍니다. 하지만 이순신은 조금도 물러서지 않는 강경파여서 전쟁이 끝난 뒤에도 후환이 될 것 같습니다. 가능한 이번 기회에 제거할 수 있으면 좋겠는데 그 방안을 강구해보시기 바랍니다.

구원병은 힘닿는 데까지 모아보겠습니다. 역시 시마즈공을 설득하는 게 관건인데, 용맹하고 지략은 뛰어나지만 생각이 단순해 크게 어렵지는 않을 듯합니다. 거사 일정이 정해지면 다시 연락드리겠습니다.

요시토시의 답장을 받은 고니시는 조금 더 희망적인 심정이 되었다. 딸을 주어 인척 관계를 만들어놓았더니 이렇게 요긴하게 쓰는구나 싶었다.

물론 아직 건재한 함대를 동원해 여러 작전을 구사할 수 있을 것 같은데 그러지 않는 것이 아쉬웠다. 이를테면 몇 개의 단위 부대로 나누어 적의 배후를 친다든지 먼 바다로 유인한다든지 하는. 어쨌거나 요시토시가 편지에 쓴 대로 아직 할 것은 많았다.

고니시는 요시토시의 말대로 조금 더 적극적인 작전을 펼쳤다.

포로로 잡아 일꾼으로, 또는 적과의 싸움에서 화살받이로 써먹던 조선의 백성들과 명나라의 병사들을 조금씩 풀어주면서 왜병들도 같이 풀었다.

이 중에는 여러 부류가 섞여 있었다. 순수한 조선인 포로, 적극적으로 왜군의 일을 도운 부역자, 명나라 포로, 포로 중에서 보상을 받고 왜군의 첩자 노릇을 하기로 약속한 자, 왜군의 사자, 조선인이나 명나라 병사로 위장한 왜군 첩자 등. 그리고 이 사실을 널리 퍼트리기도 했다.

당연히 조선의 관헌과 명나라의 진영은 혼란에 빠졌다. 그런데 양쪽을 오가는 건 왜군 진영에서만 그런 게 아니고 조선과 명나라의 진영에서 나온 자들도 상당했다. 그러니 양 진영 사이에 있거나 양쪽을 오가는 사람들은 모두가 첩자거나 또는 모두가 아니거나 했다.

사실 그 사이에서 자신이 첩자라는 걸 명확히 아는 자들이 있는 반면 그것도 모른 채 소문과 정보만 퍼다 나르는 자들도 꽤 많았다. 직접적인 살상과 타격을 주는 싸움 대신 어느 것이 사실이고 어느 것이 거짓인지 확인하고 의심하는 싸움이 벌어진 것이다.

어느 부대가 어디로 공격하거나 철수한다는 정보가 있으면 곧바로 이걸 부정하는 소문도 함께 퍼졌다. 이런 현상은 풍신수길이 사망하기 몇 달 전부터 사망 소문이 퍼진 것과 유사했다.

조정에 올린 장계만 해도 여러 차례였다. 그런 가운데서도 이득을 취하는 자들은 생기기 마련이었다. 이를테면 뇌물을 받는 자들은 허위 정보가 난무하는 중에 그 사실이 저절로 희석되어, 오히려 더 안전하고 당당하게 거래란 명목으로 재물을 차지했다.

많은 첩자들이 드나들었지만 이순신의 진영만은 쉽게 뚫지 못했다. 수군 통제영은 모든 이들의 출입을 엄격히 통제하고 있었다.

실질적인 정보를 얻으려면 병영으로 숨어들어야 하는데, 그러기는 더더욱 어려웠다. 새로 편입된 병사들은 철저히 따로 관리했으며, 기존의 병사들은 오랫동안 동고동락을 해온 터여서 낯선 자들이 보이면 바로 드러났다.

이 무렵 조선의 선전관으로 내려와 있던 손문욱은 이전의 상관이었던 고니시 유키나가를 만나고 있었다. 놀랍게도 고니시는 여전히 그를 자신의 부장으로 여겼다.

"나 몰래 성을 빠져나가더니 어쩐 일이신가?"

"다 같이 살자고 하는 것 아니겠습니까?"

"듣자니 조선에서 버슬을 얻었다던데, 내 목을 가져가면 조선 왕이 정승 판서라도 시켜주겠다던가?"

"만약 그렇다면 목을 내놓겠습니까?"

"네 놈이 은혜를 원수로 갚는 놈인 줄 몰랐구나."

"그렇게 생각했다면 이미 제 목을 쳤겠지요?"

"역시 교활하기가 하늘을 찌르는구나. 그래 원하는 것이 뭐냐?"

"장군께서 제게 물을 것이 아니라 장군이 대답을 해야 할 질문이 아닙니까?"

"그걸 네가 들어주겠다고? 벌써 그 정도로 컸다고?"

고니시는 반은 농담조로, 또 반은 믿기 어렵다는 눈으로 손문욱을 보았다.

"장군의 후원 덕에 제가 조선의 조정에서 실력을 인정받고 신임을 얻게 되었습니다. 그러니 보답을 해드리는 것도 당연하지 않습니까?"

"네가 그런 놈이 아니라는 건 알고 있다. 이제 솔직히 서로 원하는 것을 얘기해보자."

고니시는 자리를 고쳐 앉으며 손문욱을 뚫어지게 노려보았다. 상대의 마음을 꿰뚫어보고 있다는 듯이.

"좋습니다. 저는 이곳의 사정이야 뻔히 아는 것이니 새로운 정보야 필요 없고, 장군이 이 땅에 숨겨놓은 보물을 원합니다."

"보물이라니, 무슨 소리야?"

"모르는 척하지 마십시오. 저도 들은 게 있고, 또 뛰어난 장사꾼인 장군이 빈손으로 돌아갈 까닭도 없으니까요. 두어 해 전에 강화 교섭차 일본으로 갈 때 가져간 것만으로도 충분히 챙기지 않았습니까?"

"빌어먹을 놈!"

"그리고 앞으로 일본군이 완전히 철병한 뒤 양국 사이에 강화와 전후처리 교섭이 이루어질 때 저를 협상 대표로 지명해주십시오."

"또 있어? 한데 그 말은 내가 무사히 돌아갈 수 있다는 전제하에 성립할 수 있는 것인데, 곧 네가 나의 안전한 귀환을 보장한다는 뜻이냐?"

"그렇지요."

"어떻게?"

고니시의 얼굴에 의문이 담겼다.

"장군과 부하들이 돌아가는 데 가장 방해가 되는 것이 무엇입니까! 이순신 아닌가요?"

"하면 이순신을 치워주겠다고?"

"아마도."

"똑바로 말해라, 이놈!"

"일단은 허위 정보로 그 함대를 다른 곳으로 유인하는 것입니다."

"그 정도는 우리도 할 수 있다."

"쉽지 않을 겁니다. 해전에 있어서는 귀신이라 할 수 있는 이순신을 속이는 게 쉽겠습니까?"

"그렇겠지. 그럼 일단이라고 했으니 이단은 무엇이냐?"

"역시 눈치는 보통이 아니십니다."

"하찮은 조선 포로 놈을 거두어 키워줬더니 이젠 주인을 어르고 칭찬할 위치까지 이르렀다? 생각할수록 재수가 없는 놈이로군."

고니시는 쓸쓸하게 웃으며 말했다.

손문욱 역시 같은 음모를 꾸미는 입장이라는 걸 드러내듯 음흉하게 미소 지었다.

"장군이 전에 써먹었던 수법, 그러니까 반간계를 이용해 모함으로 이순신을 파직시키고 조선 수군을 와해하는 방법은 두 번은 통하지 않을 겁니다."

"그걸 말이라고."

"함께 움직이는 명나라의 진린을 통해 이간하는 방법이 지금으로선 가장 확실합니다."

"둘을 싸움 붙인다? 그것도 내가 지금 하고 있는 게 아니냐."

"재물을 많이 안 쓰니까 효과가 안 나는 겁니다."

"이놈이 이젠 건방지게 훈계까지 하려고? 아무튼 마지막 계책을 들어보자."

고니시가 짐짓 화낸 척하며 말했다.

"당연히 그의 죽음이죠. 그런데 그의 측근을 매수해 암살을 하는 건 거의 불가능합니다. 가까이 있는 사람들이 워낙 철옹성 같아 인의 장벽이지요. 제가 할 수도 없고."

"꼴에 죽기는 싫은 모양이구나."

"당연한 거 아닙니까? 한데 그의 죽음을 바라는 사람이 의외로 많습니다. 일본뿐만 아니라 조선에도."

"뭐라고? 그게 정말이더냐?"

"제가 뭐 하러 거짓말을 하겠습니까? 그래서 양국의 협력자들을 이용하면 방법이 있을 듯합니다."

손문욱이 돌아간 뒤 생각에 잠겨 있던 고니시는 곧 무릎을 쳤다. 두 해 전에 그 자신의 지략으로 이순신을 곤경에 빠뜨린 반간계가 성공한 이면이 들여다보였다.

자신이 계획을 잘 짜서 성공했다고 여겼는데 이제 생각해보니 반드시 그런 것만은 아니었다. 이순신과 조선 조정의 신뢰 관계가 바위처럼 단단했다면 아무리 치밀한 계획을 세웠어도 성공하지 못했을 것이다. 곧 조선 조정에는 이순신을 불편하게 여기거나 나아가 두려워하는 세력이 있다는 뜻이었다. 그리고 그 정점에 있는 자는 조선 왕일지도 몰랐다.

11
월

十
一
月

수면 아래

달이 바뀌면서 전선은 물밑으로부터 요동치기 시작했다.

이순신 휘하에는 60여 척의 판옥선과 호위선인 협선, 방패선 등 모두 150여 척이 있었다. 이 중에서 가까운 바다는 협선 같은 작고 날랜 배가 그리고 제법 먼 바다는 판옥선과 호위선들이 하나의 조를 이루어 매일같이 순찰을 돌았다.

그 사이를 여러 진영의 견해와 첩보들이 가오리처럼 헤엄쳐 다녔다.

남해안에 주둔하고 있던 일본 군대와 함대는 11월 10일에 철수하기로 약속하고, 순천에 주둔한 고니시군과 남해 소오(소 요시토시)군, 사천 시마즈군은 창선도에 집결하여 본국으로 돌아가기로 하였다. 하지만 역시 문제는 이순신의 함대였다.

그들 사이를 떡하니 가로막고 있으니 충돌 없이 해역을 통과하기는 어려웠고, 이전의 예에 비추어볼 때 충돌을 일으키면 여지없이 바다에 수장되는 것은 그들 자신이었다.

멀리서 보기만 해도 당장 불을 뿜을 것 같은 판옥선 함대가 항상 바다에 둥둥 떠 있었다. 마치 움직이는 벽처럼 위압적이었고, 언제 어디서 달려들지 모르는 맹수가 웅크리고 있는 것 같았다. 조금이라도 가까이 접근하는 것은 꿈도 꾸지 못할 일이었다. 정탐을 위해 나왔을 배들은 육지와 섬 그리고 육지 사이를 유심히 살피다 돌아갈 뿐이었다.

소강상태가 이어지면서 이순신은 보이지 않는 전쟁을 치러야 했다. 그 어느때보다 첩보에 민감해져 돌아가는 상황을 매일매일 점검했다.

해안의 순시선들은 곳곳에서 발견되는 왜적 잔당을 소탕하기도 하고, 백성들을 위무(慰撫)하기도 했다. 이렇게 바다와 섬, 해안을 직접적인 통치 영역으로 확보함으로써 영역 안에 있는 백성들이 주변의 변화를 알려주었다.

백성들이 보고들은 내용은 그들과 접하는 순시선의 병사들이 수시로 상관에게 보고했다. 군관들은 그것들을 모아 이순신에게 전달했다.

"왜군 진영에서 말과 포를 몰래 내다 팔고 있습니다."

"놈들이 소를 많이 잡는 것을 목격했습니다."

대개 말이나 소는 사람을 부리는 것보다 훨씬 효과가 좋아 어디서든 쉽게 잡아먹지 않았다. 그만큼 왜군의 식량난이 심각하다는 의미였다.

"물건을 잔뜩 실은 수레와 배가 이동하는 것을 봤습니다."

"주강포의 소금 찌는 솥 십여 개를 거두어 빈 배에 실어 먼저 대마도로 보냈다 합니다."

군대가 철수하는 것도 이사하는 것과 비슷했다. 값비싼 것이면 미리 빼돌리거나 챙겨서 가져가려 하고, 들고 가기 어려운 것은 재빨리 처분하려 한다. 모두 소 요시토시가 지배하는 남해에서 들어온 소식들이었다.

보고가 올라오면 목격 시간과 장소부터 확인하고, 거리가 멀지 않을 때는 바로 군사를 이끌고 달려가 노획하기도 했다. 심지어 왜영에 걸려 있는 깃발의 변화까지 수시로 보고되었다.

정보의 양상을 따져보고 하나의 방향으로 쌓여간다는 걸 분석한 이순신은 좌의정 이덕형과 명나라 왕사기(王士琦)에게 편지를 보내 다시 한번 연합작전을 펼칠 것을 제안했다.

조명 연합육군이 철수하려는 순천과 사천의 왜군을 바다로 몰아내기만 하면 우리가 바다에서 이들을 섬멸하겠다는 것이었다. 혹여 그들이 육지 깊은 곳으로 숨어들거나 육로를 통해 달아나지 못하도록 길목만 잘 지키고 있어 달라는 내용도 덧붙였다. 싸움은 우리가 할 테니.

이덕형은 이순신 장군의 간찰을 받아들고 왕사기에게 의견을 제시했다.

"만약 그들을 몰아 소굴에서 벗어나면 바다 가운데서 막아 몰살할 수 있어 가장 기묘한 책략이 될 수 있습니다. 이순신의 밀계는 수륙 대장군이 함께 먼저 왜교를 치고 나중에 남해를 도모하자는 뜻입니다."

이덕형의 측근이 되어 명군과 왜군 진영을 수시로 왔다 갔다 한 손문욱도 긍정적인 의견을 내놨다.

"일본군이 물러갈 때를 기다릴 것이 아니라 다급해진 그들을 기습하자는 거군요. 적이 허둥지둥 철수할 때 바다의 해협에 매복해 있던 수군이 공격해 섬멸한다는 거고요."

"그렇지."

"훌륭한 전략입니다. 그렇다면 매복할 장소는 어디랍니까?"

"추후에 알려주겠지. 미리 적들에게 새 나가면 작전이 무위로 돌아갈 테니까."

이덕형은 어느새 손문욱에게 많은 걸 의지하고 있었다. 특히 정보를 획득하는 데 요긴하다고 여겼다. 그는 손문욱이 자신의 눈과 귀가 되어 남해안의 전황을 자세히 알려주고 있다고 생각했다.

젊은 나이에 정승의 자리에 올랐지만 군사 작전에는 문외한인 문관 출신인 그가 적과 아군의 정세를 자세히 알기는 어려웠다. 그런데 이렇게 판을 들여다보고 예측까지 해볼 수 있게 된 데는 손문욱의 덕이 컸다. 그가 가져오는 정보만큼 갈수록 신뢰도 쌓여갔다. 이러니 손문욱이 자신을 이용하고 있다고는 꿈에도 생각하지 못했다. 높은 자리에 있는 자들은 언제나 자기 위주로 생각하기 마련이었다.

시마즈, 소오 군대와 합류하기로 약속한 시일이 임박하자 다급해진 고니시는 유정에게 협상을 요청했다.

조선에 진출한 일본 점령군 중에서 가장 깊숙한 곳에 난공불락의 요새를 지었더니 그게 오히려 고립무원의 유배지가 된 듯했다. 적은 수로 많은 적을 맞아 싸우기엔 좋았지만, 탈출하기엔 또 가장 나쁜 입지였다. 동쪽의 바다와 서쪽의 땅만 막으면 오도가도 못한 채 갇혀서 죽게 될 터인데 지금이 딱 그랬다.

고니시의 요청에 유정은 바로 응답했다.

"원하는 것이 무엇이냐?"

유정은 시마즈의 사신을 맞아 필요한 것을 물었다.

사신을 보는 유정의 눈은 내내 매서웠다. 한 달가량 전 사로병진책이 실패하면서 동일원의 군대가 패해 도주하자 덩달아 뒤도 안 돌아보고 달아난 데 체면이 상한 터였다. 그렇다고 지난 패배에 얽매이지는 않았다. 체면은 체면이고 실리는 실리였다. 그래서 고니시의 협상 요청이 내심 반가웠지만 그런 마음을 감추며 눈을 내리깔고 물었다.

"우리가 성을 버릴 때까지 서로 공격하지 않는 것입니다."

"그러면 우리에게 무슨 이득이 있는가?"

"일단 불필요한 사상자가 생기지 않습니다."

"전쟁에서 사상자가 생기지 않는다는 건 말이 안 되지."

"전쟁을 끝내고 물러가는 단계 아닙니까? 협정이 이루어지면 제독께 적절한 보상이 이루어질 것입니다."

"……음, 그래서?"

"약속의 신뢰를 위해 서로의 인질 40명씩 교환하도록 합시다."

"인질을 교환한다고?"

"약속을 했다가 파기하면 손해가 막심하니 그걸 사전에 예방하자는 거지요."

유정은 이것 봐라, 하는 눈길로 사신을 노려보았다. 물러가는 주제에 이렇게 당당해도 되는 건가! 속으로 부아가 치밀었지만 내색하지 못했다. 지금까지 매번 뒤통수를 맞은 건 자신이었다. 지금 불리한 처지에서도 고니시는 어느 것 하나 그냥 넘어가지 않고 제 안전을 도모하고 있었다. 유정은 혀를 내둘렀다. 결국 마지못해 대답하고 말았다.

"알겠네."

양 진영은 서로에게 보낼 인질을 마흔 명씩 고른 다음 바로 다음 날 교환했다.

인질을 교환하는 자리에서 사자가 말했다.

"그럼 약속한 대로 우선 제독께서 만족할 만한 재물을 바치겠습니다."

"무엇을 가져왔는가?"

사자가 내민 재물 목록을 보니 역시 만족할 만했다. 군사들에게 나누어줄 고기와 술은 물론이고 귀금속도 상당했다. 모두가 조선 땅에서 약탈한 것이지만 그런 걸 따질 유정이 아니었다. 그는 피 흘리지 않고 일본군을 물러가게 한다는 데 만족하며 휴전에 응했다.

다시 고니시는 순천 왜교성에 있는 모든 물자와 장비를 유정의 군대에 인계하고 부산까지 철수하는 데 안전을 보장받기로 했다. 이렇게 하여 일본 고니시군과 명나라 유정군은 협정을 마쳤다. 서로가 만족스러워했다.

이렇게 독단적으로 협정을 맺은 사실은 명나라 도독 진린도 알게 되었다. 유정의 진영에 파견되어 있던 연락관이 인질의 교환 상황을 알려왔던 것이다.

진린은 이를 전후에 이루어지는 포로 교환으로 알아들었다. 그래서 또다시 무슨 협정이나 거래를 했는가 싶었다.

"유 제독이 왜추(倭酋) 고니시 놈과 협정을 맺었다고?"

"그렇습니다."

유정의 군영에 자주 다녀온 연락관에게서 전말을 들은 참모가 대답했다.

"또 공격하지 않고 뒤를 봐준다는 것이겠지."

"그런데 이번엔 조건이 좀 더 강력합니다."

"강력하다니?"

"서로 인질을 40명씩이나 교환했다고 합니다."

"인질이라고? 그동안 서로의 진영에 붙잡혀 있던 포로를 교환한다는 게 아니었단 말이냐?"

"아닙니다. 분명히 인질이라고 했습니다. 새로 40명을 선발해서 보냈답니다."

"인질을 교환했다면, 우리 군사를 왜놈들에게 40명이나 보내고 또 왜놈들 졸개를 같은 수로 받아왔다는 뜻인가?"

"그렇습니다."

"이게 무슨 협상이냐! 이 망할 놈은 정말 뭘 하려는 건가! 자세한 강화 조건을 알아냈나?"

"아직 못 알아냈습니다."

"빨리 알아봐라. 양쪽 다 사람을 보내서."

"유정 제독의 군영과 고니시의 왜교성에 말입니까?"

"그래야 정확한 내용을 알 수 있을 게 아니냐."

"예, 알겠습니다."

전투가 지속적으로 이어지는 동안에도 상대 진영에 자주 정탐꾼을 보내 적의 사정을 탐지하기 마련이다. 하물며 휴전 기간에는 더 말할 것도 없었다. 서둘러 사람을 보내 알아본 결과 놀라운 사실을 가져왔다.

"휴전의 조건으로 상당히 많은 금품을 주기로 했답니다. 그런데 유정 제독이 그걸 보고 아주 흡족해했다는군요."

"도대체 얼마나 많이 줬기에?"

"구체적인 내용은 본인들만 알겠지요."

"그리고 또?"

"놈들이 성을 버리고 철수할 때 몸에 지니고 가는 것 외에는 대부분 남겨두고 갈 텐데 그걸 다 주기로 했답니다."

그 말을 듣자 진린은 신음을 흘렸다.

고니시란 왜놈 장수가 도대체 얼마나 많이 재물을 모아두었는지 궁금했고, 또 그 대부분을 유정이 독식한다는 게 여간 속 쓰리지 않았다. 고생은 내가 훨씬 더 했건만, 전리품은 엉뚱한 놈이 다 차지한다니, 배가 아파도 이만저만한 게 아니었다.

잠시 생각에 빠진 그는 그대로 넘길 수 없다고 판단했다. 아무리 유정이 뒤를 봐준다고 해도 결국 놈들이 돌아가는 길은 우리가 있는 바닷길이다. 이곳을 꽉 막고 한 놈도 통과시켜주지 않는다면 유정과 거래를 한 것이 다 허사가 되지 않겠는가.

진린은 바로 이순신을 만나야겠다며 부관에게 연락을 취하도록 했다.

그가 직접 득달같이 진영을 방문하자 이순신은 반갑지 않은 손님을 본 듯 표정이 굳었다. 또 무슨 일인가 걱정하는 얼굴로 맞았다.

"웬일로 또 오셨습니까?"

"이번엔 정말 급한 일이오, 통제사."

"무슨 일인데 이렇게 급하게······."

"유정 제독이 왜추 고니시와 인질 40명을 교환했다고 합니다."

"인질이라니요, 포로 교환이 아니고?"

"나도 그게 이상해서 몇 번이나 확인을 했다오. 유정의 휘하에 있는 부총병 오광이 인솔한 인질이 왜교성으로 들어갔답니다."

"도대체 왜요?"

좀처럼 큰 소리를 내는 법이 없던 이순신의 언성이 높아졌다. 주변에 있던 양쪽의 부장들도 긴장한 채 두 수장에게 시선을 모았다.

"서로 간의 밀약을 굳게 하기 위해서라고 하오."

"밀약이라고요?"

"놈들의 퇴로를 봐주는 조건으로 그동안 약탈해놓은 재물과 수급을 주겠다는 것이지."

"그건 분명한 이적행위가 아닙니까? 그러고도 황제의 명을 수행한다고 할 수 있습니까!"

이순신은 수염이 부들부들 떨릴 정도로 노했다. 시급한 전쟁을 진두지휘하는 우두머리의 작태가 이렇다니, 도무지 믿기지가 않았다. 당장이라도 족칠 수만 있다면 벌써 목을 날렸을 사안이었다. 그런데 잡아들이는 것조차 할 수 없으니 그저 탄식이 먼저 나왔다.

"어찌 이럴 수가 있단 말이오!"

"미안하외다. 나는 적어도 금도는 지키는 편인데, 이놈은 우방을 지켜주러 왔는지 아니면 굶주린 뱃속을 채우러 왔는지, 너무 파렴치한 듯하오."

이순신과 조선 신료들의 입장에서 봤을 때는 거기서 거기지만 적어도 진린은 싸울 때는 싸운다는 점에서 여느 명군의 장수와 다르긴 했다. 그런 장수가 있다는 것만으로 다행이라 여긴다면 그 역시 비참한 상황이긴 마찬가지였다.

"내 돌아가면 황제폐하께 진주해 유정의 죄상을 모두 고해바칠 터이니 노여움을 푸시오."

"유정 제독의 육군이 놈들을 풀어준다 해도 그들이 가는 길목을 우리가 철통같이 막고 있으면 멸치 새끼 한 마리 통과하지 못할 것이오."

"허허, 그렇지요. 멸치 새끼라도 우리의 허락을 받아야 할 거요."

이순신의 확고한 의지를 서늘하게 느낀 진린이 맞장구를 치며 말했다.

고니시군의 철수를 철저히 막겠다는 뜻으로 의견의 일치를 보았는데, 두 사람의 말은 미묘하게 차이가 있었다. 하지만 이순신은 그걸 깊이 생각하지 않았다. 이미 행동을 같이하기로 한 마당이었다. 차이점을 따지고 더 벌리려다간 둘 사이 그리고 양 진영 사이가 척을 질지도 모른다는 우려가 일말의 의심보다 더 컸다.

따지고 보면 진린과의 관계도 아슬아슬하게 유지해오는 형국이었다. 그의 과도한 요구를 다 들어주고 비위를 맞춘 것이 얼마나 고역인지, 또 얼마나 많았는지 모른다. 이순신 자신의 성격에 전혀 맞지 않았으나, 밑바닥 인내까지 다 긁어모아 버텨왔다. 서로의 관계가 틀어졌다가 가두어놓은 적을 놓치고 전쟁을 망치게 될까 봐 항시도 염려를 놓을 수 없었다.

"두 놈의 협상을 무효로 만들기 위해서라도 당장 출병해 가야겠습니다."

"그러지요."

진린이 자신의 진영으로 떠나자 이순신은 장병들을 모아놓고 말했다.

그의 목소리엔 어느 때보다 결기가 서려 있었다.

"우리는 이제 마지막 전투의 길에 오를 것이다. 나는 이 싸움에서 전력을 다할 것이며 그로 인해 쓰러져 죽는다 해도 그대들은 적을 완전히 섬멸할 때까지 싸움을 멈추지 말라. 적을 조금의 자비도 없이 이 땅에서 몰아내야만 지난 7년 동안 죽어간 수많은 병사와 백성을 위로하는 길이며, 왜적이 이후로 오랫동안 이 땅을 다시는 넘볼 수 없게 만드는 길이다. 우리 모두가 바다에 몸을 묻는다 해도 우리의 영혼은 이 남해의 바다에서 시퍼렇게 살아있을 것이다. 다 함께 진군하자!"

이순신의 말에 수많은 장병들이 하늘을 찌를 듯이 함성을 지르며 대답했다.

드디어 명나라 전선 300여 척과 이순신 전선 80여 척으로 편성된 380여 척의 연합전선이 왜군의 길목을 막기 위해 마지막 장도에 올랐다.

쐐
기

무술년 11월 9일, 이순신과 진린의 조명 연합함대는 왜교성에 주둔하고 있던 일본군 고니시가 철수하는 것을 차단하기 위해 나로도에서 나와 백서량과 좌수영이 있는 여수를 거쳐 광양만에 이르렀다.

고니시의 근거지인 왜교성에서 바다로 10리가량 떨어진 유도에는 11월 11일에 도착해 진을 쳤다.

11월 10일 고니시군은 유정과 휴전 협정을 마무리했기에 그를 철석같이 믿고 철수 준비를 완료해갔다.

고니시군은 위아래를 막론하고 긴 전쟁에 살아서 고향으로 돌아가게 되었다며 마음이 들떠 있었다. 다들 무엇을 가져가고 무엇을 남겨둘 것인지 즐거운 고민에 빠져 분주하게 움직여다녔다. 개인은 개인대로, 단위 부대는 부대대로 점검을 마치는 데 여념이 없었다.

해안에 정박해 있는 배는 500척 가까이 되지만 몇 척의 안택선 (安宅船)과 세키부네를 빼고는 모두 고바야 같은 소형 선박이었다. 당연히 해상 전투에서 사용하기는 어려웠다. 그 배들에 일만여 명에 이르는 군사를 태우고 가야 했다. 각각의 배들에 단위 부대별로 병력을 태우는 것도 질서정연하게 움직여야 시간을 절약할 수 있는데, 그 역시 큰일이었다.

고니시군이 며칠에 걸쳐 철병 준비를 착착 진행하고 있는데, 바다 쪽 성벽에서 소란이 일었다.

다들 몰려나와 성벽에 붙어섰다. 전날까지만 해도 휑했던 왜성 앞바다에 둥둥 전선들이 떠 있었다. 만을 비우고 철수했던 조선 수군이 다시 나타나 앞을 가로막고 있는 것이다. 그 일부는 장도에까지 이르러 진을 쐐기처럼 막고 있었다.

왜병들은 고하를 가리지 않고 눈을 비비며 다시 보았다. 다들 잘못 본 게 아닌가 하는 얼굴들이었고, 조선의 배들이 유령이 아니라는 걸 깨닫자 서서히 공포가 서렸다.

병사 몇이 소리도 없이 수장인 고니시에게 보고하기 위해 달려갔다. 판옥선들을 내려다보고 있는 자들도 아무 소리를 내지 못했다. 저승사자를 본 것처럼 두려움에 온몸을 떨고 있을 뿐이었다.

부하로부터 보고를 받은 고니시는 천수각에서 달려 내려와 바다의 전함들을 보고는 쩍 벌어진 입을 다물지 못했다. 얼굴이 사정없이 일그러졌다.

길을 터주기로 조선 수군과도 약속이 되어 있다고 믿었던 고니시는 열 척의 배를 내보냈는데, 유도의 옆을 지나는 순간 공격을 받고 여러 척이 피해를 입었다.

순천 왜교성으로 도망쳐 돌아온 척후선은 이러한 해상 상황을 고니시에게 보고했다.

"어떻게 되었느냐?"

"조선과 명나라의 함선들이 지키고 있다가 갑자기 포를 쏘며 공격하는 바람에 몇 척은 불에 타고 겨우 저희만 도망쳐왔습니다."

"안전한 퇴로를 보장하겠다고 해서 다 내줬는데 이게 무슨 소리야!"

화가 머리끝까지 오른 고니시는 유정이 보냈던 40명의 인질을 포박해 가두어놓으라고 명령했다.

"그리고 두 놈의 팔을 잘라 제독에게 보내라."

고니시의 명령을 받은 사자는 인질의 팔 두 개를 가지고 유정을 찾아가 항의했다.

"영주께서 대노하시어 이렇게 말씀하셨습니다. 제독은 또다시 나를 속이려는 것인가. 그렇다면 우리는 얌전히 돌아갈 것이 아니라 제독의 군사와 죽기 살기로 싸울 것이다."

"음……."

"영주께서는 모든 걸 걸고 정면돌파를 각오하고 있습니다."

당황한 유정이 대답했다.

"그건 내 선에서 해결할 문제가 아니다. 수로를 막은 도독 진린에게 가서 사정을 얘기하고 양해를 구하여야 할 것이야. 그러면 무사할 것이다."

"진린 또한 뒤통수를 치지 않는다고 어떻게 보장합니까?"

"어차피 부딪치면 살상에 이르는 이들이 생기기 마련 아니냐! 진린도 나와 마찬가지로 아무런 피해 없이 전쟁이 마무리되기를 바라고 있는 건 틀림없다. 적당한 선물만 안겨주면 눈감고 보내줄 것이니 걱정하지 말라고 해라."

고니시는 사자가 전한 유정의 말을 믿기로 했다. 더 생각할 것 없이 선물을 넉넉하게 준비해 연락선을 진린에게 보냈다.

슬금슬금 떠나는 연락선을 지켜보며 고니시는 입이 바짝바짝 말랐다.

"이거 한 놈이 재물을 독차지하는 게 심술이 나서 일부러 훼방을 놓는 거 아닌지 모르겠구나."

누구보다 머리 회전이 빠른 고니시는 일이 돌아가는 상황을 바로 알아챘지만 달리 뾰족한 수가 있는 것도 아니었다.

이순신은 이제부터 바다 위에서 벌어지는 상황을 하나라도 놓치면 안 된다고 스스로를 다잡았다. 사소한 나룻배 하나라도 움직임이 있으면 보고하라고 척후선들을 띄웠다. 그리고 얼마 안 되어 척후선에서 연락병이 돌아와 보고했다.

"오늘 날이 밝기 전 새벽녘에 왜군 진영에서 빠른 배 두 척이 진도독의 도독부로 들어갔습니다."

그 뒤의 상황은 접반사(接伴使, 명의 장수를 접대하는 관리) 일행으로부터 보고를 받았다.

"왜국 배가 진중에 들어오자 도독이 왜국의 통역관으로 하여금 맞아 들어오게 하고 조용히 붉은 기와 환도(還刀) 등의 물건을 받아들였습니다. 술시(戌時, 저녁 8시경)에는 왜장이 작은 배를 타고 도독부로 들어가 돼지 두 마리와 술 두 통을 바치고 갔습니다."

이순신은 기가 막힐 뿐이었다. 진린이 유정의 비리를 고하며 분노한 게 얼마 전인데, 이번엔 진린이 유정의 작태를 그대로 흉내 내고 있었다. 이전과 똑같은 상황을 접한 이순신은 또다시 참담한 기분이 들었다.

그것은 마치 저자방(바퀴벌레)이 눈에 띄지 않으려는 듯하면서도 결국 행적을 다 드러내며 돌아다니는데 손을 들어 때려잡지 못하는 것과 같았다. 공공연하게 내통하는 것을 보니, 명이고 왜고 이쪽을 아주 무시하는 것 같기도 했다.

그런데…… 이걸 행장이 보란 듯이 짜고 친다는 것을 보여주는 것이라면?

이순신은 어떤 계략의 조짐을 직감했다. 다른 관점으로 보니 여다보이는 게 있었다. 결국은 내가 진도독에게 화를 내고 싸우기를 바란다는 뜻이구나!

이순신은 고니시의 교활함을 다시 한번 되새기며 고개를 절레절레 저었다.

문득 바라본 검은 바다가 오늘은 더욱 깊어 보였다. 쫓겨나는 적이 줄어드는 게 아니라 계속 늘어나는 기분이었다.

한편 사천 시마즈군과 남해 소오군은 지키던 왜성을 버리고 이미 약속된 창선도로 집결했다. 고성에 있던 다치바나 군대도 거제도로 이동하여 일본군은 본국으로 철수할 준비를 마무리하고 있었다. 다만 순천에 있는 고니시군만 오길 기다리는 상황이었다.

순천왜성에서 빠져나가려는 고니시는 해결책이 하나밖에 없었다. 방법을 가리지 않고 오로지 명군을 설득시키고 뇌물로 해결하자는 속셈이었다. 진린을 통해 한번 길이 뚫리자 고니시는 하루에도 몇 번씩 부하를 보내 의견을 타진했다.

그에게는 무엇보다 확실하게 퇴로를 확보할 수 있는 담보가 필요했다. 성을 떠날 때 유정에게 남아 있는 걸 다 주겠다고 했지만 그에게서 안전을 보장받지 못한 상황에서는 이제 진린에게 다 쏟아부어야 할 판이었다.

"값이 나갈 만한 건 모두 긁어모아라."

고니시의 명령에 부하들은 성을 샅샅이 뒤져 꼭 필요한 장비 외에는 몽땅 한곳에 모았다.

왜군은 애초부터 개인이 쟁취한 전리품은 개인 소유로 허락했다. 일본에서는 전국시대 때부터 그랬고 조선 출병에서도 마찬가지였다. 개인 단위로도 싸 들고 갈 짐이 많이 있었고, 무사나 영주

급에서는 또 그 단위로 상당히 많았다.

전쟁과 약탈이 한창이었을 때는 시시때때로 약탈한 재물과 사람을 본국으로 보내곤 했다. 이제 최후의 결정을 해야 했다. 정말 입은 옷과 맨몸뚱이만으로 떠날 것이냐 아니면 위험을 감수하고라도 더 많이 짊어지고 갈 것이냐.

그런 걸 결정할 정도면 그들에겐 아직도 상당한 재물이 있다는 뜻이기도 했다. 진린은 그뿐만 아니라 다른 전리품도 요구했다.

"수급 2천을 주면 철군을 허용하겠다."

전투에서 직결되는 성과물인 수급은 장수에게 있어 무엇보다 가치가 높은 것이었다. 사적으로 챙기는 이익보다 전공을 인정받음으로써 왕이나 황제로부터 더 높은 직위와 봉록을 받을 수 있기 때문이었다.

그것은 왜군도 마찬가지여서 전쟁 초기에 자신들이 죽인 수많은 병사의 머리를 본국으로 보냈다. 하지만 수천, 수만에 이르면 그 자체가 엄청난 양인 데다가 바다를 건너가는 동안에 썩어버려 골칫덩어리가 되곤 했다. 그래서 대안으로 제시한 것이 귀나 코를 베어가면 그걸 하나의 머리로 인정해주는 것이었다.

따라서 왜군들은 잘라놓은 귀와 코를 오래 보관하기 위해 말리거나 소금에 절여두는 방식을 택했다. 한곳에 오래 정착하지 못하는 형편이고 장소도 넉넉하지 않으니 햇빛에 말리기보다는 소금에 절이기를 주로 했다. 여기에 쓸 소금을 모으려고 해안에서는 소금 생산을 독려하기도 했을 정도였다.

수급은 남자 어른의 머리에 상투만 틀어놓으면 대개 병사로 취급했는데, 코나 귀로 대체하니 남녀노소를 가리지 않게 되었다. 힘쓰는 장정보다 어린아이, 여자, 노인들이 더 잡기 쉬워 오히려 그들을 찾는 데 혈안이 되기도 했다. 잡으면 서슴없이 코와 귀를 베어가기를 일삼았다.

어린아이의 것이라 작다고 베어가지 못할 게 없었다. 소금에 절여 줄어들었다고 하면 되었으니까. 이런 연유로 전란이 끝난 뒤 코와 귀를 베인 채 발견된 사람이 헤아릴 수 없을 만큼 많았다.

고니시는 순순히 수락했다. 그의 진영에는 아직도 포로와 부역자들이 몇천 명은 되었다. 오히려 그에게는 재물을 더 내놓으라는 요구보다 나았다.

이 사실을 전해 들은 이순신은 또다시 억장이 무너졌다. 더 이상 도둑의 행태를 지켜보고만 있었 수 없었다. 그는 진린의 면전에서 대놓고 분통을 터트렸다.

"그 교활한 자가 설마 제 부하의 목을 직접 베어 도독에게 바치겠습니까? 그게 다 조선의 군사와 백성 그리고 명나라 포로의 목이 아니겠습니까!"

진린은 쩔쩔매면서 구차한 변명을 늘어놓았다.

"설마 그렇기야 하겠소? 그리고 내가 보는 눈이 있어 머리를 보면 왜놈인지 조선 사람인지 충분히 알 수 있소이다. 만약 조사해서 조선 사람을 왜군인 양 머리를 베어 보내면 결단코 간과하지 않을 것이오."

이순신은 머리가 지끈거려 저도 모르게 이마를 짚었다. 한심한 변명을 듣고 있자니 더욱 화가 솟구쳤다.

"그게 어디 말처럼 된단 말입니까! 놈들이 아무나 머리를 베어 왜놈처럼 깎고 투구를 씌우면 어느 누가 알아볼 수 있습니까. 도독의 말은 이치에 맞지 않소. 어떤 식으로든 행장에게서 수급을 받는다면 나 역시 두고 보지 않을 것이오."

이순신이 전에는 볼 수 없었던 강경한 태도로 나오자 움찔해진 진린이 한 발 물러섰다.

"알겠소, 알겠소이다. 내가 너무 앞서 나갔소. 왜군들과의 협상은 모두 없는 것으로 돌리겠소."

진린이 용서를 구했으나, 이순신은 통탄함을 금치 못했다. 이 전쟁은 명군이 들어오면서 두 개의 적을 두고 조율하며 싸우는 양상이 되었다. 그것은 하나의 적만 앞에 두고 싸우는 것과는 또 달랐다. 하나는 명백한 적이었지만, 하나는 우군이 될 수도 적군이 될 수도 있었다. 방관하여 방해가 되기도 하고, 적과 내통하여 패전할 수도 있었다. 명은 언제라도 색깔이 달라질 수 있는 그런 적이었다.

가장 시급한 때에 그 하나의 적이 본 모습을 드러내는 걸 눈앞에서 목도하니 그의 결심은 더욱 굳어졌다. 한 명의 적이라도 살려서 돌려보내서는 안 된다! 이순신은 다시 각오를 다졌다. 그리고 간절히 기도했다.

진실로 죽음을 각오하오니, 하늘에 바라옵건대 반드시 이 적을 섬멸하게 하여주소서.

이런 상황에도 불구하고 이미 뇌물을 받은 진린은 이순신 몰래 고니시의 군사 네 명을 태운 작은 척후선 한 척을 바다로 나가도록 허용했다.

연락선이 진린 측 포위망을 통과하자 이순신이 추격을 명했다. 추격선은 한산도까지 쫓았으나 결국 놓치고 말았다. 어떤 정보를 가지고 넘나드는지 알 수 없는 배를 놓치자 이순신은 황망하기 그지없었다. 아무 일 없다는 듯 잔잔한 물결을 보며 깊은 한숨을 쉬었다.

그리고 생각했다. 진린을 죽여야 바다를 막을 수 있다면 그렇게라도 해야 할 것이라고. 이미 숱하게 치욕을 뒤집어쓰고도 버텼지만, 왜놈이 살아나갈 길을 열어준다면 누구든 더 이상 용서하지 않을 것이라고.

다음 날, 고니시는 또다시 말과 창, 칼 등을 진린에게 바치면서 간청했다.

"군사는 피를 흘리지 않는 것을 귀하게 여기니 원하건대 길을 열어 고국 땅으로 돌아가게만 해주시오. 아무것도 없이 맨몸만 돌아가면 됩니다. 그러면 우리가 가진 것을 모두 도독에게 드리리다."

진린은 이미 상당히 많은 전리품을 받은 터였다. 챙길 것을 다 챙기고 나니 명나라 군사를 남의 나라 싸움에 죽이기 싫다는 생각밖에 들지 않았다. 결국 고니시의 간청을 들어주기로 했다. 그러면서 먼저 이순신에게 허락을 받아오도록 했다.

"나는 이순신과 척을 지기 싫으니 그에게 가서 허락을 받아오너라."

사신의 보고를 받은 고니시는 워낙 다급한 심정이라 이것저것 잴 상황이 아니었다. 이순신이 뇌물을 받을 것인가 아닌가도 중요한 게 아니었다. 그저 뇌물 앞에서는 그도 진린과 다름없기를 간절히 바랄 뿐이었다. 부장과 장수를 시켜 조총과 장검 등을 바치기에 이르렀다.

고니시 측에서 많은 뇌물을 배에 가득 싣고 이순신의 배에 올랐다. 사신은 진린에게 하던 방법대로 같은 뜻을 전하고 요청했다.

이순신은 화를 내며 호통을 칠 뿐 아니라 모든 선물을 물리치면서 단호히 거절했다. 그리고 고니시의 뇌물을 가리키며 말했다.

"이런 것은 우리에게 쓰고도 남을 지경이니 그냥 갖고 돌아가라. 화해의 일에 대해서는 내가 알 바가 아니다. 네놈들은 무수히 많은 사람을 죽여놓고도 화해를 논한단 말인가! 내가 지금까지 너희와 수없이 싸웠지만 언제 화해를 한 적이 있더냐!"

이순신 앞에 사자로 갈 때마다 고니시의 부장은 움찔움찔 놀라곤 했다. 선물을 들고 가지만 그 선물을 거절하는 것은 물론이고 언제 제 목을 벨지 알 수 없어 두려웠다.

그래도 인물이 강직하고 일관성이 있어 교섭을 위해 간 사자를 베지는 않겠지만 사람이란 모르는 법이다. 완벽한 인간이라도 화가 머리끝까지 치밀면 누구든 죽일 수 있는 것 아닌가. 그는 역설

적이게도 자신들의 발길을 단단히 붙잡고 있는 적장이 언제까지나 존경할 만큼 신실하고 충의롭기를 빌었다. 그런 인물이라면 적어도 싸우지 않는 상황에서는 적을 죽이지 않을 것이니까.

고니시는 무안을 당하면서도 뜻을 굽히지 않았다 직접적인 뇌물 공세가 불가하다고 판단하자 이번엔 명나라 진린을 통해 은과 주육을 이순신에게 보내게 했다.

"우리가 직접 찾아가 그를 설득시키는 것은 아무리 해도 불가합니다. 그렇게 꽉 막힌 사람이야 어디든 한둘은 있기 마련이지만 전쟁이 다 끝나가는 마당에 너 죽고 나 죽자고 하는 행위는 어리석은 짓입니다. 그에게 한이 사무쳐서 그렇다면 우리가 백 번 천 번을 찾아가도 받아들이지 않을 것입니다. 차라리 진도독께서 그동안 이순신과 친분을 쌓았으니 우리의 선물을 들고 찾아가 설득해주십시오. 그렇지 않으면 제가 제독에게 보낸 재물과 수급 목록을 귀국의 군문(軍門) 형개에게 가져다줄 것입니다."

형개는 조선에 파견된 명나라 관료와 장수들의 최고 책임자였다. 진린도 유정과 마찬가지로 몇 차례 걸쳐 고니시에게 선물을 받았는데 모두 뇌물이라 볼 수 있었다. 이 사실이 위에 알려지면 자리를 잃게 될 것이고, 거기에 더해 처벌까지 받을 수 있는 중죄에 해당했다. 별수없이 그가 직접 술과 고기 그리고 금은보화를 싸들고 이순신의 진영을 찾아갔다.

"이것이 무엇입니까?"

"내 장군을 위로하기 위해 직접 싸들고 온 것이오."

"그럼 당장 먹을 수 있는 술 한 병과 고기 한 점을 남기고 나머지는 다 돌려보낸다면 도독과 흔쾌히 대작해 드리리다."

"통제사 대감, 지난 몇 달 동안 내가 대감께 함부로 굴었지만 기본적으로는 선의에 의해 한 행동이며, 어쨌든 우리가 인간적으로도 친해지지 않았소? 그러니 내 말을 한 번만 들어주시오."

"무엇을 말입니까?"

"지금 왜국과 조선 그리고 우리 명이 전쟁을 끝내려 하고 있소. 언제까지나 싸울 수는 없으니 작금에서는 화해가 필요한 법이오. 더 이상 불필요한 희생을 치를 이유가 없지 않소."

그 말을 듣고 이순신은 정색을 했다.

"모름지기 장수는 화해를 말하여서는 아니 되며, 원수는 결코 그냥 돌려보낼 수는 없소이다. 이 적은 귀국에 있어서도 용서할 수 없는 큰 죄가 많은 군사들인데 이제 대인께서는 도리어 그 죄를 용서하시고 화해하시려는 것이오!"

술잔을 앞에 둔 채 한 방울도 입술을 적시지 않고 비장하게 말하자 진린은 아무 대답도 하지 못하고 묵묵히 앉아 있다 돌아갔다.

11월 16일에 조명 연합함대의 복병장(伏兵將)으로 나가 있던 발포만호 소계남(蘇季男)과 당진포 만호 조효열(趙孝悅)은 왜적의 중간 규모 배 한 척이 군량을 가득 싣고 남해에서 바다를 건너는 것을 발견했다.

한산도 앞바다까지 쫓아갔더니 왜적은 언덕을 타고 육지로 올라가 달아났고, 왜선과 군량은 사로잡을 수 있었다.

예인해서 가져오다가 중간에서 진린 함대의 군사에게 모두 빼앗기고 빈손으로 돌아와서 이순신에게 보고했다.

이순신은 그저 어이없어 한숨만 나왔다.

전투에서는 오직 승전의 목표만이 있을 뿐이며, 다른 목적이 개입될수록 유일의 목표를 이루기는 어려워진다. 우리의 목표만 뚜렷하다고 하여 승전을 이루기도 어렵다. 어느 한쪽이 허술해지고 해이해지면 더욱 난망한 일이 되고 만다. 오히려 가장 약한 부위는 반격의 계기가 되어 패전으로 내몰리는 게 다반사다. 이순신은 자꾸만 배 밑바닥에 구멍이 생기는 환상을 보았다. 그 구멍이 점점 커지는 듯하여 가슴이 철렁 내려앉을 때가 한두 번이 아니었다.

고니시는 시시각각 닥쳐오는 왜교성의 위급함을 여러 곳에 있는 일본 함대 측에 알리고 있었다. 도망갈 것을 궁리하던 끝에 또다시 진린을 압박했다. 그러나 진린은 이미 통제공에게 무안을 당하였으며 두 번 말하기가 어렵다고 등을 돌렸다.

고니시는 별수 없이 다시 이순신에게 사신을 보냈다. 이번엔 항의에 가까웠다.

"조선 수군은 마땅히 명나라 해군과는 다른 곳에 진을 쳐야 할 터인데 같은 곳에 진을 치고 있는 이유는 무엇입니까?"

"웃기는 놈이로다. 우리 땅에서 우리가 진을 치는데 그게 내 마음대로이지 너희 적들이 왈가왈부할 일이더냐! 그런 논리라면 너희 왜놈들은 어찌하여 우리 땅에 진을 치고 있단 말이냐!"

이순신은 같잖아서 코웃음을 쳤다.

이놈이나 저놈이나 말도 안 되는 소리로 자신을 미치게 만드는 것만 같았다. 진린과 고니시는 서로 적인데도 불구하고 장단을 맞춰가면서 자신의 복장을 터트려 죽일 작정인가 보았다.

그러나 고니시는 배 3척에 말, 창, 칼 등을 가득 싣고 진린에게 바치면서 간곡히 부탁했다.

진린은 고니시의 애원을 들어주기로 작정하고 그들에게 빠져나갈 길을 터주려고 이순신을 찾았다. 그가 당장 할 수 있는 일이라곤 바다에서 빠지나가는 것밖엔 없었다.

"나는 잠시 이곳의 행장은 내버려두고 먼저 남해에 있는 적들을 토벌하러 가겠소."

"남해에 있는 자들은 모두 적에게 포로로 잡혀간 우리 백성들이지 왜적이 아닙니다."

이순신이 강경하게 대답했다.

"하지만 이미 적에게 붙은 이상 그들 역시 적이오. 이제 그곳으로 가서 토벌한다면 힘도 안 들이고 머리를 많이 벨 수 있을 것이오."

"귀국 황제께서 적을 무찌르라고 명령하신 것은 작은 나라 백성들을 구원하기 위해서가 아니었소? 그런데 이제 백성을 구하기는 커녕 그들을 죽이겠다는 것은 귀국 황제의 뜻이 아닐 것이오."

"우리 황제께서 내게 긴 칼을 내려주셨소."

도독도 못 참겠다는 듯 성을 내며 칼을 뽑아들었다.

"한 번 죽는 것은 아까울 것이 없소. 나는 대장으로서 결코 적을 놓아주고 우리 백성들을 죽이도록 보고만 있지는 않을 것이오."

괜히 핑곗거리를 만들기 위해 갔다가 강한 반발에 부딪쳐 싸움만 하고 돌아온 진린은 고니시의 조그만 배가 성 밖으로 다닐 수 있도록 허락해주는 게 고작이었다.

고니시 유키나가가 순천왜성에 고립되어 구원을 바란다는 연락을 받자 시마즈 요시히로는 고민에 빠졌다.

조선에 출병한 일본의 무장들은 같은 나라의 동료이면서 한편으로는 경쟁자이기도 했다. 경쟁의 정도가 심하면 더 이상 동료가 되기도 어려웠다. 고니시의 앙숙이라 할 수 있는 가토 기요마사라면 시마즈도 당연히 무시했을 것이다. 2년 전 고니시가 가토의 도해(渡海) 정보를 조선에 넘긴 건 이순신을 잡기 위해서기도 했지만, 이순신을 이용해 가토를 제거하기 위한 차도살인지계(借刀殺人之計)이기도 했다. 이것만 봐도 둘의 사이가 얼마나 나쁜지 알 수 있었다.

하지만 시마즈는 그 정도로 악연은 아니거니와, 그의 탈출을 돕지 않고 돌아간다면 자칫 동료를 버리고 왔다는 비난을 받을지도 몰랐다. 게다가 도움을 청한 인물이 돌아가는 길에 안내자 역할을 할 소 요시토시라는 점도 걸렸다. 요시토시는 고니시의 사위가 아닌가.

도움을 주기로 결심하고 그는 결정을 내렸다. 그래서 고성의 다치바나 무네시게, 남해의 소 요시토시, 부산의 테라자와 히로타카 등에게 남해 창선도로 모이라고 소집령을 내렸다.

창선도는 사천과 남해도 사이에 있는 중간 규모의 섬이어서 두 곳에서 가장 가까웠다. 고성과 거제도는 조금 더 멀었다.

부산은 가장 멀리 있어 오는 데 시간이 오래 걸렸다. 이렇게 철수를 준비 중인 모든 병력을 모을 필요가 있을까……. 네 곳의 전력을 다 합치면 병사가 2만 명이 넘고, 전선은 400척 가까이 되었다. 조선에 남아 있는 일본군을 거의 다 긁어모은 것이다. 그러고도 사실은 불안했다. 바로 일 년여 전, 열 배 이상의 전력을 가지고도 참패를 한 명량에서의 기억이 생생하기 때문이었다.

그는 부하와 동료 장수들에게 지시를 내려 부상을 당했거나 늙은 병사, 포로로 잡은 조선의 백성들은 모두 부산으로 보내놓으라고 했다.

"적은 어디에 있습니까?"

뒤늦게 도착한 고성왜성의 다치바나 무네시게가 물었다.

그는 주장인 시마즈를 보고 물었지만, 시마즈는 바다에 오래 있지 않았기에 남해에서 계속 정탐 활동을 한 요시토시에게로 고개를 돌렸다.

"고니시 공이 바다로 나오는 걸 막기 위해 그 앞바다에 있는 장도란 곳과 유도에 머물고 있습니다."

"명나라 군대는?"

"그들 또한 유도에 함께 진을 치고 있습니다. 유도의 남쪽에 이순신의 수군이 있고 북쪽에서는 진린이 길을 막고 있지요. 진린이 고니시공의 회유에 많이 넘어가 이번에 연락선을 보내게 된 것입니다."

"그렇다면 유도가 저들의 본진이란 말인데, 여기서 얼마나 떨어져 있소?"

"남해도와 육지 사이에 있는 해협 노량까지의 거리가 노량에서 유도까지의 거리와 거의 같습니다. 그리고 유도에서 순천왜성까지의 거리도 거의 같다고 볼 수 있고요. 모두 각각 30리가량 됩니다."

"그렇다면 우리가 노량해협에 먼저 도착하면 조선과 명나라의 함대를 양쪽에서 포위해 협공할 수 있다는 얘기가 되는군."

"같은 거리니까 더 빨리 출발해야겠지요."

"배는 우리 쪽 아다케와 세키부네가 더 빠르니 부산에서 오는 테라자와 장군을 기다렸다 함께 갈 수도 있을 것이오."

전투에 있어서는 언제나 신중한 편인 시마즈가 전력을 보강한 다음에 출발하자고 하자 장인에게서 직접 구원 요청을 받은 요시토시는 안달이 났다. 시간이 늦어 고니시군이 적에게 몰살을 당한 다음에 도착하면 작전이 무슨 소용이 있겠는가.

"지금 병력으로 먼저 출발하고 테라자와 공은 도착하는 즉시 따라오라고 하면 안 되겠습니까?"

"아무리 급해도 준비를 철저히 해야 하오. 지난번 참패를 잊었소? 무려 133척이었어, 자그마한 배들까지 더하면 5백 척이나 되었고. 반면 이순신의 전선은 겨우 열두 척이었다고. 그런데 그 대군이 몰살을 당했단 말이오. 한 줌도 안 되는 패잔병들에게!"

시마즈가 얼굴이 붉어지도록 열변을 토하자 모두 묵묵히 입을 다물었다.

"그러니 그들에게 들키지 않도록 밤에 노량해협을 통과해 빠른 속도로 진격하면 고니시의 선단과 앞뒤에서 협공할 수 있을 것이오. 이번엔 결코 승리를 거두어야 하오. 반드시……."

"반드시 이순신의 목을 따겠습니다."

시마즈가 잠시 멈춘 사이 다치바나 무네시게가 이어서 말했고 모두 무겁게 고개를 끄덕였다.

고니시의 연락선이 진린이 지키는 바다를 통과했다는 소식이 조선 수군 진영에 전해졌다.

"행장의 연락선이 명군의 관문을 빠져나갔습니다."

군관이 달려와 보고하자 회의실에 모인 장수들은 다들 분노에 휩싸였고, 한편으로 비장한 결의에 찼다.

"대감께서 그토록 반대를 했는데 기어코 진도독이 통행을 허락한 모양입니다."

이순신의 좌우에 있는 제장들이 일제히 분개했다.

"처음부터 민폐덩어리더니 마지막까지 그 본성을 못 버리는군요."

이순신은 머리를 절레절레 흔들며 의견을 물었다.

"이를 어찌하면 좋겠는가?"

"적들이 있는 남해도 너머에서 정탐해오면 알겠지만 연락선은 행장이 사위 놈에게 군대를 보내 자기를 구해달라고 요청하는 배였을 겁니다. 그 사위인 평의지(平義智, 소 요시토시)는 비록 세력은 작아도 왜국과 조선을 오가는 길목에 자리 잡은 자라서 왜군의 구심점이 될 수 있는 놈입니다. 아마 군대를 모아 쳐들어올 것이 분명합니다."

군관 송희립이 설명했다.

"그럴 것이 틀림없겠군."

"일이 이쯤 되고 보면 이제 별 도리가 없습니다. 머지않아 많은 적선이 이곳으로 몰려올 것입니다. 만일에 여기 그대로 있으면 양면에서 적탄을 받게 되므로 우리의 불리함은 확실합니다. 소인 생각으로는 차라리 진열을 큰 바다 가운데로 옮기고 일전을 결함이 좋을 것 같습니다"

"희립의 말이 옳습니다."

옆에 있던 해남 현감 유형도 고개를 끄덕이며 말했다. 뿐만 아니라 다른 제장들도 똑같이 머리를 주억거렸다.

이순신도 고개를 끄덕이며 말했다.

"나 또한 여러분의 생각과 같다. 그렇다면 이후에 어떻게 할 것인지 구체적인 작전을 세워보도록 하자."

이순신의 말에 제장들은 넓은 탁자에 해상 지도를 펼쳐놓고 작전을 구상하기 시작했다.

이순신은 평소에도 작전에 있어서만은 자신의 생각을 먼저 말하지 않았다. 부관과 참모, 휘하의 장수들 모두 고하를 가리지 않고 마음껏 이야기할 기회를 주었다.

누구는 작전 지역의 지형을 잘 알고, 누구는 날씨를 잘 알며, 또 누구는 물의 흐름을 잘 알고 또한 누구는 적의 규모와 동태를 알기 때문에 가능한 많은 사람의 의견을 들을수록 전반적이고 종합적인 계획을 세울 수 있었다.

물론 그 모든 것을 종합해서 결정을 내리는 것은 총사령관인 자신의 몫이었다.

"청산도에서 이곳으로 온다면 반드시 노량을 거쳐올 것이므로 노량의 좁은 해협에서 적을 기다렸다 기습하는 것이 좋지 않겠습니까?"

"작년에는 우리가 군사와 전선의 수가 적에 비해 턱없이 적었기 때문에 좁은 해협과 거센 물살을 이용해 막아야 했으나 지금은 규모가 상당히 커졌으니 그보다 넓은 곳으로 나가 싸우는 것이 좋을 듯합니다."

"좁은 바다는 많은 적을 막기에는 좋으나 그들을 모두 섬멸하는

데는 한계가 있긴 하다."

"그렇다면 놈들을 이쪽으로 더 끌어들여야 하겠군요. 유인책이 있어야 할 텐데……."

"왜교성을 다시 한번 강하게 공격하면 행장은 깜짝 놀라 당황할 터이고, 사천의 의홍(義弘, 시마즈 요시히로)은 우리의 전 병력이 이곳에 몰려 있는 줄 알 것입니다. 그러면 포위해서 공격하기 위해 서둘러 달려올 것입니다."

"그렇다면 그들을 공격하기 위한 매복이 있어야겠군. 어디가 좋을까?"

"여기, 관음포가 좋겠습니다! 놈들의 함대가 노량을 지나 여기 순천 쪽으로 몰려갈 때 배후를 공격하기에 딱 좋습니다."

"그런데 정면에 하나도 보이지 않으면 적이 의심하지 않겠는가?"

"그렇다면 놈들을 바로 앞에서 맞을 본대가 있어야겠습니다. 여기 대도 주변에 보일 듯 말듯 도열해 있으면 어떨지요?"

노량에서 순천 쪽으로 넘어오면 바로 대도를 비롯한 크고 작은 섬이 수십 개 널려 있어 직진으로 올 수는 없고, 그 군도를 남북으로 조금 우회해야 진격이 가능했다.

"결국 전군을 셋으로 나눠야 하겠군."

무의공 이순신과 경상좌도 수사 이운룡, 순천부사 우치적, 사도 가장 이언량 등의 지휘관들이 모두 자신이 선봉에 서겠다고 나섰다. 따지고 보면 세 곳 모두 중요하고 다 선봉이라 아니할 수 없었다. 그리하여 이순신이 배정하는 대로 따르기로 했다.

그러다 문득 이순신의 아들 이회가 말했다.

"하나 걸리는 게 있습니다."

"무어냐?"

"진도독에게 미리 의논해야 하는 것은 아닌지요?"

"민폐덩어리야 말 꺼내기도 전에 반대할 터인데 의논은 무슨 의논이요?"

"그래도 한배를 탄 처지이니 얘기를 하긴 해야 한다. 옆에 있는데 같이 싸울 것인지 아닌지도 타진해야 하고."

"알겠습니다. 대감께서 말씀하시겠습니까?"

"그래야지."

이순신은 잠시 숙고한 후 진린의 진영으로 찾아갔다.

진린은 대부분 자신이 상대의 진영을 방문했지 이순신이 직접 찾아온 적이 거의 없는지라 의아했고 마주앉는 순간 적이 긴장했다.

"그래, 이 통제공께서 무슨 일이시오?"

"엊그제 행장이 보낸 배가 여기를 통과해 남해로 갔다는 소식을 들었습니다."

"그건 어흠, 애초에 약속을 했던 터라……. 배 한 대 정도는 보내줄 수 있는 것 아니오?"

뻔뻔한 변명으로 일관하는 진린을 보자 이순신은 실망을 넘어 아예 포기하고 싶은 심정이었다. 하지만 아무 내색도 없이 대답했다.

"돌담을 아무리 튼튼히 쌓아도 밑돌 하나가 빠지면 나머지도 걷잡을 수 없이 무너지는 법입니다."

"나는 그것을 위험이라 생각하지 않소. 연락선은 내가 확실히 확인했는데 그저 장인이 사위에게 보내는 안부 인사였을 뿐이오."

이순신은 손톱이 손바닥을 파고들 정도로 주먹을 꽉 쥐었다.

"연락선이 어떤 목적으로 갔는지는 곧 알 수 있을 것이오. 어쨌거나 우리 정탐선들이 여러 각도로 탐지한 바에 의하면 지금 남해도 옆 창선도에는 수백 척의 왜선들이 모여들었다고 하오. 곧 노량 해협을 넘어 이리로 들이닥칠 것이오. 지금 움직여 맞서지 않으면 크게 당할 것입니다."

"그들이 정말 싸우러 오는 건지 아니면 단순히 무력시위를 해서 소서행장을 데려가려는 건지는 알 수 없는 거 아니오? 부디 신중하게 움직여야 합니다."

"적이 군대를 이끌고 온다는 것은 당연히 싸우려는 것이지 무슨 대화를 하러 온답니까?"

이순신이 기어이 참지 못하고 버럭 소리를 질렀다.

최근 만날 때마다 화를 내기도 하고, 언성을 높여 이전과는 다르다고 느끼긴 했지만, 이번엔 또 다른 느낌이었다. 분통을 넘어 울화를 터뜨리자 진린은 당황해 말을 잇지 못했다. 부릅뜬 그의 눈에 얼핏 두려움이 어렸다. 그러나 진린에게는 그게 살기로 느껴져 자신도 모르게 몸을 부르르 떨었다.

"어쨌든 조선 수군은 적을 맞으러 나갈 터이니 도독은 알아서 하시오."

"아니, 잠깐! 나는 연합수군의 사령관으로서 허락할 수 없소."

"도독께서 제게 명령을 하시는 겁니까? 그렇다면 그 명령을 거역하겠습니다."

다시 진린이 화들짝 놀라 눈을 크게 떴다.

"그 대가로 제 목숨을 걸겠습니다. 이제 도독은 무엇을 걸겠습니까?"

진린은 대답을 못한 채 고개를 돌려 외면했다.

이순신이 부들부들 떨며 돌아가는 뒷모습을 보며 그는 옆에 있는 부총병 등자룡을 힐끗 보았다.

"제가 직접 가보겠습니다."

등자룡은 진린 함대의 2인자로 언제나 충심을 다해 싸운 용장이었다. 다만 앞에 나서기를 좋아하지 않아 누구와도 크게 부딪치지 않았다.

그는 화가 나 돌아가는 이순신의 뒤를 따라 조선 수군의 진영으로 갔다.

이쯤 되면 진린도 발을 빼기 어려웠고 이순신의 수군이 주도하는 작전에 참여하지 않을 수 없었다. 지금까지는 조선 수군이 앞으로 나서서 공격을 시작하면 명군이 이에 뒤질세라 함께 했고, 명군이 앞장서서 싸우면 다음엔 조선 수군이 뒤를 받쳐주었다.

더구나 진린이 여러 차례 이순신의 공을 가로챘고 이순신도 모르는 척 양보를 했기 때문에 제독이 조금이라도 염치가 있는 자라면 이번에도 함께 하지 않을 수 없을 것이다.

등자룡은 적어도 그 정도는 파악하고 있었다.

그는 그나마 평판이 좋았으므로 조선 진영에 와서 환영을 받았다. 조선의 무장들이 있는 자리에서 말했다.

"진제독께서 흥분해 통제사를 모욕한 것에 대해 사죄드리며 이 작전에 적극적으로 참여하시겠답니다. 그리하여 소장이 세부 계획을 전달받기 위해서 왔습니다."

이순신은 진린이 참전 의사를 보였다는 것에 안도했다. 거세게 윽박지르듯이 나간 게 주효했다는 생각에 십년 감수한 기분이었다. 이번 전투는 그야말로 진린과 손발이 제대로 맞아야만 승전이 가능했다. 등자룡이 다행스런 소식을 가져와 짐짓 얼굴에서 냉기를 걷어냈다.

이어서 다른 장수들이 작전을 자세히 설명해주었다.

등자룡과 논의를 한 끝에 명의 수군은 지도의 빈자리인 하동포구에서 대기하다가 왜선들이 나타나면 공격을 개시하기로 했다.

작전을 마치고 돌아가려는 등자룡에게 이순신이 판옥선 두 척을 내주었다.

판옥선은 지난 6년 내내 조선 수군의 승리를 견인해낸 최고의 전선이었다. 일본의 주력선인 안택선과 관선은 빠르게 바다를 건너 많은 병력과 물자를 실어 나르기 위한 배였지 해상 전투를 위한 배는 아니었다. 하지만 철갑을 씌워 거북선으로도 활용할 수 있는 판옥선은 순전히 바다로 오는 적을 막기 위한 해상전투용 전선이었다. 이순신이 진도군수와 전라좌수사로 있으면서 많은 연구 끝에 개발한 전선이기에 당대 최고의 무적선이라 할 만했다.

결전전야

세 부대로 나눈 이순신의 함대 중 후위(後衛)는 다시 왜교성 앞으로 향했다.

이번은 앞서 여러 차례 감행했던 공격과 달리 훨씬 더 크게 폭격을 가하라는 위장 공격이었다. 초장부터 떠들썩하게 진행하기로 되었는데, 이는 동쪽에서 소란을 피우고 서쪽을 친다는 성동격서(聲東擊西)의 전략이었다.

이순신의 후위 부대는 순천왜성을 무너뜨릴 것처럼 포격을 시작하며 돌격했다.

장도에 있던 배들이 다 동원되어 연속해서 포를 쏘고 온갖 깃발을 나부끼며 함성을 질렀다.

순조롭게 철수 준비를 하던 고니시군은 불이라도 일어난 것처럼 화들짝 놀라 우왕좌왕했다.

사람의 심리란 게 묘해서 적의 공격에 결사적으로 맞서 싸우고자 하면 침착하고 질서 있게 대응하며 응사를 하는데, 싸움이 끝났다 싶어 조용히 돌아갈 마음이 가득 차 있으면 갑작스러운 공격에 제대로 대응하지 못하고 두려움에 빠지기 십상이다.

이순신 수군의 난데없는 공격에 말단 병사는 물론 부대의 장수들과 우두머리인 고니시까지 공포와 혼란에 빠졌다.

쾅, 쾅!

성 여기저기서 폭음이 들리고 병사들은 방향을 모른 채 뛰어다니기 바빴다.

"저놈들은 나와 무슨 원수를 졌다고 조용히 사라지겠다는데 못 잡아먹어 난리란 말이냐!"

또다시 공격이 시작되자 고니시는 분통을 터뜨리며 소리쳤다.

"어차피 성채의 모든 것을 싸들고 갈 것도 아니니 모두 불을 질러라. 다 불 질러 멀리 있는 원군이 다 보도록 해라."

왜교성을 곱게 넘겨주려고 했던 처음의 약조 같은 건 이제 기억도 나지 않았다. 그보다는 마지막에 이곳에서 뼈를 묻을지 모른다는 두려움과 위기감에 반쯤 정신을 놓았다.

고니시는 기어이 독한 마음을 품었다. 이 정도로 폐허를 만들어 놓으면 감히 목숨을 걸고 쳐들어올 놈들은 없을 것이라고.

그의 명령에 따라 왜교성 곳곳에서 불길이 솟구쳤다. 그리고 병사들은 돌벽에 모여 가만히 숨을 죽였다.

성 전체가 무너져버릴 듯 화광이 충천하고 검은 연기가 하늘을 덮자 이 광경이 아주 멀리서까지 보였다.

노량해협에 이른 시마즈의 왜군 선발대 역시 타오르는 불길을 보았다.

"저기는 어딘가? 싸움이 보통 치열하지 않은 것 같은데."

"방향으로 보아 순천 왜교성인 것 같습니다."

곁에 있던 가신 다카시게가 대답했다.

"이 늦은 시각까지 불길이 치솟으면 성이 곧 함락될 듯싶은데."

"글쎄요, 성이 함락된다면 오히려 다 꺼져야 되는 것 아닌지요?"

"어쨌든 위급한 상황인 것만은 틀림없다."

"그렇습니다, 당주."

"우리가 기껏 대군을 모아 구원해주러 갔는데 모두 다 죽어버렸다면 돌아가서 고개를 들 수 없다. 시간이 늦어 동료를 구하지 못했다는 변명을 할 수는 없지 않느냐."

"예, 그렇습니다."

"빨리 속력을 높여라. 저들이 정신없이 싸울 때 뒤를 치도록 하자."

"하지만 이미 날이 저물어 앞을 분간하기 어렵습니다. 더구나 이 앞에는 암초도 많다 하는데……."

"가능한 조심하면서 이곳의 물길을 잘 아는 자들을 앞세우도록 해라."

그의 명령에 따라 백여 척의 선단이 일제히 속력을 높여 앞으로 나아갔다.

그 뒤를 이어 또 수백 척의 중군과 후위가 해협을 메워버릴 듯이 덮으며 서쪽으로 달렸다.

이로써 무술년 11월 18일과 19일 이틀 동안 조명 연합함대와 일본 함대 간의 노량해전이 시작되었다.

조명 연합전선도 일본 지원 전선과 싸우기 위해 광양만에서 노량해협을 향해 출동했다. 380여 척의 연합전선이 진격의 북소리를 울리면서 나아갔다.

이순신은 함교에 높이 앉아 말 한마디 없이 동쪽 하늘만 보고 있었다.

어둠이 내리고 있는 동천은 무심하고 깊었다. 적이 남아 있는 모든 군사와 배를 끌어모아 오고 있다니 아마 이번 싸움이 마지막이 될 것이었다.

그다음은 어떻게 될 것인가. 그는 6년여의 전란 동안 다음을 생각하지 않고 살아왔다. 지금 우리가 얼마나 충실하게 준비해왔는지 살피고 적이 나타나면 싸우고 이겼다. 언제 어디서 크게 싸울지 알 수 없는 까닭에 매번 최상의 상태를 유지하기 위해 힘써왔다. 언제 어디서든 지금 당장, 이곳이 중요했다.

그런데 이 마지막 싸움을 앞두고서는 문득 다음을 생각하게 되었다. 한데 습관이 안 되어서 그런지 망망대해보다 더 아득했다.

"회야, 완아!"

그는 옆에 시립해 있는 두 핏줄, 아들 이회와 조카 이완을 불렀다.

"예."

둘이 동시에 대답했다. 회는 이제 서른이 넘은 청년이었고, 완은 약관이 채 안 된 젊은 무인이었다.

"내 너희와 오랫동안 함께 다니면서도 많은 얘기를 나누지 못했구나."

"당연한 노릇 아니겠습니까, 아버님!"

"그렇습니다. 나라와 백성을 먼저 생각하시는 것만도 시간이 모자랄 텐데 어찌 저희와의 사사로운 일에 신경을 쓰시겠습니까. 그런 말씀 마십시오."

"사람으로 태어나서는 반드시 해야 할 도리가 있는 법이다. 자식으로서는 부모를 섬겨야 하고, 아비가 되어서는 또한 자식들을 밤낮으로 돌봐야 하는 법이지. 그리고 가장으로서는 집안을 평안하게 만들어야 하고. 그런 다음에야 나라와 사직을 위해 힘써야 한다. 한데 이 아비와 숙부는 그런 기회를 얻지 못했느니라."

무겁게 가라앉은 이순신의 말에 둘은 말없이 바다를 바라보았다.

"이는 나만이 당한 불행이 아니기에 그 어디에도 하소연하지 못하겠구나. 죽으면 돌아가신 어머님과 막내에게 용서를 빌 것이니라."

"아버님! 그런 말씀 마십시오."

"누구나 앞일은 알 수가 없는 법이니 나 역시 지금 이 순간 너희에게 말하는 것이다. 다음에 또 말할 기회가 있을지 모르지만 너희는 지금 이대로의 마음을 잃지 말고 앞으로 나아가야 한다."

이것이 유언이라는 것을, 말하는 자신이나 아들이나 조카도 알지 못했다. 하지만 스스로도 은연중에 느끼는 듯 절로 숙연한 마음이 되었다.

"내 앞이 없다고 해서 너희가 좌절할 일은 없으니 깊이 명심하고 싸워나가도록 하여라."

"어떻게 싸워야 하옵니까?"

"나는 내가 지킬 것을 지켰으니 앞으로는 너희가 지켜야 할 것을 찾아서 지키도록 해라."

"……예, 알겠습니다."

두 사촌형제는 고개를 숙이며 대답했다.

이순신은 참으로 오랜만에 두 손을 내밀어 혈육의 손을 잡았다. 회와 완은 이순신의 양손을 꼭 잡고 먹먹한 가슴으로 밤하늘을 쳐다보았다.

처음엔 어떤지 모르겠으나 어느새 이 땅과 이 백성을 위하여 한 목숨을 바치고자 하는 마음이 가득 찼다. 이제 와서 그것을 버리고 갈 수는 없는 노릇이다. 이 나라의 존망이 이 전투에서 판가름될 것이다.

함대는 밤늦게 노량 앞바다에 도착하여 일본군 지원 전선이 통과할 길목을 지키고 있었다. 명나라 진린군은 죽도(하동군 금남면) 부근에서 좌협을 지키고, 이순신 전선은 맞은편 남해 관음포에서 우협을 지키며 각각 양협에 진을 치고 일본 전선이 나타나길 기다렸다.

관음포는 남해도에 있는 포구였다. 노량을 지나자마자 바로 남서쪽으로 이어지는 해안을 따라 내려가면 섬 안 깊숙이 들어가는 넓고 깊은 만이었다.

길고도 짧은 시간이 깊은 밤의 별처럼 흘렀다.

3경인 자정 무렵에 이순신은 원수기(元帥旗) 밑에서 깨끗한 물로 손을 씻고 백단향을 피운 다음 축천기도(祝天祈禱)를 올렸다.

"만일 원수들을 없앨 수 있다면 죽어도 한이 없겠나이다(若殲斯讐 死亦無憾)."

이때 큰 별 하나가 하늘에서 바다 위에 떨어지자 도열하고 있던 군사와 시립하고 있던 장수들이 모두 이상한 감회에 젖었다.

이순신 또한 하늘을 향한 기도를 마치고 별이 반짝이는 하늘을 바라보았다.

저 별들이 지켜보고 있다. 아래, 바다에서의 살육을.

그를 따라서 모두가 팽팽한 긴장을 느끼며 주먹을 움켜쥐었다. 옆에 선 동료의 손을 꼭 잡기도 했다.

이순신은 관음포구 앞섬에 복병을 숨겨두었다. 아무것도 모르는 일본 전선은 계속 서쪽으로 항진하며 조수를 따라 노량해협으로 접어들고 있었다.

결전이다! 이순신은 이 싸움이 마지막이 될 것이라 믿었으나 자신의 편이 이긴다고는 확신하지 못했다. 지금까지 스무 번 넘는 해전에서 모두 승리했다 해서 마지막까지 이기리라는 보장은 없었다. 우리는 신이 아니기에.

어느 쪽이 이기든 수많은 사람이 배와 함께 수장될 것이다. 적어도 천 명 이상이고 어쩌면 만 명이 넘어갈 수도 있었다. 만이라니…… 생각해보면 아득한 숫자였다. 하루에 하나씩 센다고 해도 30년 가까운 세월이다. 모두가 누구의 아비요, 자식이며 형제일 사람들이다. 그런 많은 생명들이 앞으로 하루 이틀 사이에 죽어갈 것이다. 과연 누구의 책임인가?

이제 전쟁을 끝내고 돌아가겠다는 것을 붙잡지 않고 보내주면 과연 죽지 않을 사람들인가?

왜적이나 명나라 입장에서는 굳이 꼬리를 붙잡고 싸우려는 나를 너무한다, 어리석다 할지 모른다. 하지만 지난 7년 동안 죄 없이 죽어간 생명들과 이 땅 곳곳에 배어든 한은 누가 풀어줄 것인가? 아무런 반성 없이 돌아간 자들이 또다시 쳐들어오지 않는다고 장담할 수 있는가?

그들이 맨몸으로 와서 고스란히 맨몸으로 돌아간다던가! 셀 수 없이 많은 남녀노소를 가리지 않고 붙잡아 갔으며 이제 돌아가는 마당에도 한껏 싸들고 가지 않는가! 이런 자들을 어찌 그냥 보낼 수 있단 말인가!

삶과 죽음의 자리는 바로 한 뼘 차이다. 수면에 잠겨 물 위로 머리를 들고 있으면 사는 것이고 물에 고개를 처박으면 죽는 것이다. 바로 그 한 뼘의 거리를 두고 기를 쓰고 발버둥친다. 모두 살아있는 자의 숙명이다. 나 또한 그 선 안에 있다.

그는 이 마지막 싸움이 그 어느 때보다 치열하고 지독하리라는 것을 예감했다. 그리고 다짐했다. 그때는 이 지옥에서 기꺼이 악귀가 되리라.

노
량

일본 함대는 광양만을 향해 서항 중이면서 야식을 먹고 있었다.

갑자기 함대 총지휘자인 시마즈가 찻잔을 떨어뜨렸다.

다치바나는 종이에 쌌던 찻잔을 종이째로 삼켜버렸으며 장령들
은 떨리는 손으로 겨우 숟가락과 젓가락을 움직여 음식을 먹는 것
이었다.

"무슨 일인가?"

시마즈가 놀라서 물었다.

"배가 갑자기 흔들렸던 모양입니다."

"바람이 불고 풍랑이 쳤단 말이냐?"

"그런 건 아닌 듯합니다."

"……에잇, 신경 쓸 것 없다. 모든 일은 우리가 하기에 달린 것이

지 하늘과 땅이 돕고 자시고 할 일은 아니다."

그는 내심 불안해하는 부하들을 향해 호기롭게 소리쳤다.

사람이 하는 일이니 운의 길흉을 하늘에 맡기는 게 타당하지 않다는 말이 옳을 수는 있어도 사람들의 마음까지 진정시킬 수는 없는 법이었다. 무엇보다 그 자신이 잔뜩 긴장하고 있었으니.

어쨌거나 폭풍 전야의 고요와 같았다. 바람은 여느 때와 마찬가지로 부는 대로 불고, 물살은 흐르던 대로 흘렀지만 역시 한겨울의 밤바다는 더 을씨년스럽고 칼날 같았다.

시마즈와 요시토시를 비롯한 최고 수뇌부는 이 전투를 당연히 해야 할 과정이라고 여겼다. 그렇지만 수장들을 제외한 나머지 수많은 병사들은 생각이 달랐다.

일본의 하급 무사들과 농민병들 중에서 반은 많은 재물을 얻을 수 있다는 꼬임에 빠져 그리고 반은 관백과 영주들의 명령에 의해 참전했다. 그러나 오랜 전쟁으로 죽거나 다친 데다가, 제대로 돈벌이를 한 이들은 극소수에 불과했다. 그들은 무사히 살아서 고향으로 돌아가기만을 바랐다. 그리고 이제 전쟁이 끝나 돌아갈 수 있나 싶었는데 또다시 죽음의 구렁텅이에 내몰릴 위기에 처한 것이다.

그것도 꽤 많이 이겨온 육지에서의 싸움이 아니라 바다의 귀신이라 불리는 이순신을 상대로 하는 싸움이라니. 당연히 사소한 징조에도 마음이 흔들릴 수밖에 없었다. 마음으로 회피하며 지고 들어가는 싸움에서 이기는 경우란 고래로 아주 드문 법이었다.

"이번 해전은 어떻게 되려나?"

"어떻게 되긴, 또 영락없이 깨지겠지."

"어허, 재수 없는 소리하지 마라."

"재수 없는 소리가 아니라 살 수 있는 소리를 하는 중이오."

"뭐라?"

"여차하면 바다에 뛰어들어 널빤지라도 잡고 가까운 해안으로 달아나는 게 살길이오."

"가만 보니 네놈은 순왜라 불리는 조선놈이 아니냐?"

"무슨 헛소리를 하는 거요? 난 엄연히 야나가와 출신의 농민이오. 고향에서 가족들이 얼마나 돌아오기를 고대하고 있는데…….여기 그렇지 않은 사람이 누가 있소?"

그 사내가 주변을 둘러보며 의견을 구하자 여기저기서 고개를 끄덕였다.

"그렇더라도 아군의 사기를 떨어뜨리는 놈들은 즉결로 처분할 수 있다."

"흥, 이래 죽으나 저래 죽으나."

여전히 사내가 빈정거리자 무사 출신의 군인은 얼굴을 붉히며 그 자리를 떴다.

물론 순왜라 불리는 조선 포로 출신의 군졸도 여기저기 있었다. 그들은 생존이 급해 왜군에 협력을 해온 무리였다. 이들도 더러운 이름조차 남기지 못한 채 개죽음을 당할 이유는 없다고 여겼다.

왜선들은 끊임없이 노량해협으로 밀려들었다.

선발대는 이미 해협을 벗어나 넓어진 출구에 이르러 있었다. 깊은 밤인데도 바다는 안개가 자욱하여 한 치 앞을 분간할 수 없었다.

끝없이 철썩이는 바다의 물소리와 함께 삐걱거리는 목선의 소리들이 간간이 들렸다.

복병장(伏兵將)인 경상우수사 이순신을 필두로 한 여러 척의 척후선들은 눈을 부릅뜨고 동쪽 전방을 주시하고 있었다.

이전까지 세차게 불었던 바람이 잔잔해지며 긴장을 증폭시켰다. 어느 순간 다시 불어오는 바람에 전방의 일부가 걷히기 시작하며 갑자기 드러나는 전선들의 모습이 유령처럼 떠올랐다.

이어서 드러나는 왜군의 함대는 셀 수 없이 많았다.

적의 전선들은 서로 부딪히지 않고 거리를 확인하기 위해 선상에 불을 밝히고 있었는데, 그러다 보니 그 수가 엄청나 보였다.

"저, 적이다……!"

낮게 소리치는 정탐병의 어깨를 무겁게 누르며 무의공 이순신이 고개를 저었다.

거리는 가깝다고도 할 수 있고 멀다고도 할 수 있지만 소리를 크게 내면 충분히 적에게 들릴 수 있는 거리였다.

"돌아가 보고하자. 양쪽으로."

바다 귀퉁이에 숨어서 기다리는 함대는 조선과 명나라의 수군 둘이었다.

척후선들은 급히 노를 저어 본대로 달려갔다.

소식을 기다리는 본대의 사령들을 향해 나지막하나 분명한 목소리로 말했다.

"드디어 적이 왔습니다."

적의 출현 소식을 접한 병사들은 또 낮고 일사불란하게 각 함선의 수장에게 소식을 전달했다.

하늘은 아직 밝지 않았다. 동쪽 하늘과 바다를 멀리 바라보니, 일본군 지원함대의 불빛이 점점이 열을 지어 오는데 마치 별같이 보이는 것이었다. 전투 전야의 상황은 급박하게 다가오고 있었다.

최후의 전장

11월 19일 축시(丑時, 새벽 2시)

싸움은 불현듯이 시작되었다.

왜군 선발대의 함선이 해협을 빠져나오자마자 남해도 서북쪽 해안에 숨어 있던 조선 복병함대에서 포가 일제히 불을 뿜어냈다.

척후선으로부터 보고를 받고 곧바로 포신에 포탄을 장전한 채 기다리고 있었던 터였다. 어스름한 시야임에도 불구하고 정확한 사격이 가능했다.

"사격 준비! 발사!"

콰과광!

여러 척의 판옥선에서 한꺼번에 포탄이 발사되었다. 철포는 왜군의 전선들을 향해 날아가 쾅쾅, 선체를 부수기 시작했다.

적이 정면에만 있는 줄 알고 진군하던 왜군 선단은 기습에 당황해 미처 제대로 대응을 하지 못했다.

연속해서 포탄이 날아와 작렬하고, 우왕좌왕하는 병사들을 향해서는 화살과 조총까지 퍼부어지니 그들은 금세 두려움과 혼란에 휩싸였다.

벌써 여러 척의 배들이 파손되어 운행이 불가해지거나 침몰하기 시작했다. 그런데도 선발대만 백여 척에 이르는 대군이라서 뒤에서 계속 밀고 들어왔다.

선진에 나섰던 전선들이 불의의 공격으로 침몰하는 피해를 입는 동안 2선과 3선의 배들은 그나마 반격 준비를 할 수 있었다.

"살펴보니 적의 수가 얼마 안 된다. 공격하라!"

왜장이 바로 상황을 파악하고는 반격을 명령했다.

실제 80여 척의 조선 함대를 작전에 따라 몇 개로 나누다 보니 복병군은 이삼십 척에 불과했다. 왜군은 이 정도 규모라면 수로 밀어붙여야 한다는 생각이었다. 좌우를 넓혀 포위를 하면 쉽게 섬멸할 수 있으리라 판단한 것이다.

육전이든 수전이든 절대적으로 우위를 갖는 전법이 있는데, 적을 사방으로, 최소한 좌우나 앞뒤로 포위를 하는 것이다. 무의공 이순신이 지휘하는 복병함대는 십여 척의 적선을 침몰시켰음에도 다수로 밀어붙이는 왜군에 불리하다는 걸 깨닫고 뒤로 물러섰다.

전세의 흐름은 물살과 닮아서 작은 계기에도 순간적으로 바뀌는 법이었다. 사상자가 많아도 적이 물러간다고 생각하면 기세를 올리며 쫓아가는 것이 군중(軍衆)이고, 그것이 곧 사기(士氣)였다. 조선 복병함대가 밀려가고 있는 곳이 관음포 입구였다.

그런데 이즈음 먹이를 발견하고 달려가는 맹수의 뒤통수를 후려치는 타격이 있었다. 하동 방면의 죽도 뒤편에 숨어 있던 명나라 수군 전선이었다.

진린의 판옥선은 도독기를 높이 올리고 북을 치며 진격했다. 이순신이 등자룡에게 하사한 두 척 중 하나는 진린이, 하나는 등자룡이 지휘하고 있었다.

등자룡의 판옥선은 불랑기포와 호준포를 쏘며 돌격했다. 진린과 등자룡 등의 명 수군 또한 기습 공격의 효과를 봤다.

함포를 쏘아대며 공격하는 명의 함선들로 인해 조선 복병함대를 추적하던 왜군 선발대의 허리가 뚝 끊겼다.

70여 척의 배가 조선 선단을 따라갔고, 나머지는 명나라 함대에 막혀 따라가지 못했다.

"공격하라, 쏘아서 모두 수장시켜라!"

전투에서 또 하나의 절대적인 원칙은 상대의 뒤를 잡으면 무조건 이긴다는 것이다. 개인 간의 싸움도 마찬가지고 말이나 배 또한 다를 바가 없었다. 사람이나 짐승은 뒤를 보이면 전투 불능 상태가 되는데 배를 비롯해 모든 탈것 역시 마찬가지였다.

그런 연유로 뒤를 잡히면 달아나거나 최대한 서둘러 몸을 뒤집어야 하지만, 공격하는 쪽에서는 그럴 여유를 주지 않게 마련이었다. 명나라 함대는 그 원칙을 준수했다. 적이 반격을 해도 계속 포를 쏘아대며 밀어붙였고, 그 바람에 왜선들은 관음포 안으로 쫓겨 들어갔다.

왜군 선단에 쫓기던 조선 복병함대는 그 입구에서 슬며시 옆으로 비켜서듯 물러났다.

조선군은 이미 그 안이 막혀 있다는 것을 알았지만 왜군은 실상을 알지 못했다. 관음포가 워낙 넓고 깊어 포구까지는 한참 들어가야 하기에 밝은 낮에도 쉽게 알아채기가 어려웠다.

격전은 어느새 세 나라의 함선들이 물고 물리는 상황이 되었다.

명군의 기습 공격에 허리가 끊긴 왜선 선발대의 나머지와 본대가 혼란을 수습하고 바로 추격을 시작했다.

11월 19일 축시(丑時, 새벽 2시~3시)

사경(四更, 새벽 두 시경)이 지나자 전투는 점점 더 치열해졌다.

명의 수군이 노련한 왜군의 본대 뒤를 밟히며 쫓기는 형편이 되자, 후퇴하던 복병함대가 되돌아서 공격을 시작했다.

마침 일본 함선이 해안선을 따라 이동하고 있었는데, 남해도 섬에는 이미 일군의 군사들이 잠복하고 있었다. 군사들은 일제히 왜선들을 향해 불붙은 섶과 나무를 마구 던지고 화살을 섞어 쏘아댔다.

섬에서 날아온 불덩어리들이 달라붙자 왜선은 이내 타오르기 시작했다. 때마침 북서풍으로 바람이 불어 섬 언덕에서 쏘아댄 불화살은 바람을 타고 쉼 없이 날아가 왜선들의 한가운데까지 꽂혔다.

어두컴컴했던 바다와 하늘이 곳곳에서 쏘아 올린 불화살에 밝아졌다 어두워졌다를 반복했다. 순간적으로 환해진 불빛에 당황하고 겁먹은 표정의 왜적들 얼굴까지 생생하게 보일 정도로 거리가 가까웠다.

"적선을 모두 불태워라!"

"몽땅 바다에 수장시켜라!"

여기저기서 기세 오른 함성을 질러댔다.

일본 전선도 뒤늦게 섬을 향하여 일제히 조총을 쏘며 반항했고, 육지로부터 멀어지기 위해 배의 속도를 높이기 시작했다.

진린 함대는 도독기를 높이 올리고 북을 치면서 진격 명령을 내렸다.

조선 수군의 본진인 이순신 함대 역시 북을 치고 나팔을 불며 먼저 명군 선단의 뒤를 쫓는 왜군 함대의 중앙을 향해 돌파해 들어갔다.

조선 수군의 본진은 첨자찰진(尖子扎陣, 앞이 뾰족한 갑옷 비늘 형태의 진)으로, 경상우수사 이순신(李純信)이 선봉장에 나섰다.

어린진(魚鱗陳, 전방이 두터운 방어형 진)으로 전진하던 일본 수군의 옆면에 등장해 파고들어 지휘부 쪽을 위협하자, 지휘부의 수호를 최우선하는 일본 함대가 큰 혼란에 빠져들었다.

판옥선에 설치된 함포에서는 적을 향해 불을 뿜었다.

쾅! 쾅! 쾅!

조선 수군은 무엇보다 빠르게 적의 중앙을 뚫고 들어가 공격하는 전략을 구사했으므로 양측의 거리가 금세 가까워졌다. 그 때문에 천자총통과 지자총통은 경사를 높이지 않고 거의 수평에 맞추어 불을 붙였다.

굉음이 터질 때마다 포탄이 날아가 왜군의 전선을 파괴했다. 장군전(將軍箭, 총통에서 발사하는 초대형 화살) 역시 적의 주장들이 지휘하는 전선을 겨냥해 묵직하게 날아갔다.

왜선에 꽂히는 대장군전과 단석들, 그로 인해 혼비백산하는 왜군들, 일제히 화살을 쏘는 사수들, 방패로 화살을 막는 왜군들, 비를 쏟아붓듯 불화살을 쏘는 조선 수군들, 가마니로 갑판에 붙은 불을 끄는 왜군들, 우박처럼 쏟아지는 조란탄(鳥卵彈), 하늘을 찌를 듯 진동하는 조선 수군의 함성…….

무기를 발사하면서 터져 나오는 쇳소리와 수군들의 아우성, 함성이 하늘과 바다를 뒤덮었다. 왜선들은 갈 길을 잃고 우왕좌왕했고 서로 저희들끼리 부딪히며 파괴되기도 했다. 온 바다가 불길에 너울거렸고 물에 빠져 허우적거리는 자들이 사방에 넘쳐났다.

11월 19일 인시(寅時, 새벽 4시)

새벽녘인 인시 말에 이르러 왜군의 선봉 함대가 궤멸에 이르는 타격을 입었다.

시마즈는 조선 수군보다는 상대적으로 전력이 약한 명나라 수군을 노려보고 있었다. 그 방향으로 포위망을 벗어나는 게 상책일 거라 판단해 총공세를 명령했다.

아직 전력이 보존된 중위(中衛)와 후위(後衛)의 병력들이 빠르게 돌진했다.

조선군과 명군은 구별이 어렵지 않았다. 배 위에 꽂아놓은 깃발도 깃발이지만 배의 모양과 승선한 병사들의 복장으로도 확연히 차이가 났다. 명군의 사선과 호선은 일본 안택선에 비해 기동력뿐 아니라 강도도 떨어졌다. 갑판을 맞대고 병사들이 개인 창칼로 싸운다면야 승부가 이루어지겠지만 전선 자체는 성능이 후지다고 할 수 있었다. 따라서 그냥 밀어붙여도 돌파할 수 있을 정도였다. 그런데 그들 중에 조선의 판옥선이 있었다.

조선군이 섞여 있는 건가? 명나라 수군이 분명했건만.

그 때문에 싸우기가 만만치 않겠다고 생각하고 있었는데, 갑자기 그 배에서 불이 났다. 명군이 잘못 쏜 포에 불꽃이 튀면서 배 안으로 불이 옮겨붙은 것이다.

그로 인해 판옥선의 갑판은 혼란에 빠졌다. 치솟는 불길에 병사들이 우왕좌왕하고 어쩔 줄을 몰라했다. 이를 놓칠 왜군이 아니었다.

"저 조선 배에는 최고 지휘관이 타고 있을 것이다. 집중 공격해 빼앗거나 침몰시켜라."

장수의 명령에 주위에 포진해 있던 함선들이 일제히 선수를 돌려 사격을 가했다.

빗발치는 총탄 속에서 갑판과 함교의 병사들이 총을 맞고 푹푹 쓰러졌다. 안 그래도 불을 끄느라 엄폐도 못 하는 상태에서 일시에 수백 발의 총탄이 날아들자 피하거나 막을 수 있는 병사가 없었다. 높이 솟아 있는 함교 자체가 너덜너덜해질 정도로 벌집이 되었다.

결국 그 배에서 전투를 지휘하던 등자룡 또한 수많은 총탄을 맞고 쓰러졌다. 68세 노장의 전신이 금세 피투성이가 되었다. 그와 함께 판옥선도 불에 활활 타올랐다. 명군 파총 심리가 등자룡의 배를 구하러 뒤늦게 달려들었으나 이미 늦었다.

이 여세를 몰아 일본군은 진린이 지휘하는 또 하나의 판옥선에도 달려들었다. 같은 판옥선이지만 높이 솟아 있는 화려한 수자(帥字) 깃발은 그 배가 명군의 최고 수괴(首魁)가 타고 있다는 걸 드러내고 있었다.

고래로 전투에서의 승패는 살상한 군사의 수보다는 상대의 우두머리를 잡거나 죽이는 데서 결정되었다. 왜군이 기를 쓰고 달려들 수밖에 없는 이유였다.

사방에서 공격을 당하는 기함을 보고 호위선들이 달려와 방어를 했지만 그들 역시 역공을 당하면서 사상자가 늘어났다.

"사또, 진도독의 배가 공격을 당하고 있습니다."

왜군 진영 한가운데까지 밀고 들어와 싸움을 독려하던 이순신의 기함에서 망군(望軍)의 목소리가 터져나왔다. 멀지 않은 곳에 적에게 포위되어 싸우고 있는 진린의 판옥선을 보고 고한 것이다.

"어디냐?"

"저쪽, 동남향입니다!"

"가서 구해야겠다. 서둘러 방향을 돌려라."

"예, 동남향으로 방향을 돌려라."

명령을 전달하는 군관이 소리쳤다.

이순신이 탄 대장선은 앞장서서 혼전이 벌어지고 있는 곳으로 달려갔다. 그 뒤를 부장들의 전선이 쐐기 모양으로 따라갔다.

아무리 배의 성능이 뛰어나고 군사들이 싸움을 잘해도 사방으로 적에게 둘러싸여버리면 승리는커녕 살아나기도 어렵다. 더구나 대장선은 적의 공격에 더 많이 노출되기 때문에 호위함이 많아야 했다.

앞을 가로막는 왜선들을 밀어붙여 좌우로 물러서게 하거나 혹은 그대로 부수어 침몰시키면서 곤경에 처해 있는 진린의 판옥선 가까이 다가들었다. 공격을 분산시키려고 적선을 향해 연신 포를 발사하고 화살과 총을 쏘아댔다. 그럼에도 진도독의 판옥선에 달라붙은 왜선들은 한여름 모기떼처럼 물러서지 않았다.

답답한 상황을 벗어나기 어려워 보이자 이순신은 다른 방법을 찾았다. 주위를 살펴보니 멀지 않은 곳에 높이 붉은 휘장을 단 왜선들이 눈에 들어왔다. 그 왜선의 가장 높은 누각에서 황금색 갑옷을 입고 칼을 휘두르며 싸움을 독려하는 자들 세 명이 보였다. 이순신은 맹점을 발견하고 소리쳤다.

"저놈들을 쏘아서 떨어뜨려라!"

이순신의 명령에 주위의 사수와 포수가 그들을 겨냥해 활과 포를 쏘았다. 그러자 몇 발만에 한 명이 누각에서 갑판으로 고꾸라졌는데, 그것만으로도 그가 탄 지휘선은 혼란에 빠져 흔들렸다. 그 틈을 놓치지 않고 일제히 지휘선만 집중 공격해 적들의 관심을 이쪽으로 끌었다.

그때서야 진린의 판옥선에 들러붙었던 왜선들도 나머지 지휘관들을 구하기 위해 포위망을 풀고 하나씩 자리를 떴다. 진린은 겨우 위험에서 벗어날 수 있었다.

이순신은 왜선들이 흩어지는 때를 놓치지 않았다. 전선들을 정렬하듯 모여들게 해 한꺼번에 호준포를 쏘아댔다.

왜군 지휘선까지 산산조각 나자 나머지 왜선들은 발악하듯 산발적으로 반격하는 게 고작이었다. 수장을 잃고 헤매는 적선들은 이미 우리에 갇힌 짐승이나 다름없었다. 가두어놓고 포격이 계속되자 거의 모든 배를 불태워버릴 수 있었다.

전과는 컸지만 우군의 피해도 무시할 수 없었다. 진린과 등자룡의 경우, 새로 얻은 지휘선의 성능은 뛰어났어도 운행에 익숙하지 못해 효과적으로 적을 제압하지 못했다. 불타 가라앉는 등자룡의 판옥선을 보며 이순신은 그의 죽음을 애석해했다. 명에서 내려온 장수들 중 그나마 충성스럽고 뛰어난 노장이었다.

며칠 전에 순천왜성 앞바다에서 전사한 사도첨사 황세득의 얼굴이 떠올랐다. 그 역시 늙은 몸을 이끌고 누구보다 앞서 맹렬하게 전투를 지휘하다 목숨을 잃었다. 노장의 투혼은 조선이나 중국이

다르지 않았다.

　명나라 수군을 구원하는 과정에서 이순신의 본 함대는 일본 수군 중앙을 파고들던 첨자찰진에서 점차 포위진으로 변경되었고, 이후 근접한 일본 함대에 포격을 가하며 포위망을 조이는 형태로 바뀌었다.

　하지만 야간이었기에 전함을 하나하나 식별하고 또 조준하는 것이 어려워 평소보다 근접한 거리에서 화포를 발사해야 했다. 그런 조건에서 경상수사 이순신(李純信)의 선봉선도 적선 십여 척을 불태우는 전과를 올렸다.

　양 군의 배가 맞닿아 서로의 갑판을 넘나들 수 있게 되자 너나 할 것없이 뛰어올라 근접전을 펼치거나 백병전을 벌이기도 했다.

　이젠 화포 소리보다 칼과 창이 부딪치며 불꽃을 튀기는 소리가 요란했다. 백병전에서는 총만 가진 병사들은 상대적으로 불리해 뒤로 물러서기 일쑤였다.

　이순신은 화염이 넘실거리는 불의 바다 위에 홀로 서 있는 것만 같았다.

　지금까지 겪어본 전투 중에서 가장 치열한 싸움이었다. 대개의 전쟁은 그 목표가 적을 물리치고 이기기 위한 것이었다. 하지만 지금 이곳에서는 달랐다. 오직 적을 죽이고 파괴하기 위한 싸움만이 진행되고 있었다.

그 모습을 핏발이 선 눈으로 지켜보며 이순신은 이곳이 과연 지옥이구나, 하는 생각이 들었다. 온갖 아귀와 귀신이 판을 치는 지옥이 있다면 바로 이곳이라고.

그 누구도 살아서 돌아갈 생각을 못 할 정도로 어디서든 피가 난무했다. 팔다리와 목이 잘리는 자들도 부지기수였고, 요행히 살아서 바다에 풍덩 빠지는 군사들 역시 차가운 바닷물에 둥둥 떠다니다가 유탄을 맞았고, 불에 타서 무너져 내리는 널판과 기둥에 깔리기도 했다.

불타오르는 화염의 불빛에 번들거리며 달려드는 양편의 군사들은 서로에게 야차로 보일 게 분명했다. 그들의 온몸에 흐르는 것이 피인지 땀인지 아니면 다른 무엇인지 분간하기조차 어려웠다. 그런 상태로 상대편의 몸에 구멍을 뚫고 살점을 도려냈다.

11월 19일 묘시(卯時, 아침 6시)

아직 어둑어둑한 가운데 동쪽에서 박명이 일어나기 시작하는 묘시 무렵이었다.

명나라 수군 방향으로 돌파가 무산된 상황에서, 바닷물의 방향이 바뀌었다.

바다가 아직 온통 시커먼 밤인 데다가 정신없이 싸우고 있는 중이라 방향을 알기 어려운 상황이었으나, 배들이 서서히 동쪽으로 움직이는 것이 느껴졌다.

"조수를 따라 후퇴하라!"

그 명령에 맞춰 왜군 선단은 왔던 곳으로 뒷걸음치듯 물러섰다.

왜군은 물이 흐르는 방향을 따라가면 노량해협을 지나 돌아가게 될 것이라 판단했다. 하지만 관음포 앞바다의 파도는 관음포만으로 향하는 것이었고, 그들은 그것을 알지 못했다. 포구 밖으로 빠져나올 수 없는 일본 수군은 그야말로 꼼짝없이 갇히게 되었다.

육지가 멀리까지 보이는 낮이었다면 그들은 죽음이 예정된 함정 속으로 뛰어들 생각을 못 했을 것이다. 관음포는 만 입구가 노량해협보다 넓어 가까이 가야만 겨우 육지를 알아볼 수 있는데, 뭍이 어느 쪽인지 왜군은 알지 못했고, 계속 포를 쏘며 압박해 들어오는 조명 수군에 밀려 정신없이 안으로 들어갈 수밖에 없었다.

조명 연합함대는 약속된 대로 일본 전선을 관음포구 안으로 계속 밀어붙이면서 맹공을 퍼부었다. 적은 독 안에 든 쥐 신세나 마찬가지였다. 모든 것이 역부족인 일본 전선의 진열은 정신없이 흩어지기 시작했다.

조명연합군은 문을 닫아걸 듯 관음포 입구에 정렬해 철저히 봉쇄했다. 포위해서 섬멸하려는 것이었다. 일본 수군 역시 죽기 살기로 관음포를 다시 나가기 위해 발악하듯 달려들었다. 그 모습이 가두리망에 갇힌 채 벗어나려고 발버둥치는 물고기 떼와 같았다.

때를 놓칠세라 이순신 함대에서는 지자포, 현자포, 등화포 등으로 공격을 멈추지 않았다.

진린 함대에서는 호준포, 위원포, 불랑기포 등의 우수한 화기로 수백 발을 장대비와 같이 일본 전선에 퍼부었다.

엄청난 화력에 압도당한 일본 함대는 선수(船首)를 돌릴 새도 없이 부서지고 불에 타올랐다. 관음포 깊숙이 도망치면서 저항을 하지만 이미 전세는 기울어지고 있었다.

노련한 좌우 살수들이 쉴 새 없이 화살을 빗발처럼 쏘아대자 멋잇감이 된 왜적들은 갈피를 잡지 못하고 동요하다 쓰러졌다. 다른 전선들도 더 이상 행로를 찾지 못하면서 사기가 저하되었고, 그저 우왕좌왕할 뿐이었다.

이러한 전세에 힘입은 조명 연합전선은 이제 느긋하게 왜선들을 집중 사격할 수 있었다. 분통과 섶에 불을 붙여 적선에 마구 던지니 수십 척이 잿더미로 변하고, 적선에서 일어난 불길들이 검은 하늘로 치솟았다. 불빛에 어른거리는 바다도 피로 붉게 물들어갔고, 왜군들의 울부짖음은 쉬지 않고 메아리쳐 울렸다.

격렬한 싸움이 지나간 바다에는 부서진 배의 파편과 함께 수많은 군졸들의 시체가 죽은 물고기처럼 둥둥 떠다녔다. 관음포 바다 전체가 불에 타오르는 왜선들의 연기로 안개가 깔린 듯 자욱했다.

11월 19일 묘시(卯時, 아침 6시)

순천왜성에서 고니시는 전 군대와 함께 밤새 뜬눈으로 동쪽 바다를 지켜보았다.

자정 무렵까지 바다 앞을 지키고 있던 조선 함선들이 그 뒤로는 모습을 보이지 않았다.

수시로 내려가 정탐을 하고 온 척후대가 돌아와서 보고했다.

"조선 병선들이 사라졌습니다."

"정말이냐?"

"예, 어디에도 없습니다."

"혹시 모르니 더 멀리까지 가서 살펴보고 오너라. 놈들은 여간 교활하지 않아서 눈에 띄지 않는 곳에 숨어 있다 우리가 나타나면 불시에 기습을 할 것이다."

다시 명령을 받은 여러 대의 척후선이 장도까지 왔다가 돌아가고, 장도를 넘어 유도의 위와 아래 그리고 섬 중간중간을 살펴보고 돌아갔다. 그 모습이 개미 떼가 분주히 소굴을 드나들면서 빠르고 조심스럽게 움직이는 것과 흡사했다.

그렇게 여러 차례 정탐을 떠났던 척후대는 노량해협과 남해도 일대에서 엄청난 폭음과 불꽃을 내며 치열한 전투가 벌어지고 있다는 사실을 보고했다.

새벽 축시부터 시작된 전투는 밤새 이어졌고, 아침에 날이 밝을 때까지 끝날 줄을 몰랐다.

고니시와 그의 병사들은 초조하게 기다렸다. 동쪽으로 불쑥 튀어나온 여수반도와 남해도 사이는 그다지 넓지 않았다. 물론 노량해협보다야 다섯 배 정도 되어 수백 척의 배가 지나가는 데는 무리가 없었다. 다만 적의 눈에 띄지 않는 상태로 통과해야 한다는 것이 문제였다.

그런데 그 주변이 넓어 멀리까지 다 보이는 데다 멀지 않은 곳에서는 격렬한 싸움이 벌어지고 있었던 것이다. 그저 싸움터가 여기서 계속 멀어지기만을 기다리는 수밖에 없었다.

전황을 지켜보니 조선과 명나라의 수군이 일본군을 노량해협과 관음포로 몰아붙이고 있는 게 분명했다. 많은 적이 이쪽에 등을 보이고 있다는 얘기였다. 이제 조금만 더 기다리면……

해가 떠오르기 시작할 무렵, 고니시는 수백 척의 배에 승선한 채 대기하고 있던 군대에 출발 명령을 내렸다. 십여 척의 단위로 배들이 줄지어 나왔다.

그들의 식량 창고이자 격전지였던 장도를 지나고 유도의 남단 수로를 따라 이동한 후 아래로 방향을 잡았다.

"바보 같은 놈들, 실컷 싸우다 모두 같이 죽어라."

그는 포성이 들리는 동쪽 하늘을 바라보며 먼 바다로 도망쳤다.

11월 19일 진시(辰時, 아침 8시)

해가 완전히 떠오른 진시가 지나자 바다와 지형이 어느 정도 파악되었다.

시마즈의 왜군 선단은 자신들이 서쪽으로 조명 연합전선이 길게 늘어진 관음포 입구 외에는 사방이 다 막혀 있는 만(灣) 안에 몰려 있었다는 것을 비로소 깨달았다.

물론 이미 한참 전에 밀려 들어와 가장 안쪽, 더 이상 배가 들어 갈 수 없는 곳에 이른 자들은 가장자리를 따라 선수를 돌리거나 아니면 배를 버리고 뭍으로 달아나기도 했다.

방향을 튼 일본 수군은 방파제처럼 길게 늘어서 입구를 막고 있는 연합군 전선의 포위를 돌파하기로 작정했다. 명나라와 조선 수군이 연합해 지키고 있는 북쪽 방향이 아닌 남쪽을 뚫기 위해 선단을 움직였다.

북쪽, 즉 그들이 왔던 노량해협으로 돌아가려면 좁은 수로의 특성상 일방적으로 사냥을 당할 가능성이 컸다. 남쪽은 포위망만 뚫으면 바로 넓은 바다여서 여러 방향으로 탈출을 시도할 수 있었다. 그곳은 고니시가 자신의 군사를 이끌고 달아난 방향이었으며 이순신의 본진이 있는 곳이기도 했다.

시마즈는 참담한 얼굴로 바다 저편을 응시했다.

그 역시 밤새 소리치며 싸움을 독려하느라 매우 지쳐 있었다. 목은 피가 나올 정도로 쉬었으며 눈빛은 벌겋게 충혈되어 번들거렸다. 광기에 사로잡힌 듯한 눈빛이었지만 그렇다고 불안하게 흔들리지는 않았다. 타고난 성격이 신중했기에 이 와중에도 그는 여러 가지로 생각을 거듭했다.

도대체 어디서부터 잘못된 것일까? 사실 이번 전투는 충분히 피할 수 있는 싸움이었다. 고니시의 구원 요청을 거부하고 군사를 돌렸다면 아무런 위험 없이 편안하게 본국으로 돌아갈 수 있었다. 사람들의 손가락질이 두려워 군사와 배를 긁어모아 쳐들어온 것이 치명적인 오판이었다.

그렇다고 이렇게 몰살을 당할 지경까지 몰릴 줄은 몰랐다. 아니면 작전이 잘못되었나? 함대를 나누어서 여러 방면으로 쳐들어왔다면 이길 수 있는 싸움이 아니었나?

그는 이미 지난 일을 후회하는 사람이 아니었지만 이번 싸움은 두고두고 후회가 될 것 같았다. 하지만 마지막 기회가 한 번 더 남았다. 이번 돌파가 어제오늘 치른 전투의 마지막 싸움이 될 것이다. 여기서 누가 죽고 누가 사느냐가 결정된다. 그는 전군에서 절반 넘게 파괴되고 남은 함대를 돌아보며 명령을 내렸다.

"모두 전속력으로 적의 함대를 돌파한다!"

이순신의 대장선을 비롯해 전라좌수영 군선들이 직접 돌파를 시도하는 왜군의 함선들을 맞았다. 그래, 그 수밖에 없을 것이다. 죽느냐 사느냐, 드디어 그 기로로 뛰어들고 있었다.

지금까지 아군 전력의 손실도 어느 정도 되었지만, 적의 세력을 절반도 넘게 궤멸시켰으니 작전은 대단히 성공한 셈이었다. 이번 작전은 지금까지 조선 수군이 벌여온 전략전술의 종합편이라 할 수 있었다.

여느 때와 마찬가지로 물의 흐름과 지형 그리고 시간을 다 고려

한 작전을 짰다. 그러면서도 연합을 한 진린의 명 수군이 끼어들 자리까지 마련해야 했다. 처음부터 끝까지 하나하나 고려하지 않을 수 없는 것은 피차가 갖고 있는 전력의 모든 것을 다 쏟아부었기 때문이었다. 곧 이 전투에서 패하는 쪽은 더 이상 재기의 여력이 없다는 것을 의미했다.

전날 척후대를 통해 의홍(義弘, 시마즈 요시히로)을 주장으로 하는 구원군이 편성된다는 정보를 들은 이순신과 지휘부는 그 규모에 먼저 놀랐다.

"놈들은 전쟁을 끝내고 철수한다더니 이건 다시 싸우자는 거 아닙니까?"

"그러게나 말이오. 우린 고작 행장이 곱게 이 땅을 떠나는 걸 두고 볼 수 없어 막고 있었는데 말이오."

장수들의 말에 이순신은 단호한 목소리로 말했다.

"놈들이 공격해 오는데 피할 수는 없는 일이다. 지금까지 죽 그래 왔고."

"맞는 말입니다, 사또."

"이제는 마지막 기회이니 놈들이 다시는 이 땅을 넘보지 못하도록 모조리 수장시켜버립시다."

그리하여 이순신과 이운룡, 송희립, 나대용, 우치적, 이언량 등 수뇌부는 밤을 새며 머리를 맞대고 세밀하게 작전을 구상했다.

우선 주요 전투 지역을 노량해협의 서쪽부터 남해도의 서쪽 깊숙이 들어간 관음포까지로 설정했다. 그 앞바다는 수많은 섬들로 둘러싸여 있었다. 당연히 섬들 사이에는 암초가 많고, 또 남해도의 해안도 들어가고 나온 곳이 많은 매우 복잡한 지형이었다.

사실 이런 지형은 해전을 벌이기에는 최악의 조건이었다. 그런데 지형을 아는 쪽 입장에서 보면 모르는 쪽보다 몇 배는 유리했다. 그리고 전투가 본격적으로 이루어지는 시각을 한밤으로 보았다. 불을 밝힌다 해도 바다는 새까맣고 앞을 분간하기는 불가능에 가깝다. 이쯤 되면 모든 군사가, 아니면 적어도 배를 지휘하는 군관 이상의 장수들은 무조건 지리를 머릿속에 외워야 했다.

그다음엔 전군을 크게 셋으로 나누었고, 그걸 다시 수십 개의 소규모 선단으로 나누어 서로간의 연락을 수시로 취할 수 있도록 했다.

가까운 거리에서는 사람의 목소리와 나발, 징 등의 소리로 연락을 취했고, 대대(大隊)의 큰 단위에서는 신기전(神機箭)을 이용한 연락망을 갖췄다.

그리고 부대 내에서 척후조와 선봉대, 위장 공격대, 적을 유인하는 부대, 본대, 후위 공격대로 역할을 나눠 적을 한곳으로 몰아넣기로 했다. 적을 공격하는 척하다가 뒤로 후퇴하며 유인하고, 반대편에서는 퇴로를 막고 한 방향으로 몰아넣는 것이다. 이 방식은 전형적인 집단사냥의 전술이었다.

조선 수군은 이순신과 그 사령탑의 지시에 의해 철저하게 보조를 맞춰 이미 500여 척의 왜군 선단을 관음포 만으로 몰이를 하듯 집어넣는 데 성공했다. 그리고 왜선의 절반 이상이나 불태우고 격침시켜버렸다.

하지만 언제나 가장 강한 자들은 늦게까지 살아남는 법이다, 이제 시마즈가 직접 이끄는 주력부대가 포위망을 돌파하기 위해 나선 것이다.

시마즈는 언제나 살아남는 쪽을 선택했고, 그 선택은 지금도 옳을 것이라고 스스로를 믿었다. 그는 더 이상 망설이지 않고 함대에 진격 명령을 내렸다. 어디 이번에도 옳은가 한번 보자!

시마즈가 이끄는 수십 척의 배가 빠른 속도로 달려오자 이순신의 선단 일부가 접전을 벌이면서 뒤로 물러서기 시작했다. 하지만 물러서면서도 이웃해 있는 전선과의 거리는 그대로 유지하고 있었기에 포위망이 쉽사리 뚫리지 않았다.

직선의 줄을 한 곳만 잡아당기면 그쪽을 중심으로 볼록하게 늘어나는 것처럼 진형이 만들어져 오히려 달려들었던 왜선들이 항아리 안에 갇히는 형국이 되었다. 그로부터 또다시 치열한 난타전이 벌어졌다.

삼면에서 포탄이 빗발처럼 퍼부어지자 시마즈군은 다시 죽음의 구렁텅이에 빠진 꼴이 되었다. 많은 배들이 파손되고 병사들은 화살과 총을 맞고 쓰러지거나 바다에 빠졌다.

시마즈의 대장선도 그 폭격을 벗어나지 못했다. 그의 안택선이 절반 넘게 부서져 더 이상 운행을 할 수 없게 되자 그는 옆에 있던 작은 호위선으로 재빨리 옮겨 타 겨우 목숨을 건졌다.

일본군 후방의 다치바나 무네시게 군선들이 관음포를 빠져나왔다가 조선 수군의 후방을 찌르고 들어오면서 다시 난전이 발생했다. 이 덕분에 시마즈 요시히로도 탈출에 성공했다.

여전히 적아를 구분하기 어려운 혼전은 계속 벌어졌다. 곳곳에서 비명이 터지고 배들이 부딪치며 아수라장으로 변해 갔다.

이순신은 참혹한 현장을 무겁게 내려다보았다. 이 진창 속을 쉰다섯 해나 용케 살아왔구나. 지난 수년의 싸움들이 책장을 휘휘 넘기듯 머릿속을 스쳐 지나갔다. 생각해보면 태어났을 때부터 지금까지 모든 날들이 투쟁의 나날이었다.

임진년이 시작되면서 쓰기 시작한 일기가 투쟁의 기록이었는데, 실은 그게 전 생애의 기록이나 마찬가지였다. 내가 가고 다가올 시간의 손길에 나를 대신해 바래어 갈 문장들이었다.

무탈 없이 그저 이런저런 일들을 겪으며 관직 생활을 끝내고 한적한 시골로 은퇴해 살아갈 줄 알았는데, 노년에 이르러 큰일을 맡게 되었고, 그와 함께 큰일들을 감당하게 되었으니 세상일은 알 수가 없는 법이다.

젊어서는 미관말직으로 변방으로만 떠돈다고 생각했는데 사실은 실력도 없었다. 그럼에도 나를 알아주는 이들이 있어 꿋꿋이 맡은 일을 했고, 같이 일한 동료들도 잘 따라주었다. 그럭저럭 괜찮은 삶이었다. 비록 늙어가면서 여기저기 안 아픈 곳이 없지만. 어머니도 보내고 사랑하는 막내아들까지 먼저 보낸 마당에 이제 더 이상 무엇이 아쉬울까.

항상 생각했다. 사람들은 무엇을 더 갖고 싶어 남을 침범하고 빼앗고 모함하는가. 그 욕망의 크기는 얼마나 되고 끝은 어디인가. 한평생 오십, 육십 년 아무리 많이 모았다 해도 죽고 나면 티끌로 만든 태산처럼 바람 한 번에 다 날아가 버릴 것. 맛있는 것을 먹거나 아리땁고 젊은 육체를 안고 자며 얻는 쾌락도 딱 그때뿐인 것을.

술에 취해 한평생을 살았던 이백의 삶은 어땠을까? 남들은 재물에 취하고 여색에 취하고 권력에 취했는데 나는 과연 무엇에 취했을까?

그저 먹고 살기 위해 묵묵히 일하고 하루하루 희로애락에 젖어 사는 뭇 백성들의 삶이 더 위대하지 않은가 싶기도 하다. 그 사람들의 삶을 조금은 지켜주었으니 다행스러운 면이 없지 않았다. 그저 다행스럽다.

관음포 바다는 시간이 흐를수록 시체가 쌓이기 시작했고, 거기서 흘러나온 피가 바다를 검붉게 물들였다. 피와 오물이 바다에 번지면서 그 독기로 인해 물 아래 물고기들이 함께 죽어나가고 여력이 있는 물고기들은 멀리멀리 달아났다.

이순신의 대장선에서 북소리가 바다를 울릴 때마다 일본군은 불에 타 죽거나 바다에 빠져 죽었다. 왜군은 북소리에 묻혀 날아오는 조선의 포탄과 화살에 전율했다.

앞장서 추격하던 송희립이 적의 총환에 맞아 쓰러졌다. 이순신은 전군에 더욱 분발하라는 북소리를 울렸다. 왜군은 마지막 발악으로 계속 저항하면서 도주하지만 이순신은 이미 지형과 물때를 모두 분석하고 있었다. 그러니 적을 섬멸하는 것은 정해진 수순이나 마찬가지라 계속 독전했다.

독전 중 해는 어느새 중천에 솟아올랐다. 이순신은 여전히 선두에 서서 추격을 감행하고 있었다. 해남현감 유형, 당진포만호 조효열, 진도군수 선의경, 사도만호 김성옥의 배들도 뒤따랐다.

여러 전선에서 각종 총통을 일시에 집중 사격하니 적들은 진퇴유곡(進退維谷)에 빠지게 되었으며 마지막 발악에 이르렀다.

이순신 휘하부 하중 훈련원 판관 김덕방(金德邦)은 가장 선봉에서 싸워 적선 수십 척을 쳐부수었고, 이충실(李忠實), 정응(鄭鷹) 등은 부상을 입은 가운데서도 끝까지 싸우다 전사하였다.

이 난전으로 조선 1군의 전라좌수영 다수 장수들이 전사했으며, 최고지휘관 이순신 역시 홀연 날아든 총탄에 가슴을 맞고 전사했다.

순국
이후

해가 중천에 떴으나 자욱한 포연으로 햇빛이 가리워졌다.

왜군은 앞다투어 도망치기 시작하여 관음포 내항으로 몰려들고 있었다.

이순신의 대장선이 선두로 적을 추격하니 해남현감 유형, 당진포 만호 조효열, 진도군수 선의경, 사량만호 김성옥의 배들도 서로 늦을세라 이순신 함대의 뒤를 따랐다.

여러 배에서 현자포, 승자포, 지자포로 일시에 집중 사격해 왜군의 전선들이 부서지고 불에 탄 잔해들이 바다와 하늘을 뿌옇게 덮었다.

해남현감 유형은 무예가 뛰어난 장수로 화살이 다하면 창으로, 창이 부러지면 쌍검으로 군사들의 진격로를 헤쳐나갔다가 적의 조총에 맞아 쓰러지기도 했다. 그러다 북소리를 듣고 다시 일어나 칼을 들고 진격하니 군사들이 함성을 지르며 그 뒤를 따랐다.

군관 송희립은 이순신과 같은 함선에 있으면서 쉰 목소리로 독전하다 적탄에 왼쪽 이마 옆을 맞아 갑판 위에 쓰러졌다. 순간적으로 기절했던 것인데, 근처에 있던 병사가 이를 보고 큰 소리로 외쳤다.

"송군관이 총에 맞았다!"

이순신이 깜짝 놀라 상반신을 높이 들어 송희립을 찾아보려는 순간 총탄 한 발이 이순신 왼쪽 가슴을 깊이 뚫었다.

싸늘하고도 시원한 통증이 머릿속으로 휑하니 커다란 구멍을 내며 지나갔다. 그는 저절로 다리에 힘이 풀려 그 자리에 주저앉았다.

좌우에 있던 사람들은 경악을 금치 못했다. 이순신을 부축하여 기둥 앞으로 앉혀놓고 둘러쌌다.

"사또, 사또!"

"통제사 대감! 정신 차리십시오."

측근의 병사들이 다급하게 불렀다. 그의 팔과 다리를 주무르며 천을 가져다 가슴에 대었다.

이순신은 감았던 눈을 떴다. 흐릿한 시야에 여러 개의 얼굴이 나타났다.

아는 얼굴들인데 누군지 모르겠다. 아들과 조카 같기도 하고 옆에서 지키는 호위군관 같기도 했다. 언제나 그리던 어머니와 막내아들의 얼굴이기도 했다.

손을 들어 그 얼굴을 어루만졌다.

그가 입을 열어 낮게 중얼거렸다. 병사들이 귀를 가져다 댔다.

"싸움이 급하니…… 나의 죽음을 말하지 말아라."

그리고 조용히 눈을 감았다.

군사들은 너무나 비통하여 사또, 사또 정신 차리시오, 하며 소리 쳤다.

기절했던 송희립이 정신이 들어 일어나 보니 피가 흘러 얼굴과 옷이 붉게 물들었다.

옷 속의 천을 찢어서 동여매고 급히 장대에 올라가자 이순신은 이미 숨을 거두었고 원수기만 펄럭이고 있었다.

송희립은 눈앞이 캄캄하였으나 침착하게 마음을 다스리고 몸을 일으켰다.

이순신의 아들 회와 조카 완이 곡하려 하자 희립은 곡소리가 나 지 않도록 그들의 입을 막았다. 그리고 이순신의 갑옷과 투구를 벗 겨 홍단으로 시체를 싸게 했다.

그 위에 갑옷과 투구를 다시 씌우고 방비로써 시체를 가린 뒤에 이순신이 지휘하던 누각 방안으로 들여보냈다. 상을 발표하지 않 은 채 계속하여 북을 치면서 싸움을 재촉했다.

이순신의 죽음은 대장선의 갑판 위에서만 알고 있었고 왜군이 완전히 물러갈 때까지 아무도 몰랐다.

시마즈가 이끄는 일본 함대는 일부 함대를 돌려 퇴각하였으나 퇴각하지 못한 배의 군사 백여 명은 바다로 뛰어들었다. 겨우 목숨을 유지하여 헤엄쳐 남해 섬에 기어 올라가 육로를 따라 남해 왜성지가 있던 선소리에 다다랐다.

패잔병들은 소 요시토시 군대가 버리고 간 텅 빈 왜성지 안에 들어가 잠복하고 있다가 11월 21일에 고니시가 지원해준 함선에 몸을 실어 선소리를 떠났다. 이후 일본군 집결지로 가서 다른 패잔병들과 합류한 뒤 일본으로 돌아갔다.

일부 다른 지역으로 도망한 패잔병은 삼동면 둔천리 복병고개에서 섬멸되기도 했다.

11월 19일 관음포에서 왜군이 도망가며 버리고 간 배들을 모두 불태우고 포구를 봉쇄했다.

이리하여 정오까지 적 함대는 거의 불에 타버렸으며 모두 깨어지고 암초에 걸려 올라앉았을 뿐 아니라, 도망치지 못한 배는 텅 비었고 군사는 거의 없어진 형편이 되었다. 나머지 50여 척의 일본 전선만이 결사적으로 저항하면서 겨우 탈출을 꾀하여 도망쳐버렸다.

정오 무렵 노량의 서쪽 출구에서 시작되어 관음포에서 끝난 열 시간에 걸친 유래 없는 살육전은 조명 연합함대의 승리로 막을 내렸다.

바다는 왜선 2백여 척이 부서지고 시체, 판자, 무기, 갑옷이 뒤덮여 물이 흐르지 못할 정도였다. 물빛은 핏빛으로 고여 한동안 색이 흐려지지 않았다.

왜군 전선 백여 척은 관음포에서 탈출에 실패했는데, 많은 왜병들이 배를 버리고 남해도에 상륙해 여러 방면으로 도주했다. 이는 이틀 뒤부터 남해왜성 소탕전으로 이어졌다.

이덕형이 치계하였다.

금월 19일 사천(泗川), 남해(南海), 고성(固城)에 있던 왜적의 배 3백여 척이 합세하여 노량도(露梁島)에 도착하자, 통제사 이순신이 수군을 거느리고 곧바로 나아가 맞이해 싸우고 중국 군사도 합세하여 진격하니, 왜적이 대패하여 물에 빠져 죽은 자는 이루 헤아릴 수 없고, 왜선(倭船) 2백여 척이 부서져 죽고 부상 당한 자가 수천여 명입니다. 왜적의 시체와 부서진 배의 나무판자, 무기 또는 의복 등이 바다를 뒤덮고 떠 있어 물이 흐르지 못하였고 바닷물이 온통 붉었습니다. 통제사 이순신과 가리포 첨사(加里浦僉使) 이영남(李英男), 낙안 군수(樂安郡守) 방덕룡(方德龍), 흥양 현감(興陽縣監) 고득장(高得蔣) 등 10여명이 탄환을 맞아 죽었습니다.

남은 적선(賊船) 1백여 척은 남해(南海)로 도망쳤고, 소굴에 머물러 있던 왜적은 왜선(倭船)이 대패하는 것을 보고는 소굴을 버리고 왜교(倭橋)로 도망쳤으며, 남해의 강 언덕에 옮겨 쌓아놓았던 식량도 모두 버리고 달아났습니다. 소서행장(小西行長)도 왜선이 대패하는 것을 바라보고 먼 바다로 도망쳐 갔습니다.

사신은 논한다.

이순신은 사람됨이 충용(忠勇)하고 재략(才略)도 있었으며 기율(紀律)을 밝히고 군졸을 사랑하니 사람들이 모두 즐겨 따랐다. 전일 통제사 원균(元均)은 비할 데 없이 탐학(貪虐)하여 크게 군사들의 인심을 잃고 사람들이 모두 그를 배반하여 마침내 정유년 한산(閑山)의 패전을 가져왔다.

원균이 죽은 뒤에 이순신으로 대체하자 순신이 처음 한산에 이르러 남은 군졸들을 수합하고 무기를 준비하며 둔전(屯田)을 개척하고 어염(魚鹽)을 판매하여 군량을 넉넉하게 하니 불과 몇 달 만에 군대의 명성이 크게 떨쳐 범이 산에 있는 듯한 형세를 지녔다.

지금 예교(曳橋)의 전투에서 육군은 바라보고 전진하지 못하는데, 순신이 중국의 수군과 밤낮으로 싸워 많은 왜적을 베었다. 어느 날 저녁 왜적 4명이 배를 타고 나갔는데, 순신이 진린(陳璘)에게 고하기를 '이는 반드시 구원병을 요청하려고 나간 왜적일 것이다. 나간 지가 벌써 4일이 되었으니 내일쯤은 많은 군사가 반드시 이를 것이다. 우리 군사가 먼저 나아가 맞이해 싸우면 아마도 성공할 것이다' 하니, 진린이 처음에는 허락하지 않다가 순신이 눈물을 흘리며 굳이 청하자 허락하였다.

그래서 명나라군과 노를 저어 밤새도록 나아가 날이 밝기 전에 노량(露梁)에 도착하니 과연 많은 왜적이 이르렀다. 불의에 진격하여 한참 혈전을 하던 중 순신이 몸소 왜적에게 활을 쏘다가 왜적의 탄환에 가슴을 맞아 선상(船上)에 쓰러지니 순신의 아들이 울려고 하고 군사들은 당황하였다.

이문욱(李文彧)이 곁에 있다가 울음을 멈추게 하고 옷으로 시체를 가려놓은 다음 북을 치며 진격하니 모든 군사들이 순신은 죽지 않았다고 여겨 용기를 내어 공격하였다.

왜적이 마침내 대패하고 사람들은 모두 '죽은 순신이 산 왜적을 물리쳤다'고 하였다. 부음(訃音)이 전파되자 호남(湖南)의 사람들이 모두 통곡하여 노파와 아이들까지도 슬피 울지 않는 자가 없었다.

국가를 위하는 충성과 몸을 잊고 전사한 의리는 비록 옛날의 어진 장수라 하더라도 이보다 더할 수 없다. 조정에서 사람을 잘못 써서 순신으로 하여금 그 재능을 다 펴지 못하게 한 것이 참으로 애석하다. 만약 순신을 병신년과 정유 연간에 통제사에서 체직시키지 않았더라면 어찌 한산(閑山)의 패전을 가져왔겠으며 양호(兩湖)가 왜적의 소굴이 되겠는가. 아, 애석하다.

선조실록 106권, 선조 31년 11월 27일 무신

이순신이 죽은 지 8일 만인 11월 27일 이덕형이 올린 보고서를 받고서 이연은 복잡한 심경을 누를 수가 없었다.

그의 눈은 두 사람의 기록에 고정되어 한참 동안 보고 또 보았다. 오랫동안 체한 음식 같았던 이순신은 죽었고 행여나 다시 쳐들어올까 걱정이었던 왜적은 물러갔다.

그렇다면 다 잘된 것인가.

듣자니 순신이 죽은 후 남도의 백성들이 일제히 울며 통곡을 했다고 한다. 뿐만 아니라 조선의 모든 관리 그리고 같이 싸운 천자의 장수들까지 애석해하며 그 명복을 빌었다. 특히 진린, 그 안하무인의 포악한 자가.

그렇다면 자신도 그 충실한 신하의 군주로서 비통한 말로 유시(諭示)를 내리면 되겠는가.

그게 온 백성의 어버이로서 마땅히 보여줘야 할 모습이라는 걸 자신도 정확히 알고 있었다. 나라와 백성, 사직을 지키기 위해 온 몸과 마음을 다 바쳐 싸우고 순직한 충신의 죽음을 애도하는 것이 넓고 자애로운 마음을 가진 군왕의 태도라는 것을.

하지만 자신을 아는 어느 신하도 그 마음이 사실이 아니라는 것을 알고 있다. 변덕이 심하고 교만하고 질투도 누구 못지않다는 것을 많은 신하들이 알고 있다. 그리하여 왕의 눈에 들기 위해 아첨을 하고 다른 당의 신하들을 모함하고 실각시키려 애를 쓴다.

너도 알고 나도 알고 모두가 다 안다.

그럼에도 모르는 척한다.

이것은 왜추 풍신수길의 궁전이나 중국 천자의 어전도 마찬가지일 것이다.

자, 이곳은 사람의 본성과는 아무런 상관없이 위선을 떨어도 되는 곳이다. 하지만 이 암묵적인 가식으로 흘러가다 자연스럽게 정착되고 또 지워지는 관계들과는 다른, 거래와 빚의 관계가 또 있었다.

손문욱.

이자는 어떤 인간인가?

그가 찾아왔다.

"이순신이 전사했습니다."

"알고 있다."

손문욱은 텅 빈 편전에 엎드린 채 머리를 숙이고 꼼짝하지 않았다. 세 번째 만남이었다.

이 독대로 둘 사이에 은밀한 거래가 있었음을 인정하지 않을 수 없게 되었다.

"소신이 할 바를 할 수 있도록 허락해주시옵소서."

"답답하게 돌려 말할 필요 없이 얘기하자. 그래, 무엇을 원하느냐?"

"소신은 전하께서 다른 대신들의 눈치를 보지 않을 정도로 성의만 표시해주시면 됩니다."

"너는 협박도 참 야무지게 하는구나. 그 말은 내가 살아있는 동안은 골수를 빼 먹겠다는 소리가 아니냐?"

"소신이 어찌 하늘 같으신 주상전하를 그렇게 능멸하겠습니까?"

"내가 느낀 것이 잘못된 것이냐?"

"그렇게 느끼셨다면 송구하옵니다."

"지금 나는 일개 선전관인 너를 아무 사유 없이 죽일 수도 있다."

"알고 있사옵니다. 하지만 저는 자그마한 안전장치를 하나 마련해두었습니다."

"안전장치라고? 허, 이제 본색을 드러내는구나. 그것이 무엇이냐?"

"저는 전하와의 거래 내용을 누군가에게 말해두었습니다."

"네게 무슨 일이 생기면 그 내용이 세상에 알려진다? 내가 부인하면 모두 잠잠해질 것이다. 사초(史草)의 기록도 깨끗하게 소제(掃除)될 것이고."

"소문이 우리 조선 안에서만 돌아다니면 그렇게 될 수 있겠지요."

"다른 나라에 손을 써놨다는 뜻이냐?"

"그렇습니다. 우리나라 사람이라면 비밀로 해두겠지만 외국은 전하의 손이 미치지 못하니 말씀드리도록 하지요. 소인은 전하와 거래를 하기 전에 이미 소서행장과도 얘기를 한 적이 있습니다. 그는 일본에서도 한 지역의 영주이니 그의 말이 갖는 무게나 신뢰성은 꽤 있을 것이라 여겨집니다."

"그뿐이냐?"

"그리고 명나라의 도독 진린은 유정과 더불어 탐욕이 하늘을 찌를 정도지요. 그들에게도 적잖은 뇌물과 함께 사람을 심어두었지요. 제게 일이 생기면 그 사람이 진린에게 비밀 서한을 넘겨줄 터이고, 그것을 열어본 진도독은 황제에게 진언하겠지요. 아시다시피 이순신은 명목상이지만 황제께서 도독 직위를 내린 황제의 신하이기도 합니다. 황제께서 사면한 그분의 죽음을 전하께서 기도하셨다 하면 과연 황제께서 얼마나 분노하실지 궁금합니다."

"과연 너는 내가 생각한 대로 치밀한 자로구나."

"송구하옵니다."

"좋다. 어차피 신뢰 관계는 없는 것으로 시작했으니까 이제 하나만 계산하면 되겠군. 하면 너는 내가 원하는 걸 수행했느냐?"

"그렇습니다."

"어차피 결과가 똑같이 나왔으니까 네가 한 일이라고 주장할 수 있겠지만 어떤 증거도 없지 않느냐? 제3의 증인도 없고."

"……."

"네가 했다는 증좌를 가지고 오너라. 그러면 내가 그에 합당한 것을 주겠노라."

손문욱은 대답을 못 한 채 길게 읍하고 편전을 물러나왔다.

한 방을 먹이고 하나를 먹었다. 왕 이연은 분명 이 시대의 인물들과는 다른 사람이었다. 모두가 의리를 말하며 그것을 위해 죽어가는데, 그는 실리를 선호한다. 한 나라의 왕이라면 그럴 필요도 없는데 말이다.

그렇다고 그 실리가 나라와 백성을 위한 것이냐 하면 그렇지도 않다. 자기 자신만을 위해서라면 모든 것을 다 가진 위치에서 실리의 추구는 오히려 득이 아니라 해가 된다. 이순신의 옥사를 비롯해 그 어느 왕보다 많은 역모를 겪고 역모를 일으킨 자들을 다 처단해왔다. 그런데도 일이 있을 때마다 열 번 이상이나 자리에서 물러나겠다고 선위 파동을 일으키기도 했다. 모순덩어리다.

지난 수백 년 동안 지탱해 온 강상(綱常)에 구애되지 않고 제멋대로 생각하고 말한다? 손문욱은 밑바닥에서 이제 올라온 자신과 처음부터 맨 꼭대기에 앉은 이연을 비교해봤다. 많이 비슷했다. 내적인 균형이 흐트러져 있다는 점에서.

애초의 처지가 하늘과 땅만큼이나 벌어져 있었는데 이제 남모르게 독대를 하고 서로 한 방씩 주고받은 것만 해도 대단한 성공이다.

신분이 아니라 능력으로 인정받으려 했으므로 당신과 내가 비밀스러운 거래를 한 사실만으로 뗑강을 부릴 생각은 없었다. 하지만 이순신을 내가 죽였다는 증거를 가지고 오라니, 이건 생각하지 못했다. 자, 이제 어디 가서 그걸 찾아와야 하나?

두 번째로 왕을 만났을 때 문욱은 내심 놀랐다.

이순신을 죽일 수 있겠느냐?

왕이 신하를 죽이려 하는 건 그리 이상한 일이 아니다. 물론 신하도 왕을 죽일 수 있다. 양쪽 다 명분이 가장 큰 관건인데 후자가 훨씬 더 어렵다.

가장 큰 걸림돌은 의(義)라는 글이 새겨진 바위덩어리다.

군신유의(君臣有義). 왕과 신하 사이에 상대편이 좁쌀 한 톨만큼의 의도 남아 있지 않다고 비난할 수 있으면 명분이 생긴다. 물론 명분 없이 죽일 수도 있다. 찍소리도 못할 정도로 압도적인 힘을 가지면 가능하다. 하지만 이건 그 어느 것도 아니지 않은가.

혹시 왕이 미친 게 아닌가 하는 생각이 들기도 했다. 아, 그런 얘기도 은근히 궁 안팎에서 떠돌긴 했다고 한다. 그래도 나라를 구한 무신을 죽이려 한다는 건 너무 나간 거 아닌가 싶었다. 어느 누구보다 의로 똘똘 뭉친 사람을 두고 말이다. 그러기에 대명 황제도 친히 선물을 하사하고 면사첩을 주었으며 도독 직위까지 내리지 않았던가.

혹시 나를 시험하는 건가? 그렇다면 어떻게 대답해야 하지?

왕은 자신의 대답을 기다려주었다. 그러면 미친 건 아닌 듯하다. 혹시 시기나 질투? 왕자(王者)답지 못한 왕이 왕자다운 신하에게 하는 질투인가? 그렇다면 이 장단에는 박자를 맞추어줄 만하다. 지위의 고하를 막론하고 작은 그릇은 큰 그릇을 시기하기 마련이고, 그건 인지상정에 가까우니까. 그는 대답했다.

성상의 뜻이라면 가능하옵니다.

그러하다면 이 전쟁이 끝나기 전에 결과를 가져오너라.

그래서 결과를 가져왔지만 깜박하고 과정을 가져오지 못했다. 역시 교묘한 왕은 그것을 간파하고 다시 숙제를 내준 것이다.

그는 이순신이 죽은 현장에서 재빨리 하선해 왜교성에 있는 좌상 이덕형에게 달려가 전투의 마지막 상황을 전했다.

그의 죽음을 준비하기 위해 한시도 한눈을 팔지 않고 지켜보고 있었는데 갑자기 송희립이 총에 맞고 이어서 통제사마저 총에 맞아 쓰러졌다. 만약 빗맞은 것이었으면 가까이 다가가 확실히 처리했을 텐데 다행히 총상은 치명적이었다. 겨우 몇 마디 할 수 있을 뿐이었다. 상황이 급박하니 내가 죽었다는 말을 하지 마라.

그는 송희립이 차갑게 식어가는 이순신의 투구와 갑옷을 입고 대신 독전하는 것을 보며 배에서 내려 협선으로 갈아타고 왜교성으로 내달았다.

"도원수와 체찰사에게 소식을 전해야 하니 빨리 가자."

포구에 도달해서는 고니시가 달아난 왜교성에 들어와 초조하게 전투 결과를 기다리고 있는 권율과 이덕형에게 알렸다.

"그래, 어떻게 되었나?"

"왜선 수백 척을 대파하고 큰 승리를 거뒀습니다. 살아서 돌아간 왜적은 겨우 50여 척에 불과합니다."

"우리 쪽 피해는?"

"명나라의 등자룡을 비롯한 몇몇 장수가 전사했을 뿐 큰 피해는 없었습니다."

"저런……. 그럼 통제사는? 진도독은?"

"진도독은 통제사 공이 위험에서 구했는데 통제사 대감께서는……."

"어, 어찌 되었나?"

"소인이 미처 함교에 올라가기 전에 적의 총탄에 맞아 전사하셨습니다.”

“아, 이런 변이…….”

“이럴 수가!”

권율과 이덕형은 함께 탄식을 터뜨렸다.

“통제사께서 쓰러졌는데 아들 회와 조카 완이 큰소리로 통곡을 하기에 제가 달려가 적이 아직 물러가지 않았으니 조용히 하라고 이르며 통제사의 투구와 장도, 깃발을 대신 들고 군사들을 독전했습니다. 워낙 급박한 상황이라 깊이 생각할 것도 없고 정신없이 한 행동이라 여러 사람에게 그저 송구할 뿐입니다.”

“자네가 통제사의 뒤를 이어서 대신했단 말이지? 잘했네.”

그날로 이덕형은 조정에 올리는 장계를 써서 파발로 보냈다.

이덕형이 남도에 내려와 보고들은 정보의 절반 이상은 모두 그가 제공한 것들이었다. 특히 고니시의 왜교성과 일본 본토의 적정은 대부분 그가 원천이었기에 그의 말이라면 아무런 의심 없이 받아서 조정에 보고했다.

그렇다면 이때 이순신을 죽인 것이 나라고 얘기했으면 어땠을까?

좌상이나 도원수 둘 다 뒤로 나자빠졌겠군. 왕은 이런 미친놈, 하며 손가락질하며 웃었을 터이고.

그런데 의도했는데 직접 죽이지 못했고, 그럼에도 죽어버렸다면 과연 이것은 내가 죽인 것인가, 죽이지 못한 것인가?

이 땅에서 그 분명한 의지를 가진 최소한의 두 사람은 과연 어떤 기운을 발휘할 수 있었을까?

이순신이 죽음에 이르는 과정을 모두 내가 계획한 것이다, 하고 말한다면 과연 어느 누가 곧이들을까.

농부가 물꼬를 이리저리 터서 원하는 논에 물을 대는 것처럼 열심히 움직이긴 했다. 고니시에게 가서는 명나라의 장수들에게 뇌물을 하나씩 감질나게, 그러나 혹할 수 있도록 하루도 빼놓지 않고 제공하라고 했다. 이순신에게는 적당히 미끼를 줄듯 말듯 하라고 했다. 둘 사이를 이간시키는 게 주목적이니까.

그리고 진린에게는 고니시가 시마즈와 요시토시에게 구조를 요청하는 연락선을 적당한 때 통과시켜 달라고 했다. 시마즈에게는 동료를 버리고 귀환했을 때의 비난과 어려움에 대해서 역설했다. 그는 고지식하고 쉽게 움직이지 않는 인물이어서 설득하는 게 좀 힘들었다.

생각해보라, 전쟁이 끝나 돌아가려는 병사들을 모두 돌려세워 마지막으로 한 번 죽을 듯이 싸워보자, 그러면 어느 누가 알겠습니다, 하고 달려오겠는가. 말이 안 되지.

어쨌거나 조선과 일본 양쪽 수군이 총력을 다해 충돌하게끔 만들었다. 말이 안 되는 얘기 같아서 믿지 않아도 어쩔 수 없지. 그게 한 사람의 뜻과 힘으로 이루어지는 건 아니니까 그냥 우연이라고 해두자.

이걸 왕에게 백날 이야기해본들 통하지도 않을 것이다. 그냥 쉽게, 내가 그 현장에서 이순신을 쏘았다는 것을 증명해 줄 사람, 그

걸 봤다고 말해줄 사람을 만들어내는 게 훨씬 쉬운 노릇이다.

그게 좀 위험하고 부담스러우면 내가, 혹은 나를 닮은 사람이 이순신을 쏘았다고 하는 '소문'을 말해줄 사람들이라면 어떨까? 이것도 증거가 되지 않을까?

적의 누군가가 총을 쏘았고 그 총알에 가슴을 맞아 죽었으니 암살을 당한 것과 무슨 차이가 있을까. 그런데 실은 왜적이라고 생각한 게 왜적이 아니었고 전투 중에 오고 간 총격전 중에 일격을 맞아 사망한 것이 실은 누군가가 오랫동안 노리고 있던 총에 맞은 것이다, 한다면 이 정도의 소문은 얼마든지 살아서 돌아다닐 것이다.

나중에 그 누군가에 한 사람을 꿰어맞추면 된다. 왕이 원하면 그 누구라도.

손문욱은 전쟁의 뒤처리에 여념이 없는 남도로 내려갔다. 부산과 거제도 그리고 남해도의 일부에서는 아직 철수하지 못한 왜병들을 색출해 잡는 소탕전이 한창이었다.

사실 전후처리는 전쟁 자체보다 더 복잡하고 어려울 수 있었다. 일단 침략에 대한 사과와 배상 문제, 전쟁 포로 문제, 약탈한 재물에 대한 반환 문제, 교역의 재개 등을 풀어나가려면 몇 년에서 몇 십 년이 소요될 것이다. 어쩌면 몇 백 년이 지나도 풀리지 않는 문제는 있으리라. 언제나 그렇듯이 유리한 조건에서 협상하기 위해서라도 마지막까지 밀어붙여야 하는 게 맞긴 했다.

그는 우선 자신이 당면한 문제를 풀기 위해 왜군 주둔지와 조선 수군의 수영을 둘러보았다. 수군은 각지의 수령들이 관할지로 돌아가 전후 복구와 민정 활동을 하고 있었고, 남해와 거제 등의 일부는 인근 지역에서 합동으로 왜적 패잔병들을 색출하고 있었다.

특히 도독 진린이 왜적의 수급을 취하는 데 급급하여 남해도 안의 산림을 불태워 도망 나오게 한 뒤 잡았다. 그러자 왜적이 아닌 백성까지 피해를 입고 더 깊은 산중으로 숨어들게 되면서 원성이 자자했다.

"통제사 사또께서 살아있었으면 우리가 이렇게 들개처럼 쫓기는 일은 없었을 것을⋯⋯."

"앞으로 힘없는 백성은 어찌 살아갈꼬?"

"앞으로 백 년 내 나오지 않을 분이 돌아가셨으니 나라의 앞날이 어둡구나."

백성들은 힘들고 어려운 일이 있을 때마다 이순신의 죽음을 애통해했다. 아무 일이 없을 때도 그를 생각하며 눈물 짓곤 했다. 남녀노소가 다 마찬가지였다.

한편 수군은 진린이 통제사로 추천해준다고 한 경상수사 이순신(李純信)을 중심으로 당면한 문제를 해결해 나갔는데, 정식 임명을 받지 않은 까닭에 다들 혼란스러워했다. 그럼에도 마음으로는 전사한 이순신을 구심점으로 하여 협조를 이루어 나갔다. 이순신은 어디서나 이야기되었고 살아있었다.

그래 봐야 몇 해 지나면 다 잊힐 것이다. 다들 사는 데 급급하니까. 오랜 시간이 지나면 옛날 옛적 그런 사람이 있었지 하며 지나가는 이야기에나 간간이 회자될 것이다. 사람의 기억이란 게 대를 이어 갈수록 흐릿해지고 결국 하얗게 바래고 마니까.

그렇게 남도를 다니던 그는 순천의 어느 마을에서 젊은 유생이 병사와 백성들을 모아놓고 이야기하는 모습을 보았다.

천지가 꽁꽁 얼어붙은 날씨에 다들 발을 동동 구르면서도 그 자리를 떠나지 않고 이야기에 열중했다. 젊은 유생이 마지막 전투의 상황을 묻고 병사들이 대답하는 식이었는데 유생은 종이에 붓으로 들은 내용을 적고 있었다.

"예서 무엇을 하고 있소?"

"통제사 이순신 공이 마지막 전투에서 어떠했는지 그 모습을 들어보고 있소이다."

"귀하는 어디 사는 누구요?"

"소생은 보성 사람 안방준(安邦俊)이라 합니다. 그러는 댁은?"

"나는 선전관이자 좌의정 대감을 보좌하는 손문욱이라 하오."

"아, 그러시군요."

그는 유생이 자신을 알아보지 못하자 약간 언짢은 기색을 띠었다. 사실 고관들만 상대하다 보니 말단 병사들이나 유생이 이름을 들어봤을 리 없지만 그 사실 자체가 섭섭하게 느껴지긴 했다.

"그래, 책을 쓰시려오?"

"그렇습니다. 가능한 자세히 듣고 보면서 정확하게 적어놓아야지요."

은봉 안방준은 왜란이 일어나자 스무 살에 의병부대에 투신해 지금까지 연락과 기록을 전담해온 젊은 유생이었다. 관직에는 짧게 있었고, 나머지 세월 대부분은 학문과 문집 집필, 제자를 키우는 데 애썼다.

"그래, 어디까지 얘기를 들었소?"

"거의 다 들었습니다. 통제사 이순신 공이 군관 송희립이 쓰러졌다는 말을 듣고 고개를 숙이는 찰나 홀연히 날아온 총탄에 가슴을 맞았다는 부분이요."

"거기서……."

"곁에 있던 아들 회와 조카 완이 양옆에서 부축하며 소리를 지르려는데 송희립 공이 기듯이 가서 조용히 할 것을 지시한 후에 통제공의 투구와 갑옷을 벗겨 스스로 입고 그 대신 군사들을 독전해 왜적을 물리쳤죠."

그 말에 옆에 있던 병사들이 고개를 끄덕이며 숙연한 얼굴을 했다.

"나도 그 배 상갑판에 타고 있었지. 지금 그때로 돌아간다면 냉큼 뛰어올라가 사또의 앞을 막아서며 내가 총탄을 막았을걸."

한 늙수그레한 사내가 눈시울을 붉히면서 말했다. 손문욱은 나도……, 하는 말이 입 밖에 나오려다가 쑥 들어갔다. 어차피 내 이야기는 최고 고관의 입을 통해 조정에 전해져 실록으로 옮겨질 터이니.

"혹시 누가 총탄을 쏘았는지 알고 있소?"

"왜적이겠지, 누구겠소."

"내부의 첩자가 있었다는 소문이 있던데?"

"설마, 그럴 리가?"

"첩자가 뭘 했단 말이오, 암살이라도?"

손문욱이 고개를 끄덕였다.

"그 소문은 어디서 들었소?"

"딱히 어디라기보다는 여기저기서 들리던데……. 사실 왜장의 사주에 의한 암살이라는 말도 있고 사이가 틀어진 진린 도독이나 다음 자리를 노리는……. 아, 진린 도독이 경상우수사 이순신을 다음 통제사로 추천했다는 말은 확실한 것 같고……."

"그렇다면 통제사 어른께서 높은 자리에 있는 놈들의 협잡질에 희생되었다는 말이오?"

한 혈기 왕성한 병사가 큰소리로 화를 냈다.

"아니, 나는 듣기만 했을 뿐이라……. 그냥 헛소문이겠지요. 아무렴 조선 수군 안에서 내분이 있었을 리가 있겠소?"

그는 서둘러 그 자리를 벗어났다. 나쁜 씨를 뿌렸지만 그것이 뿌리를 내려 어떻게 자라날지는 알 수 없는 노릇이었다.

그 뒤로 몇 달을 더 다녔지만 이순신에 대한 이야기는 줄어들지 않았다.

손문욱이 던진 소문들은 자라나지 못했다. 의병장 출신인 조경남이 그동안 틈틈이 써 온 일지를 거의 완성해 간다는 얘기를 들었고, 신흠이라는 홍문관 교리 역시 이순신의 전투에 대한 기록을 작

성했다고 했다. 이순신의 조카인 이분이 행록(行錄)을 편찬한다고
도 했다.

이순신에 대해 더 많은 말들을 듣고 조사해볼수록 그는 점차 열
패감에 깊이 젖어들었다. 시간이 지날수록 나는 죽어가고 그는 살
아나겠구나.

그것은 자신이 아무리 발버둥쳐도 어찌할 수 없는 불가항력적인
일임을 깨달았다.

전하, 이것은 전하도 마찬가지일 것입니다.

이순신을 죽일 수 있겠느냐?

아닙니다, 결코 죽일 수 없습니다.

그는 처음으로 자신의 말을 부정했다.

후기

임진왜란 이후 전쟁에 참여했던 명과 일본의 지휘관들은 대부분 비슷한 운명에 처해졌다.

일본은 도요토미 히데요시의 죽음 이후 나라 전체가 동군과 서군, 양 진영으로 쪼개져 한바탕의 내전에 휩쓸리게 된다. 서군은 히데요시의 뒤를 이은 자들이 중심이었고, 동군은 그의 적수였던 도쿠가와 이에야스가 우두머리였다.

왜란에 참여했던 대부분의 영주와 무장들이 둘 중의 한 곳에 속하지 않을 수 없었다. 역사에 알려진 바와 같이 도쿠가와 이에야스의 동군이 세키가하라 전투에서 승리해 일본은 그를 중심으로 재편되었는데, 그의 편에서 싸운 영주들은 살아남아 영화를 누렸고, 반대편에 선 자들은 대부분 죽음과 가문의 몰락을 면치 못했다.

고니시 유키나가는 서군에 참여해 싸웠는데 세키가하라 전투에서 패해 포로가 된 뒤 도쿠가와 이에야스의 명에 의해 참수되었다. 노량에서 살아서 도망친 뒤 불과 2년이 채 안 되는 1600년 10월이었다.

시마즈 요시히로 역시 세키가하라 전투에서 서군으로 참가해 싸웠는데, 도쿠가와 이에야스에 의해 죽을 위기에 몰렸으나 부하들이 온몸을 던져 저항한 끝에 결국 살아남았다. 이후 사쓰마 번의 영주로 천수를 누렸다.

소 요시토시는 장인인 고니시와 같은 노선으로 죽을 운명이었으나 근거지가 대마도라는 지정학적 특성으로 살아남았다. 이후로 조선과의 교역에서 중요한 역할을 담당해야 했기 때문이다.

왜란에 원군으로 참여한 명나라의 장수들 역시 곧이어 전개된 북방의 신흥 강자 청나라와의 싸움에 투입되었다. 역시 역사에 기록된 바와 같이 이들은 패망하게 된 명나라와 운명을 같이 하게 되었다. 반면 다른 방면에서 임무를 맡은 이들은 조금 나았다.

진린은 명으로 돌아간 뒤 왜란 때의 공으로 벼슬이 올랐고, 여러 반란과 이민족을 평정한 공으로 역시 승승장구했다.

유정은 1619년 새롭게 흥기하는 청나라와의 사르후 전투에 참가했다가 패해 처참하게 전사했다.

유성룡은 노량해전 직후 완전히 파직되어 고향에 은거해서는

《징비록》을 집필했다. 이후 여러 공신에 책봉되었고 조정에서도 불렀으나 나아가지 않았다. 1607년에 66세를 일기로 세상을 떠났다.

이덕형은 젊은 나이에 재상이 되어 많은 역할을 했다. 1610년 이후까지 살아남은 조정의 인물들은 광해군과 인조의 교체기에 각자 다른 운명을 겪었다. 영의정까지 지낸 그는 광해군의 정책에 반대했다가 관직을 삭탈당했고, 이후에 복권되기를 반복했다.

진린은 이순신이 전사한 이후 그 후임으로 이순신의 측근인 무의공 이순신(李純信)을 다음 삼도수군통제사로 추천했는데, 조정에서는 한동안 반응이 없다가 충청병사 이시언을 통제사로 임명했다. 물론 이시언은 수군에서 일한 전적이 없었다.

이순신 휘하의 장수들은 공훈을 받는 데 차이가 있음에도 여전히 충실했다. 하지만 얼마 뒤 손문욱이 이순신 휘하 여러 장수들의 공을 가로챘다며 조정에 집단으로 항의한 바 있다.

손문욱은 역사적으로도 가장 수수께끼 같은 인물이다. 그의 행적이 기록되어 있는 것은 조선왕조실록뿐인데, 이순신의 죽음 이후에 맹활약을 한 것으로 되어 있다. 그는 극히 소수의 고위 인사들과 접촉해 그들을 포섭해 출세한 혐의가 짙다. 이덕형이 대표적인 인물로 여겨진다.

하지만 광해군의 북인 집권기까지 활동하다가 인조반정 이후에는 완전히 행적이 끊겼다. 그다지 짧지도 길지도 않은 기간에 뚜렷한 모습을 보였는데도 생몰연도를 알 수 없다.

작가의 말

노량해전, 희생된 백성을 위로하는 거대한 의식

모두가 알고 있듯이 노량해전은 이순신의 생애 마지막 전투이자 임진왜란의 전 시기에서도 마지막인 전투다. 그런 만큼 이 전쟁이 갖는 의미도 적지 않다. 7년의 전쟁을 확실하게 종결하고 다시는 이 나라를 도발하지 못하도록 하겠다는 의지의 표현이며, 오랜 전쟁으로 희생된 수많은 백성과 병사들을 위로하는 거대한 의식이기도 한 셈이다.

노량 전투의 중요성을 알았기 때문인지 당시의 전투 상황을 기록한 이들만 해도 여럿이다(불행하고 아이러니하게도 이순신 본인만 기록을 남기지 못했는데 당연히 이 전투로 전사했기 때문이다. 이순신의 난중일기는 그 이틀 전인 11월 17일로 끝난다).

1. 우선 당시 대부분의 전투 상황을 조정에 알린 좌의정 이덕형의

노량해전의 경과에 대한 장계가 선조실록에 올라가 있다.

2. 이순신의 조카 이분(李芬)이 이순신의 일생을 기록한 행록(行錄)에도 이 기록이 있다.

3. 임진왜란 당시의 의병장이었던 조경남(趙慶男)의 난중잡록(亂中雜錄) 3권에도 역시 노량해전이 묘사되어 있다.

4. 유성룡의 징비록(懲毖錄) 및 비망록인 유성룡비망기입대통력-경자(柳成龍備忘記入大統曆-庚子)에도 노량해전에서 이순신 최후의 모습이 있다.

5. 당시 병조판서 이항복(李恒福)도 백사집(白沙集) 4권에 '통제사이공노량비명(統制使李公露梁碑銘)'이란 제목으로 노량 전투 상황을 남겼다.

6. 당시 의병으로 활약했던 안방준(安邦俊) 역시 그의 은봉전서(隱鋒全書) 7권에 '노량기사(露梁記事)'란 제목으로 기록을 남겼다.

7. 신흠(申欽)의 상촌집(象村集) 권(卷)56에도 노량해전이 묘사되어 있다.

모두 당대의 기록이지만 필자들이 전투에 입회하여 보고 들을 수는 없었기에 전투에 참가했던 장병과 장수들로부터 듣고 적었을 터이다. 그런 까닭에 각각의 기록들이 전체의 흐름을 일목요연하게 포착할 수 없었음은 자명하다.

서로 중복되는 부분이 있다면 사실성이 입증되기에 충분하고, 상이한 부분은 전체적인 전투 상황을 완성하는 데 중요한 조각이 되는 것이다. 여기서 가장 중요한 대목인 이순신의 전사와 관련된 부분을 보자.

구 분	해전지역	순국시각	사후처리담당
행록	노량	11월 19일 새벽	회, 완
은봉전서	관음포	날이 밝기 전	송희립
선조실록	노량도, 노량, 묘도 등지	날이 밝기 전	송희립, 손문욱
징비록	남해지경	언급 무	완
백사집	노량	동틀 무렵	언급 무
난중잡록	관음포 앞, 관음포 안	날이 이미 밝았을 때	회
상촌집	관음포	11월 25일 4경 이후	휘하 군사들

출처 : 남해역사연구회, 이순신과 노량해전

이런 상이함 때문에 이순신의 최후에 대해서도 자살설이나 은둔설이 만들어진 것이라 할 수 있다. 물론 자살설과 은둔설은 근거와 논리가 빈약해 받아들일 수 없지만 그 자체가 이순신의 이름을 욕되게 하는 건 아니라고 여겨진다.

중요한 건 이순신의 삶과 행적을 그 이후에도 여러 왕들(광해군, 숙종, 영조, 정조 등)과 문인들이 끊임없이 되새기며 기록하고 가르쳤다는 점이다. 그리하여 정조 18년에는 왕명에 의해 난중일기와 이순신의 시, 문장, 장계 등의 모든 글, 조카 이분의 행록, 당시 수군과 거북선에 관한 내용을 모아 집대성한 이충무공전서(李忠武公全書)가 간행되었다. 그리고 이순신에 대한 후세인들의 추모시는 그 수를 헤아릴 수 없을 정도로 많다.

이순신을 끊임없이 불러내 기억한다는 것, 이는 당대의 이익을 위해 온갖 음모를 꾸미는 것이나 권력과의 긴장 관계, 죽음에 관한 여러 속설 따위가 하찮은 일화에 불과하다는 것을 역설한다고 볼 수 있다.

참고문헌

남해역사연구회, 《이순신과 노량해전》, 2006
박기봉 엮음, 《충무공 이순신 전서 4》, 비봉출판사, 2006
이민웅, 《임진왜란 해전사》, 청어람미디어, 2004
이봉수, 《천문과 지리 전략가 이순신》, 시루, 2018
이순신, 박종평 옮김, 《난중일기》, 글항아리, 2018
이순신역사연구회, 《이순신과 임진왜란 4》, 비봉출판사, 2006
장한식, 《이순신 수국 프로젝트》, 산수야, 2018
탁양현 엮음, 《대동야승 제2권, 정홍명 기옹만필, 조경남 난중잡록》, e퍼플, 2019
황원갑, 《부활하는 이순신》, 이코비즈니스, 2005

그 외 다수

노량

1쇄 발행 2023년 11월 24일

지은이 박은우
펴낸이 배선아
디자인 이승은
펴낸곳 고즈넉이엔티

출판등록 2017년 3월 13일 제2022-000078호
주　　소 서울특별시 마포구 성지1길 35, 4층
대표전화 02-6269-8166 **팩스** 02-6166-9199
이 메 일 gozknockent@gozknock.com
홈페이지 www.gozknock.com
블 로 그 blog.naver.com/gozknock
페이스북 www.facebook.com/gozknock
인스타그램 www.instagram.com/gozknock

표지/내지이미지 Designed by Getty Images Bank, Freepik